R 2

edition hochfeld

Der Psychiater Dr. Grohm hält sich mit zwei Mitarbeiterinnen für ein verlängertes Wochenende in Lindau auf. Sie wollen sich mit ihrer Kollegin Agnes Mahler treffen, um Differenzen auszuräumen. Noch vor einem ersten Gespräch wird Dr. Agnes Mahler im Lindauer Segelhafen tot aufgefunden.

J.M. Soedher lebt und arbeitet als Schriftsteller in Augsburg und in Lindau (Bodensee). Seine Kriminalromane erscheinen in der edition hochfeld (Augsburg), im Aufbau-Verlag (Berlin) und als Hörbücher bei technisat/radioropa. Er ist Mitglied der Autorenvereinigung *Das Syndikat*.
Weitere Informationen auf der Autoren-Website unter: *www.soedher.de*

Schielins fünfter Fall

Inselwächter

Kriminalroman

edition hochfeld

Schielins Fälle:

Galgeninsel
Pulverturm
Heidenmauer
Hexenstein
Inselwächter
Hafenweihnacht
Seebühne
Knochenmühle
Löwenmole
Golgbrunnen
Hurenschanze

2011, 2014, 2018

4. Auflage 2023
Edition Hochfeld, Augsburg
© edition hochfeld
Umschlagkonzept und Gestaltung: edition hochfeld
Titelbild: Blick vom alten Clubhaus im Segelhafen
auf den Lindauer Hafen
Lektorat: Dr. Gotlind Blechschmidt
Satzherstellung: Fotosatz Amann, Aichstetten
Druck und Bindung: booksfactory.de, Szczecin
Printed in Germany

ISBN: 978-3-9812820-7-8
www.edition-hochfeld.de

Der Hochmut deines Herzens hat dich betrogen,
weil du in den Felsenklüften wohnst,
in deinen hohen Schlössern,
und du sprichst in deinem Herzen:
Wer will mich zu Boden stoßen?

Obadja (1, 3)

Inselrunde

Dunkelheit und Stille schwebte über dem See und von den Bergen kam Schwärze. Bleiern schwer ruhten die Fassaden der Inselhäuser und in den engen Gassen war es, als wogte darin ein Wasser aus pechschwarzer Tinte, dessen unergründliches Dunkel sogar das Leuchten der Sterne ermatten ließ. Dort, wo Inselufer und See aufeinandertrafen, im Übergang von Wasser und Land, von Dunkelheit und Schwärze, rückten die Bauten in aufdringlicher Weise an das Ufer heran. In einem der Häuser dort, an der Uferlinie zwischen Hafen und Gerberschanze, regte sich zu dieser frühen Stunde etwas. Die stolze Front mit ihrem im Tageslicht leuchtenden Gelb, geordnet von tiefen Fenstern und kleinen Balkonen, wies nach Südosten. Es war ein Haus, das die Morgen begrüßte, die Tage begehrlich aufnahm, die abendliche Glut heißer Sommerwochen jedoch nicht an sich herankommen ließ. Ab dem späten Nachmittag lag Schatten auf der Westseite und machte die Sommernächte erträglich. Bis zu den letzten Strahlen des Tages spiegelte sich die Sonne im Glas des mit Stilelementen geschmückten Türmchens, das oben auf dem Giebel thronte.

In einer der oberen Wohnungen wurde ein Stuhl zurechtgerückt, sodass er zum Fenster wies. Der Mann, der dies tat, setzte sich und sah in die Finsternis. Er wartete, wie er jeden Morgen wartete; an wolkenverhangenen Tagen auf einen ersten hellgrauen Schimmer, an klaren Tagen auf den zartgelben Saum, der sich entlang der Bergkette im Südosten zeigte. Aller Erfahrung nach musste dies auch heute wieder geschehen.

Dr. Otto Zychner war schon angekleidet. Wie immer im

bejahrten, graubraunen Anzug, darunter ein helles Hemd, dezente Krawatte; die braunen Lederschuhe durften nicht fehlen. Niemals hätte er sich erlaubt in Hausschuhen herumzulaufen, obwohl es niemanden gab, der daran hätte Anstoß nehmen können.

Er saß da, um den Tag zu begrüßen, und brauchte kein Licht in den Räumen. Die erforderlichen Handgriffe waren ihm vertraut und konnten im Dunkeln verrichtet werden. Die Dinge, die er in die Hand nehmen musste, lagen am rechten Ort, an bekannter Stelle, in korrekter Reihenfolge. Sobald er angezogen war, setzte er sich auf den Stuhl am Fenster und hoffte auf den Tag. Schales Licht fiel auf den Koffer in der Ecke, in dem das Nötigste gepackt war, falls es einmal schnell gehen musste. Krankenhaus. Niemand wusste, was auf einen wartete, in diesem Alter.

Der Schlaf war ihm im Lauf der Jahre abhandengekommen und ganz ohne dass er es bemerkt oder beabsichtigt hatte, hatte sich dieser Rhythmus eingeschlichen, der ihm nun als zu seinem Leben zugehörig erschien. Seit er zu Hause bleiben musste und somit nicht mehr vor der Klasse stand und sprach, war er Jahr für Jahr stummer geworden. Ausgerechnet er, der auf dieser Welt war, um zu reden – um zu anderen zu reden, ausgerechnet er. Das Klavier im großen Raum, etwas abseits der Fenster, war nur noch Ablage und Ärgernis der Putzfrau, die den Holzboden nicht so pflegen konnte, wie es ihrer Putzfrauenvorstellung entsprach. Zu Beginn seines erwachsenen Lebens hatte er die Überzeugung gehabt, er müsse zu den Menschen mittels der Musik sprechen. Das war lange her.

Dr. Otto Zychner saß stumm und wartete. Selbst das Haus gab zu dieser Zeit keine Geräusche von sich. Das beharrliche Klacken der alten Wanduhr verlor sich im Raum.

Seine Frau hatte ihn verlassen. So nannte er es. Kaum dass

er nicht mehr zum Unterrichten gegangen war. Sie war einfach krank geworden und ebenso gestorben – einfach so. Er hatte sich damit herumgequält, ob es an ihm gelegen habe, an seinem Schweigen vielleicht, das er nach Hause in die Wohnung brachte, in der er nicht sprach, weil er das an anderem Ort zu tun hatte. Hätte er vielleicht mehr reden sollen, und wenn ja, was? Das alles war nun schon lange her. Seine Versuche zu anderen zu reden misslangen, weil diese mitreden wollten, und so begann er zu schweigen. All das, was gesagt sein sollte und jene, auf dieses Gesagte zu gebende Antworten sprach er für sich, ganz stumm. Saß dabei ruhig und regungslos auf dem Stuhl oder im Sessel und führte Wortgefechte und Gegenreden, machte Einwürfe und Anmerkungen – aufgebracht, mutig, zornig, fordernd, eloquent. Niemand hätte ahnen können, was in ihm stattfand, wenn er so am Fenster saß und über den See blickte.

Musik. Er hörte Musik. Pianist hatte er werden wollen. Doch trotz seiner großen Begabung, trotz seines kannibalischen Fleißes und seiner rücksichtslosen Disziplin war es ihm nicht gelungen, auf diese erhabene Weise zu den Menschen zu sprechen, wie sie Musik möglich machte, und die andere so vollendet beherrschten.

Hatte er nicht das Aussehen eines Pianisten? Der schlanke Körper, die lockigen, nach hinten gekämmten Haare, die Arroganz im ernsten Blick. Er hätte es verdient gehabt beklatscht zu werden. Die Finger. Sie wären zu kurz, verbreitete er. Besonders die Daumen. So wichtig waren sie, die Daumen. Sie mussten lang sein. Bedauern war ihm heftig zuteilgeworden, über die zu kurzen Daumen, doch tief im Innern durchschaute er, dass es nicht mangelnder Fleiß, Disziplin oder musikalische Intelligenz waren, die seinem Traum im Wege standen. Er war trotz holder Locken, Ehrgeiz und Willen nicht vollkommen. Dieses besondere Talent, das sich zu einer großen Begabung gesellen musste, fehlte ihm – Berührung. Sein Spiel reichte aus sich selbst zu berühren, vielleicht noch einige seiner Lehrer, die wenigen Freunde, die dann und wann lauschten. Doch vor wirklichem Publikum hatte er beklemmende Angst, eine Angst, in der jedes Schwingen erstickte. Er mochte sie nicht, diese Menschen, zu denen er durch seine Musik hätte sprechen sollen. Er mochte die Menschen generell nicht und hielt sie also seiner Kunst nicht würdig. Daher ließ er es sein. Er studierte und suchte sich ein Publikum, vor welchem er keine Angst zu haben brauchte – er wurde Lehrer.

Ein erster gelber Hauch schien auf, weit hinten, über Bregenz, der alten Stadt am See, die ganz in der Zeit war und sich neu erbaute.

Er stand auf und verließ die Wohnung. Langsam, Schritt für Schritt, ging es die breiten Stufen hinauf zu seinem Ausguck. Er legte die Hände an das schmale Geländer des Rundlaufs und blickte rundherum. Wer ihn, den alten Mann, so im Schattenriss sehen konnte, musste erschrecken. Der flattrige Anzug am dürren ausgemergelten Körper, das gebeugte Rückgrat, der dünne Schädel mit der großen Hakennase. Wie ein alter Falke hing er da oben und wachte über die Stadt. Ja, er selbst sogar betrachtete es als seine Aufgabe und er vollzog sie mit jener Gründlichkeit und Konsequenz, mit der er alles in seinem Leben in die Hand genommen hatte.

Nichts Besonderes an diesem Tag. Nirgends ein Licht zu sehen. Das hatte noch Zeit und er kannte die Fenster, hinter denen es zuerst aufscheinen würde. Er sann darüber nach, ob er heute singen sollte. Er entschied sich dagegen, schob den Sitzschemel in Position und schloss die Türe.

Etwas erregte seine Aufmerksamkeit aber doch. Es konnte noch keine Rede davon sein, Farben, Lichter, Schatten oder Bewegungen deutlich wahrzunehmen. Doch die Schwärze über dem Wasser hatte schon etwas an Dichte und Intensität eingebüßt und der dunkle Schatten, der lautlos über das Wasser glitt, entstand mehr aus dem Zusammenwirken von Sinneseindruck, Konstruktion, Erinnerung und Ahnung denn aus nüchternem Sehen und Erkennen: Es war ein Boot, eine Motorjacht, die langsam von Seite der Spielbank her am Becken des Segelhafens vorbeischlich. Zuvor hatte er noch etwas bemerkt. Er hatte sich dazu am hölzernen Rundlauf ein Stück weit nach oben gezogen, um nach unten sehen zu können. Etwas – nein, ein Jemand, war als Schatten vom Finanzamt hergekommen und auf der südlichen Mole nach draußen gelaufen – bis zum alten Clubhaus.

Zychner ließ den Handlauf los und sank wieder zurück. Für einen Samstag, den die Sonne noch nicht zu einem Tag gemacht hatte, war viel geboten, da unten.

*

Die Geräusche im Wald waren der Natur fremd. Heftiges Atmen drang durch das Dickicht, dazu metallisches Klirren, wenn Metall auf Metall schlug. Äste knackten unter schweren Stiefeln, dazu helles Zischen, wenn gespannte Äste und Zweige über den feinporigen Stoff der Jacken schnellten. Niemand konnte es hören; Laimnau und Iglerberg waren zu weit entfernt, und dort schlief noch alles.

Unter dem noch zarten Laub verblieb auch tagsüber eine angenehme Kühle, und jetzt, in der dem Tage entgegentaumelnden Nacht, waltete dort eine frostige Frische.

Trotzdem tropfte den beiden Männern Schweiß von der Stirn. Sie zerrten einen schweren Leib hinter sich her und kamen hinaus auf eine kleine Lichtung. Sobald sie das Buschwerk hinter sich gelassen hatten, überlagerte die belebte Süße des kniehohen Grases den modrigen, säuerlichen Dunst, der hinter ihnen das Dunkel begleitet hatte. Auf der Lichtung angekommen, kniete einer der beiden nieder und holte das Messer aus dem Lederetui, das aufreizend am Gürtel hing.

Der Mann war von untersetzter Statur. Die Taschenlampen waren nun nicht mehr erforderlich. Der dunkelblaue Himmel brachte genügend Licht auf die von Bäumen befreite Fläche. Ein Käuzchen schrie von fern, und lautlos wie ein Geist schwebte ein anderes zwischen den Baumstämmen dahin, querte die Lichtung, um gleich darauf wieder, wie ein Geist, zwischen den Stämmen zu verschwinden. Der Kniende setzte das Messer an und brach den Leib auf. Seine Hände zitterten vor Anstrengung, Freude und Erregung. Schwarzes Blut quoll hervor. Der andere, von schwerer Gestalt und groß gewachsen, schenkte dem Tun kein Interesse. Sein Blick richtete sich in den immer lichter werdenden Horizont. Das verdeckte seine verächtliche, ungeduldige Miene. Die beiden sprachen kein Wort miteinander. Als die Arbeit getan war, fiel der weitere Transport leichter. Nach langem Wegstück endlich am Auto angekommen, zog der Große einen Flachmann aus der Innentasche und reichte sie dem Kleineren von beiden. Immer noch zitternd nahm der die silberne Flasche entgegen und ließ einen langen Schluck in den Gaumen laufen. Er ächzte anerkennend, als er das Behältnis zurückreichte. Der Große trank nichts.

»Schöne Sau«, sagte der Untersetzte, »eine so schöne Sau.«

Der Große schwieg.

»Schon lange nicht mehr so eine Freude gehabt, wirklich.«

Sein Gegenüber nickte, drehte sich um, räumte einige Sachen im Innern des Fahrzeugs auf und setzte sich anschließend auf den grasigen Hügel gegenüber. Es hätte auch andere Stellen im Gras gegeben, doch er wollte zusehen, wie sich der Dicke, gerade erst wieder zu normaler Atemfrequenz gekommen, heraufquälen musste.

Als der neben ihm Platz genommen hatte, war zum ersten Mal ein Wort von dem Großen zu hören. Er hatte eine seiner Gestalt angemessene tiefe, kräftige Bassstimme. »Ja, eine wirklich schöne Sau. Du hättest nicht so schnell schießen müssen, das habe ich dir schon beim letzten Mal gesagt. Es ist immer eine Plagerei, die Nachsuche im Unterholz. Es wären schon noch andere gekommen, wenn es etwas günstigeres Schusslicht gehabt hätte, in günstigerem Schussfeld dazu.«

Der Dicke machte eine fordernde Bewegung mit der Hand. Er wollte die Flasche noch mal. »Ahh, wie diese schöne Sau die Lichtung gequert hat, da hab ich mich einfach nicht mehr beherrschen können. Sei's drum. Ist wieder ein gutes Stöffle drin heut Morgen, Mensch. Geiger, gell? Na ja. Wenn nur alle Morgen so anfangen könnten.«

Neben ihm stach das helle Licht eines Zündholzes in den dunklen Himmel. Der Zigarettenrauch roch angenehm. Der Lange sog genussvoll ein. »Ja, da hast du recht. Eine schöne Sau, ein guter Brand, ein wunderbarer Samstagmorgen. Es ist ja nicht so, dass es mich nicht freut, wenn dir das alles guttut. Ich frage mich nur, ob du auch etwas für mich haben könntest, was mir guttäte!?« Er blies den Rauch durch die geschürzten Lippen aus. Und zog danach laut Luft durch die Nase ein. Die Aufforderung an den anderen etwas zu sagen.

Der druckste herum. »Ja, ich weiß schon. Aber im Moment ist wirklich Flaute, kein Auftrag in Sicht, weit und breit nichts.«

Der Große sah ihn nicht an. »Den letzten Auftrag hat ja auch der Guttner bekommen müssen. Wäre schön gewesen – die Sanierung der Schule. Bildung steht doch hoch im Kurs und Geld ist genug dafür da… höre ich doch jeden Tag in den Nachrichten, dass die Kindchen besser lesen lernen, wenn die Wände geweißelt sind…«

»Ja, jetzt komm… der Guttner… die Sanierung… das musste auch mal sein. Du kannst schließlich nicht jeden Auftrag bekommen. Das geht nicht.«

Der Ton wurde schärfer. »Sicher. Es geht auch nicht um jeden Auftrag, aber was war mit der Berufsschule!? Was war damit!? Wer hat die gekriegt, he!? Und jetzt hockst du hier, schmierst das Blut von meiner Sau ins Gras und sagst mir, es läge nichts auf deinem Schreibtisch. Verarschen kann ich mich selbst. Da brauche ich nicht den Doktor Brachmann dazu! Irgendwas wird es doch geben, der Staat baut immer, also erzähl mir nichts.«

Dr. Brachmann hörte unvermittelt damit auf, seine linke Hand im Gras vom Blut zu säubern. »Glaubst du, ich hätte es nötig dich zu belügen. Nichts gibt's. Das Einzige ist der Eingangsbereich zu einem Behördenbau. Der soll behindertengerecht werden. Das ist doch kein Auftrag für dich, das ist Firlefanz… dreißig-, vierzigtausend Euro vielleicht.«

Der Große zog geräuschvoll Luft durch die Zähne und arbeitete heftig mit seinen Kiefern. »Behindertengerechter Eingang, Behördenbau. Na also. Sag ich doch.« Er wendete sich seinem Jagdkollegen zu. »Da wird man doch ein wenig Luft reinblasen können, oder etwa nicht!? Was ist das für eine Behörde – Gemeinde, Stadt, Landkreis, Bund?«

»Landesbehörde.«

Die Zigarette flog in weitem Bogen hinunter auf den Weg. »Ja prima, Mensch. Landesbehörde! Die haben doch sicher keinen repräsentativen Eingang bis jetzt. Und wenn schon behindertengerecht, dann richtig. Von wegen billig rumtun mit popliger Rollstuhlrampe und so. Da kommt ein Lift hin, der Eingangsbereich wird auf moderne Weise, demokratisch transparent gestaltet ... mit Glasbau ... so wie man das heute eben macht. In ein paar Jahren läuft Wasser zur Wand durch und wir können wieder sanieren. Ist mir scheißegal, wie du das machst. Ich brauche jedenfalls so um die dreihunderttausend.«

Der andere fuhr hoch. »Spinnst du! Dreihunderttausend für einen behindertengerechten Eingangsbereich?«

»Das lass meine Sorge sein. Ich kümmere mich um die Presse- und Öffentlichkeitsarbeit. Das ziehen wir ganz groß auf, schon im Vorfeld. Berichterstattung über die üble derzeitige Situation. Foto: ein Rollstuhlfahrer vor der Behördenbarriere. Und du bist der mutige Held, der Abhilfe schafft: Endlich mal ein Beamter, der anpackt, der hinlangt, der Entscheidungen trifft, der was tut, der ein Herz hat für die Schwächsten unserer Gesellschaft. Wer das liest, kann rein emotional gar nicht dagegen sein. Ob das dann dreihunderttausend kostet oder eine Million, ist völlig egal, verstanden!? Ich kenne da zwei, drei Leute von der schreibenden Zunft – passt.«

Brachmann knurrte. »Das mit den Liftanlagen für Rollstühle hat noch nie funktioniert. Die Dinger fallen ständig aus und dann haben wir eine richtige Barriere.«

Sein Jagdfreund ging gar nicht darauf ein. »Also dann sind wir uns ja einig. Ich brauche die Adresse. Da fahre ich später gleich vorbei. Nächste Woche hast du die Pläne auf dem Tisch.« Er stand auf und reckte sich sichtlich zufrieden.

Zu Hause führte ihn sein erster Weg unter die Dusche. Seine Frau war schon wach. Es roch nach Kaffee und frischen Brötchen. Er liebte diese Wochenenden.

»Ich mag diesen Brachmann nicht«, sagte sie, als er sich an den Tisch setzte.

»Ich mag ihn noch weniger«, lautete seine Antwort, »ein mieser, kleiner, korrupter Fettsack.«

»So muss man es nun auch nicht ausdrücken an einem so wunderbaren Morgen«, wurde er umgehend zurechtgewiesen.

Er lächelte und schnitt gut gelaunt eine Semmel auf. »Einen Auftrag haben wir jedenfalls schon sicher. Das ist doch prima, nicht wahr? Gerade jetzt, wo es etwas mau ist.«

»Es ging uns schon schlechter«, lautete ihre Antwort, »sieh lieber zu, dich etwas von diesem Menschen zu distanzieren. Ich mag es wirklich nicht, wenn du mit ihm da draußen bist. Ich habe das schließlich einmal miterleben müssen. Widerwärtig, mit welchem Geifer dieser Mensch auf die Tiere losgeht.«

»Wo ist eigentlich Bernd, komponiert er wieder?«, fragte er, um das Thema zu wechseln.

»Nein. Er ist mit dem Boot am See unterwegs. Er hat mir versprochen, heute Vormittag wieder zurück zu sein.«

»Will's hoffen«, knurrte ihr Mann und strich ihr dann zärtlich über den Arm. »Die Rosen … ein Traum.«

Beide blickten hinaus in den Garten. Kurz darauf klingelte das Telefon.

*

Auf dem Festland und ein gutes Stück von Seeufer und Tagesanbruch entfernt, in Reutin, hoch über dem blanken Spiegel des Sees und jenseits von Steig und Lugeck, erlosch das warme Licht einer Lampe hinter einem Fenster. Im letzten Schein war die Einrichtung einer Küche zu erkennen. Ein Mann trat gleich darauf vor das Haus und hob den Kopf zum Himmel, wo sich ein unendlich wirkendes Blau entfaltete. Der Glanz der Sterne war nun festlicher und strahlender. Ganz im Süden sanken die Sternbilder von Steinbock und Wassermann dem Horizont zu. Aus der Ferne war vereinzeltes, sanftes Summen von Motoren zu hören und der belebende Duft von frischem Gras und blühenden Sommergärten weckte den Geist. Der Sommer begann zärtlich in diesem Jahr.

Walter Zenger war alleine unterwegs. Vorsichtig querte er die Kemptener Straße. Der Fahrtwind ließ die kurzen Ärmel seines Hemdes flattern und rauschen. Ein flüchtiger Schauder rieselte über seinen Rücken. Er genoss es. Wie alle diese Empfindungen, die er bislang in seinem Leben nicht, oder nur beiläufig wahrgenommen hatte. Er ließ das Rad laufen ohne zu bremsen. Ein einsames Auto kam ihm entgegen. Die Scheinwerfer blendeten bereits nicht mehr, so viel Dunkelheit war schon getilgt. Er wählte den kurzen Anstieg hinauf zu den Kreisverkehren in Aeschach, um etwas Wärme in die Muskeln zu bekommen. Von dort oben ging es steil hinunter zum Bahnübergang. Entlang des Aeschacher Ufers war die Stille dann noch präsenter. Nur der See war zu hören, mit seinem ewigen Rauschen. Sanft klang es an diesem frühen Samstagmorgen. Nur wenige Male begleitet vom kurzen Schrei einer Möwe, oder dem erschrockenen Quaken einer Ente. Walter Zenger war ganz in Gedanken versunken: *Ein Glück sei es gewesen, dass man ihn so schnell gefunden habe und er müsse dankbar dafür sein.*

Diese Worte, so oder in Varianten, hatte er oft gehört in den letzten Wochen und Monaten, und anfangs machten sie ihm ein schlechtes Gewissen, denn er empfand keine Dankbarkeit demgegenüber, was ihm geschehen war. Jetzt allerdings, in dieser Stunde, war er von Herzen froh, voller Entzücken und ganz als Mensch auf dieser wunderbaren

Welt. Mit der Dankbarkeit tat er sich allerdings schwer. Wie war man dankbar dafür, ein lebender Mensch zu sein? Dadurch, dass man genoss, was einen umgab, wenn es denn zum Genuss geeignet war?

Am Alpengarten angekommen, der rechts des Weges im Schatten der alten Villen lag, drang der so helle wie harte Klang der Schrankenglocken durch den werdenden Morgen. Es war noch zu früh, als dass jemand durch das Schlagen der Glocke hätte in drängende Eile versetzt werden können. Das würde sich am Vormittag ändern, wenn sich die Menschen an den Schrankenarmen sammelten und, in gleichem Maße unruhig wie ungeduldig, darauf warteten, weiterzukommen. Diese Schranke war in ihrer Grausamkeit gerecht, kannte weder Jung noch Alt, Arm noch Reich. Warten mussten alle. Und man stand manchmal lange. Für Zyniker könnte es ein unterhaltsamer Ort sein, an welchem zu studieren war, was das Warten als solches mit Menschen anstellen konnte.

Walter Zengers Ziel lag in nächster Nähe zu den Schienen, die entlang des Bahndamms hinüber zur Insel führten.

Er öffnete das Eisentor zum Kanuclub hin und lehnte das Rad an die Holzwand des Gebäudes. Die mächtigen Linden, die der alten Ufermauer Halt gaben, ruhten noch. Kein Blatt rührte sich. Von Osten her schimmerte ein zartes Rosa durch das finstre Geäst.

Er ging zur hinteren Türe, schloss sie auf und trat in das Dunkel des Bootshauses. Einige Sekunden blieb er stehen und wartete, dass seine Augen sich an das Dustere gewöhnten. Es roch nach Trockenheit, Holz und Vergangenheit. Die ausgetretenen Stufen der groben Treppe, die nach oben zu den Spinden führte, knarrten immer noch nicht. Sein Vater war dabei gewesen, als sie den Holzschuppen von der Insel hierher an das Aeschacher Ufer verlegt hatten. Jedes

Brett, jede Bohle war gekennzeichnet und am neuen Platz wieder errichtet worden.

Schon als Kind war er die Sommer über hier gewesen und hatte gelauscht, wenn die Alten davon erzählten, was beim Umzug alles gut und was schiefgegangen sei. Die immer wieder gleichen Geschichten, die er bald auswendig konnte und denen er gerne etwas hinzugefügt hätte, wenn einer von ihnen, nach einem Bier zu viel, ein Detail vergessen hatte zu berichten, oder etwas Neues hinzugefügt hatte. So entstanden Legenden. Schon damals saßen sie an den Abenden im Schatten der ewig alten Linden und auf sattem, duftendem Gras.

Nachdem er sich umgezogen und sein Paddel hervorgekramt hatte, trug er sich im Fahrtenbuch ein. Inselrunde, schrieb er, dazu Bootsnummer und Abfahrtszeit. Aus dem Lagerschuppen gegenüber holte er sein Kajak und setzte es vorsichtig ins Wasser ein. Auf die Spritzdecke verzichtete er. Der See war ruhig, die Wellen so lang, dass sie nicht zu sehen, kaum zu spüren waren. Mit wenigen Paddelschlägen glitt er hinaus, passierte die ersten Boote, die entlang des Bahndamms dümpelten, kehrte in weitem Bogen um und nahm den Durchstich am Bahndamm. Zuvor jedoch ließ er die bis zum Wasser reichenden Zweige der Trauerweide über Kopf und seine Schultern streichen. Nach wenigen Metern war er in die andere, weitere Welt des großen Sees gelangt, die sich nach dem engen, dunklen und glucksenden Tunnel auftat, wie eine ferne Märchenwelt. Als würde der Blick fallen, so weit ging er mit einem Mal und begann bald schon Halt zu suchen. Das Aeschacher Bad rechts, voraus der Turm des Hotels Bad Schachen. Dann Wasser, nichts als Wasser, bevor hinten die Appenzeller Hügel und darüber Säntis und Altmann einem die Heimat zeigten. Deren Felsen lagen noch grau und dumpf. Er atmete heftig, tauchte die Hände ins Wasser, das sanft und wohltuend frisch war. Mit kräftigen Paddelschlägen entfernte er sich aus dem heimeligen Fleck und querte die Wasserfläche weit hinaus, bevor er nach Süden wendete und direkt auf den magischsten Ort der Insel zuhielt – jene Stelle, an der sich der Pulverturm weit in den See vorschob. Er zog die Manschette fester, mit der er das Paddel an der linken Hand befestigt hatte. Die linke Hand besaß noch nicht genügend Gefühl und ausreichend Kraft, um es halten zu können.

Er hatte großes Glück gehabt, dass man ihn so schnell gefunden hatte, wiederholte er stumm für sich, wie ein Mantra, und nickte dazu.

Mit dem Reden war es auch noch schwierig. Aber er traute sich schon wieder alleine hinaus auf den See und fühlte sich sicher und wohl dabei. Seine Frau war zu Hause und bangte. Das wusste er. Aber er brauchte den Kontakt zum Wasser, er musste es fühlen, er musste es bearbeiten, mit dem Paddel. Er wollte die Berge sehen und die Insel, den Pulverturm und alle anderen Türme. Jetzt endlich war er auf dieser Welt, jetzt meldeten die Zellen, die noch funktionierten, wie es sich anfühlte, die Hand durchs Wasser gleiten zu lassen, wie gut eine Mahlzeit schmecken konnte, Bier und Wein. Wie weich und schön das Fell der Katze war, das er nun so oft streichelte wie es möglich war. Jetzt war er lebendig.

Er wollte alleine unterwegs sein. Selbst in Begleitung von Freunden wäre er das Gefühl nicht losgeworden, beobachtet und betreut zu sein. Außerdem steckte er sich weit draußen auf dem Wasser, wo es niemand hören konnte, den Korken in den Mund und übte zu sprechen, so wie es die Therapeutin von ihm verlangte. Im Schutz der Geräusche des Sees war es ihm nicht arg, sich selbst zu hören.

Er paddelte entlang des langen Stücks zwischen Pulver-turm, Karlsbastion und Pumpstation. In der Bodenseeklinik war schon in einigen Fenstern Licht auszumachen. Als er kurz hinter der Pumpstation nach Nordost bog, um die Hafeneinfahrt zu passieren, zählte er die Türme und Türmchen, Dachreiter, Fahnenstangen und Giebelspitzen, die sich wie in einer alten mechanischen Kulisse seiner Geschwindigkeit gemäß verschoben. Leuchtturm, Mangturm, Stephanskirche, Münster – Schweigen kam von den vertrauten, alten Mauern.

Vor dem Römerbad hielt er inne, wendete das Kajak nach Süden und wartete. Sein Blick ging vom Pfänder über das Rheintal bis zum Säntis. Er atmete still und blickte über das Wasser. War das eine Form von Dankbarkeit? Überhaupt zu sehen, was einen umgab?

Vom Münster kam warmer Glockenschlag. Das Zeichen den Weg fortzusetzen. Drüben in einem Giebeltürmchen auf einem der alten Häuser am Hafen war eine Bewegung auszumachen. Er wusste nicht, wer es war, aber seit geraumer Zeit achtete er darauf. Seit jenem Morgen vor einigen Wochen, als es ihm bei einer seiner ersten frühen Inselrunden vorgekommen war, als hätte er Gesang gehört. Eine einzelne, brüchig klingende Männerstimme, vom Wind in Wort- und Melodiefetzen über das Wasser getragen. Er hatte gemeint, das Lied zu erkennen, was ihm dann doch nicht gelungen war. Ein Choral. Seine Augen hatten auf der Suche nach der Quelle dieser ungewohnten Klänge eine Gestalt ausgemacht. Hoch droben im grünen Türmchen, hinter den Gitterfenstern geschützt vor dem Wind.

Er bewegte den ganzen Körper, gab den Schub der Paddel über die Füße an das Boot weiter, welches anfing zu gleiten. Kurz stoppte er, als die Sonne den Bergkamm überwunden hatte und mit einem Mal gleißendes Licht aus dem Wasser schlug und Wärme auf der Haut fühlbar wurde. Er lachte laut und froh. Wieder dem Tod einen Sonnenaufgang genommen.

Ein Stück voraus, am Pavillon des Segelhafens, flatterte leuchtend rot ein Schal in einer ersten Windböe, von der funkelnden Sonne über dem Wasser entfacht. Ja, es gab sie – die Genießer, dachte Zenger im Vorübergleiten und wendete seinen Blick dem Pavillon zu. Er hob das Paddel zum Gruß und hielt auf die Insel Hoy zu. Jemand lehnte da an der Brüstung und sah hinunter aufs Wasser. Der Kleidung nach musste es eine Frau sein. Die Enden ihres Schals baumelten nun müde über den weichen Wellen.

Er tauchte das Paddel langsamer in das Wasser ein, stoppte und sah zurück. Der rote Stoff des Schals berührte fast die Wasseroberfläche. Der Körper war aus seiner Position nicht zu erkennen, ebenso wenig wie eine Bewegung. Er wurde unruhig und wendete schließlich. In langsamer Fahrt, vorsichtig wie ein Jäger, ließ er das Boot zurückgleiten. Sein Paddel streichelte zurückhaltend über die Wasseroberfläche. Er steuerte landabwärts, um schneller einen Blick auf die Gestalt zu bekommen. Er wollte auch dem, was er in einem ersten Impuls befürchtete entdeckt zu haben, nicht zu nahe sein. Der Schal schwenkte leblos über dem Wasser. Walter Zenger erkannte einen hellbraunen Mantel und braune Haare, deren lange Locken unter einer Baskenmütze hervorquollen. Sein Herz schlug schnell und der Schweiß, den er spürte, war kühl. Er rief: »Hallo!« Es klang verwaschen, aus dem Gaumen gepresst, und das Druckgefühl an der Kehle ließ es dumpf und schal klingen. Er wiederholte: »Hallo!«, diesmal lauter. Keine Regung. Von der Seeseite her hatte er in seiner Verfassung keine Chance in den Pavillon zu kommen. Die Eisentreppe an der Mole war unüberwindlich für ihn. Er musste in das Hafenbecken fahren.

Ein Glück war es gewesen, dass man ihn so schnell gefun-
den habe und er musste dankbar dafür sein, hörte er. Viele
hatten ihm das gesagt. Er hätte anderes erwartet, was man
hätte sagen können. Ein Freund war gekommen und hatte
lange neben seinem Bett gesessen und erzählt, was so geschah, in seiner kleinen Welt. Das hatte gutgetan. Kein Wort
von Dankbarkeit für etwas. Inselrunde. Wenn er so dagele-
gen hatte, in den langen Zeiten zwischen Untersuchungen,
Essenszeiten und in den noch längeren Nächten, hatte er die
Augen geschlossen und war sie in Gedanken gefahren – die
Inselrunde. Hatte dem Wasser, dem Wind, den Gerüchen,
Geräuschen und Empfindungen nachgespürt und bei sich
geschworen, es aus ganzem Herzen genießen zu wollen,
wenn er jemals wieder in der Lage wäre es erleben zu dürfen. Die linke Seite kam recht schnell wieder in Schwung,
auch weil er fleißig übte.

Mit der zitternden rechten Hand kramte er das Handy
aus der oberen Tasche der Schwimmweste. Die trug er nur,
weil er es seiner Frau versprochen hatte und sie so ein wenig
beruhigter war; die Brusttaschen waren praktisch. Das Paddel an der linken Hand hängend und nun auf der Kunst-
stoffschale des Kajaks klappernd, war ihm wie eine lästige
Prothese. Er wählte eins, eins, null, und wartete. Eine müde
klingende Stimme forderte ihn auf, Name, Ort und Art des
Geschehens zu beschreiben, woraufhin er sich konzentrierte und zu sprechen begann. Er war aufgeregt und machte
Pausen, in denen er nach Luft rang. Ein schmaler Bereich
seiner unteren Lippe weigerte sich noch immer gegen die
obere zu pressen. Alle summenden Laute kamen aus diesem
Grund wie ein Brummen oder Stöhnen daher. Er unterbrach sein beunruhigtes Sprechen, fühlte, dass ihm am anderen Ende nicht die ganze Aufmerksamkeit zuteilwurde.
Er hörte Stimmen in der Muschel. Die professionelle Stimme

sprach mit einer anderen Person. Es klang unterdrückt, so als hielte jemand eine Hand vors Mikrofon. Dennoch hörte er die Worte *nur ein Besoffener*, und er sah den Gesichtsausdruck, die wegwerfende Handbewegung vor sich. Er sah erschrocken und gleichsam ruhig auf das Handy. So war es also nun, so klang er, so wurde er wahrgenommen – wie ein Besoffener. Sein Blick ging hinauf zu der reglosen Gestalt. Ihr Schicksal riss ihn aus dem Anflug von Selbstmitleid. Er drückte das Gespräch weg und wählte die Nummer seines Bruders. Der erfasste schnell, dass etwas im Segelhafen geschehen war, verständigte die Lindauer Polizei und begab sich selbst auch schon auf den Weg. Walter Zenger paddelte zwischen zwei dümpelnde Segeljachten und zerrte sich an den Tauen aus dem Kajak. Vorne am Restaurant *Mole 3* war niemand zu sehen. Endlich oben, eilte er an der Mauer entlang dem Pavillon zu. Es sah nicht gut aus. Der Körper lehnte zusammengesunken an der schmalen Brüstung, der linke Arm steckte eingeklemmt und unnatürlich an der Holzsäule. Die Beine waren in seltsamer Weise verdreht. Wenige Meter vor der Frau blieb er schwer atmend und fassungslos stehen. Hier gab es keine Hilfe mehr. Das Glück *schnell gefunden* gab es nicht immer. Nichts und niemand konnte ihr mehr helfen.

Die Sonne hatte sich als grell leuchtender Ball am Himmel von allem Nebel und Schleierwolken befreit. Wie ein monströser Scheinwerfer brannte sie die Farben aus der Szene. Der rote Schal, die braunen Haare, die bleiche Haut. Als sollte es ein letztes Feuerwerk der Farben geben für die Tote.

Vom Brettermarkt her waren Motorengeräusche zu hören. Die Reifen knatterten laut auf dem Kopfsteinpflaster. Wer da fuhr, hatte es eilig. Polizeistreife und Walter Zengers

Bruder kamen kurz nacheinander am Jachthafen an. Die Polizistin folgte dem Stummen, trat ganz nahe an die Frau heran und fühlte, ohne jede Hoffnung zu haben, am Hals nach einem Puls. Die Geräusche passten nicht zu diesem Tagesbeginn. Der Motorenlärm, die schnellen Schritte, das unterdrückte und doch laute Rufen, der knisternde Klang der Funkgeräte, der in den täuschenden Frieden des romantischen Ortes drang wie Gift. Walter Zenger saß an einem Tisch des Jachtclubrestaurants, hielt die Augen geschlossen, verbannte alle Gedanken und fühlte der Wärme nach, die die Sonne auf die Haut zauberte. Er lebte also. Sein Bruder saß neben ihm.

*

Der Anruf der Dienststelle hatte Schielin erreicht, als er gerade zur Weide gehen wollte, um nach Ronsard, den Friesen und den zwei Kaltblütern zu sehen, die für zwei Wochen ein Unterkommen hier heroben am Motzacher Weg gefunden hatten.

Die Mitteilung war knapp gehalten: eine tote Frau am alten Clubhaus im Jachthafen. Mehr war nicht zu sagen, zu erklären, es musste nicht weiter darüber geredet werden. Der Mitteiler hatte seine Aufgabe getan und für Schielin war klar, was zu tun war. Seine Planungen das Wochenende betreffend waren jetzt Makulatur. Nach einem kurzen Frühstück hatte er sich nur halbherzig hadernd mit dem Rad auf den Weg gemacht. So ganz ungelegen war ihm die Angelegenheit an diesem Samstagmorgen nicht gekommen. Sie ersparte ihm die Fahrt nach Ravensburg, mit Marja und Tochter – zum Shoppen. Wenn er sein Herz mit ganzer Ehrlichkeit befragte, so antwortete es, dass ihm die Leiche geradezu gelegen kam. Er war der Erste der Kripo, der am Segelhafen eintraf. Lydia, Wenzel und Kimmel waren bereits verständigt. Die Kollegen vom Streifendienst hatten weiträumig abgesperrt und gingen mit ihm den engen Weg auf der Mole nach vorne.

Der See spiegelte fröhlich das gleißende Licht der Sonne, die inzwischen stolz und frei über diffusen Dunst- und Nebelfeldern prangte. Dahinter hob sich die Linie der Gipfel unwirklich aus dem monochromen Gemisch aus Grau und Blau. Es war warm und eine angenehme Brise streichelte über das Wasser. Die Segeljachten im Hafen tänzelten unaufgeregt im Takt des Wassers, schwangen freudig her und hin. Nur vereinzelt zog das helle, metallische Klirren der Wanten und Masten durch die Luft. Die frühe Aufregung war einer beklemmenden Stille gewichen. Noch immer lagen Straßen, Wege und Plätze auf der Insel einsam. Ab und an kamen Motorengeräusche vom Brettermarkt und Barfüßerplatz an den Ort. Im Hafen brummte dumpf ein Schiffsdiesel.

Die südliche Mole leitete hinaus in den See und grenzte das kleinere Becken des Segelhafens zur freien Wasserfläche hin ab. Etwa auf der Hälfte der Strecke befand sich das alte Clubhaus, das von seiner Größe und architektonischen Gestalt her weniger den Eindruck eines *Hauses* machte, sondern dem Betrachter vielmehr wie eine Pagode oder ein Pavillon erschien. Der annähernd quadratische Grundriss reichte nur ein kurzes Stück seitlich über die Mole hinaus. Ein gleichmäßiges Walmdach saß den Mauern auf, zur Seeseite hin stützten es weiße Holzsäulen, und zwischen Säulenbrüstung und zurückgenommener Mauer führte ein schmaler Durchgang zum hinteren Teil der Mole.

Schielin ging langsam. Er hielt eine Hand zum Schutz gegen das blendende Sonnenlicht an die Stirn. Der Notarzt war schon vor Ort gewesen. Er hatte nichts verändert, nur die Gewissheit bestätigt, dass in dem menschlichen Körper, der schlaff über der Brüstung hing, kein Leben mehr war.

Vorsichtig trat Schielin heran. Der rote Schal wurde von Windwirbeln aufgeworfen und schlängelte empor. Schielin ging vorsichtig hinter der Toten vorbei und versuchte von der anderen Seite aus ihr Gesicht zu sehen. So wie sich die Situation darstellte, musste sie an der Brüstung gelehnt haben, als ihr das Messer mit großer Kraft, und getrieben von einem starken Willen, in den Rücken gestochen worden war. Wie die Kollegen schon beschrieben hatten, steckte es noch. Der dunkelgraue Schaft stand hervor und auf dem Stoff des Mantels bildete sich ein schmaler schwarzer Fleck rund um die Einstichstelle. Es war nur wenig Blut nach außen gedrungen.

Er konnte nirgends eine Handtasche entdecken. Ungewöhnlich für eine Frau. Ihr Mantel war von einem leichten Stoff. Sie konnte also nicht vorgehabt haben einen längeren Spaziergang zu machen, ohne Handtasche und nur mit diesem leichten Mantel über dem Kostüm. Die Nächte waren noch frisch hier am Wasser, solange der Sommer noch jung war. Der Notarzt wollte keine Aussage zu einem möglichen Todeszeitpunkt treffen. Sicher war nur, dass die Tote nicht seit dem vergangenen Abend hier lehnte. Schielin tippte auf die Zeit um den Sonnenaufgang.

Ihre linke Hand lag verkrümmt unter der Last des Körpers. Es war ein statisches Wunder, wie sie so über die Brüstung gelehnt, von einer Säule gestützt hing. Sie hatte lange, trotzdem weich erscheinende Finger und er konnte weder Abschürfungen noch Hämatome daran erkennen. Soweit zu erkennen, wies das Gesicht keinerlei Verletzungen auf. Die Haare waren nicht durcheinander und die Kleidung nicht zerrissen. Auch gab es keine anderen Hinweise, die auf eine

Auseinandersetzung hindeuteten. Hier hatte es keine Auseinandersetzung, keinen Kampf gegeben. Jemand hatte hinter der Frau gestanden und heftig zugestoßen. Der gestraffte Stoff am Rücken zeigte keinen weiteren Riss. Wer immer es getan hatte – er war schnell und brutal vorgegangen.

Auf dem Boden unterhalb des kleinen Balkons des Clubhauses erblickte er den Bund mit Wildblumen, die helle und bläuliche Blüten hatten. Er sah frisch aus und konnte nicht schon seit gestern hier liegen. Ein geflochtenes Bastnetz fasste die Stiele. Es wirkte einerseits kunstfertig und einfach zugleich. Der größte Teil der Blüten und Blätter war zertreten. Auf dem Boden waren grüne und bläuliche Abriebspuren zu sehen. Schielin musste seine Empfindungen unter Kontrolle bringen und lenkte den Blick hinüber nach Bregenz. Es war auch zu grotesk. An der Brüstung hinter ihm lehnte eine tote Frau, der ein Messer im Rücken steckte, rundherum wogte in gleichgültiger Ruhe der See, und am Boden vor ihm lag dieser eigenwillige Strauß aus Wildblumen oder Kräutern – keine Tulpen oder Rosen, wie man es vermuten könnte.

Er atmete durch und legte einen Fahrplan für die dringendsten Maßnahmen fest. Zuerst natürlich die Spurensicherung, die von Wenzel und Lydia übernommen werden würde. Die Kollegen von der Wasserschutzpolizei waren bereits zur Stelle. Sie lagen mit ihrem Boot drüben vor dem Römerbad und konnten so den Tatort von der Wasserseite her filmen und fotografieren. Taucher mussten kommen, um beidseits der Mole den Grund abzusuchen. Schließlich waren noch die Boote zu überprüfen, die im Hafen lagen. Die an der Südmole zuerst. Der Hafenmeister fiel ihm ein. Auch eine Quelle für Informationen. Die Strecke vom neuen Clubhaus bis hinaus zum Ende der Südmole hatte er schon einige Male zurückgelegt. Den Blick immer auf einen bestimmten Bereich konzentriert. Nichts war ihm aufgefallen. Jetzt, auf halber Strecke dem Festland zu, fiel ihm eine Segeljacht auf. Sie hatte den Namen *Obadja* – Obadja, der Diener oder Knecht Gottes, war einer der kleinen Propheten. Wie hießen die noch mal? Obadja, Jona, Micha, Nahum, Habakuk, Zefania ...

An was man sich nicht alles erinnerte. Und das in den unmöglichsten Situationen. Jedenfalls ein außergewöhnlicher Name für ein Boot und mal was anderes als *Lady Blabla* oder *Blue Sky*. Mit Namen war es wie mit Tätowierungen – man sollte vor einer Entscheidung eingehend prüfen.

Schielin ging bis zur Terrasse des neuen Clubhauses und setzte sich zu Walter Zenger, den er flüchtig kannte. So, wie man sich in Reutin eben kannte, weil man einander begegnen musste, im Kinderfestausschuss, im alten Rathaus, bei St. Josef oder St. Verena. Es gab kein Möglichkeit einander zu entgehen.

Zunächst stellte Schielin keine Fragen. Er wartete eine Weile, schloss ebenfalls die Augen und spürte der Wärme der Sonne nach. In einigen Stunden würde man in den Schatten flüchten. Walter Zenger begann nach einer Weile von sich aus von dem zu erzählen, was ihm an diesem Morgen widerfahren war.

In ihrem Rücken begann derweil die Stadt zu erwachen. Auf den Terrassen der Seepromenade im Hafen wurden Tische, Stühle und Bänke hergerichtet. Das Gebrumm von Lieferfahrzeugen dröhnte herüber und das ruhige Blubbern der Schiffsmotoren aus dem Hafenbecken schwoll zu einem kräftigen Wummern an. Die Vorbereitungen für einen unbeschwerten Sommertag am Bodensee gingen unbeeindruckt der Ereignisse im Segelhafen ihren gewohnten Gang. Auf den Bänken entlang des Hafenbeckens saßen frühe Spaziergänger.

Lydia Naber schwitzte unter dem Overall, dessen Reißverschluss sie bis zum Bauch hin aufgezogen hatte. Sie übertrug gerade die Tatortfotos vom Kamerachip auf das Notebook. Das dauerte und verschaffte ein wenig Zeit zum Erholen und Nachdenken.

Wenzel tauchte vor den Holzschuppen der Wasserschutzpolizei auf. Sie richtete sich auf und pfiff laut und anerkennend. Dann sagte sie übertrieben staunend: »Wenzel! Wow! Schick, schick, schick. Hat Kimmel dich vielleicht nicht so richtig über unser so wunderbares Treffen hier im Lindauer Segelhafen informiert, mein Lieber? Es ist nicht so, dass wir gleich mit dem Tanzschiff rausfahren. Nein! Da vorne am Pavillon liegt eine tote Frau herum und wir müssen Spuren sichern, aber das schaut in diesen Klamotten natürlich eine Spur eleganter aus.«

Wenzel blieb vor ihr stehen, ließ ein flüchtiges Knurren hören und verschaffte sich einen groben Überblick.

»Wo kommst du her?«, fragte sie, während sie ihren Arbeiten nachging.

»Konzert«, lautete die einsilbige Antwort. Er ging zur Heckklappe des weinroten Passat Kombi und kramte einen Overall aus dem Blechkoffer.

Lydia ätzte weiter. »Konzert? War Heino in der Inselhalle, oder ist Florian Silbereisen mit seiner Jodelentourage hier durchgekommen?« Sie hielt theatralisch inne. »Nein, jetzt weiß ich's! Die Flippers, nicht wahr. Drüben auf der Seebühne in Bregenz? Ist da was an mir vorübergegangen?«

Wenzels dunkler Anzug verschwand unter dem hellen, knisternden Kunststoff. Er sah auf der Checkliste nach und wusste anhand Lydias Aufzeichnungen, was noch nicht erledigt war. Mit dem Spurenkoffer in der Hand schlurfte er müde Richtung Mole davon. Seine Blicke suchten Schielin.

Lydia klappte das Notebook schnell und laut zu und folgte ihm. »Am Ende warst du in einem klassischen Konzert«, rief sie ihm nach, ein paar Meter hinter ihm und schnell aufholend.

Er schwieg.

Sie überholte ihn und stellte sich vor ihn, um ihn am Weitergehen zu hindern. Theatralisch hob sie die freie Hand in die Luft und sagte: »Ohh, oh, oh – ich ahne es. Die BMW-Fahrerin! Komm, gib's schon zu. Gib's zu, die Schneidige mit dem BMW Cabrio! Mensch Wenzel! Das geht ja nun schon eine Ewigkeit. Wenn ich so nachdenke, dann sind das sicher schon … na ja … ein paar Wochen, oder gar noch mehr. Bald muss man in Monaten rechnen. Höre ich schon die Hochzeitsglocken läuten, Mhm!?«

»Bei mir werden keine Glocken läuten«, kam es trocken von Wenzel.

Lydia lächelte wissend und sprach nachsichtig. »Höre, was ich dir zu sagen habe. Nur drei Mal hast du es zugelassen, dass ich diese Frau zu Gesicht bekommen habe. Nicht oft, wie du zugeben musst. Und das, obwohl du weißt, wie brennend meine Neugier ist. Und trotzdem kann ich dir schon eines sagen: Wenn diese Frau will, dass Glocken läuten, dann werden Glocken läuten. Vergeude also nicht zu viel Energie mit Abwehrmaßnahmen. Das ist ein guter Rat von mir. Aber was anderes – was gab's denn?«

»Kalbsmedaillons und Burgunder.«

»Nein! Ich meine das Konzert.«

»Rachmaninoff«, erwiderte Wenzel und schob sich an ihr vorbei.

Lydia Naber folgte ihm und sprach in Silben: »Rach-ma-ni-noff?! Wie romantisch. Am Ende noch Klavierkonzert Nummer drei. Dann werden nicht nur Glocken läuten, sondern du wirst in einem Vierspänner durch Lindau fahren.«

Wenzel fühlte einen feinen Film kalten Schweißes auf der Stirn, dessen Entstehung weniger mit der gleißenden Sonne, dem Overall und dem Mordfall zu tun hatte, als vielmehr durch den Gedanken an den Vierspänner erzeugt wurde.

Er blieb einsilbig. »Werde ich nicht«, sagte er in Richtung Berge, »was bist du so garstig, Lydia. Da vorne liegt eine tote Frau.«

Lydia schnitt eine Grimasse und suchte einen Blick von ihm zu ergattern. Sie äffte ihn nach: *»Was bist du so garstig, Lydia, was bist du so garstig.* Wo hast du denn das her. Ich habe schlechte Laune und brauche jemanden, an dem ich sie auslassen kann, und du sagst, *was bist du so garstig.* Was ist denn mit dir los! Diese Rachmaninoffkonzerte tun dir nicht gut. Früher hättest du mich angeblafft, dass ich die Klappe halten und gefälligst den Overall bringen soll. Das wäre ein ordentliches Benehmen gewesen, aber gut.« Sie wies mit dem Kopf zur Südmole. »Da vorne liegt eine tote Frau, ja. Aber bei mir daheim da liegen einige Gartenbeete und andere Arbeiten, auf die ich mich gefreut habe. Meinen Liebsten mitsamt pubertierendem Sohn habe ich für das Wochenende fortgeschafft, nur damit ich Ruhe habe. Ich wollte es genießen. Zwei Freundinnen wollten kommen – und dann lässt sich die Arme da erstechen. Ich finde das ärgerlich. *Du* hattest wenigstens ein schönes Konzert.« Sie stöhnte und ließ ihn in Ruhe. »Bei der Frau da wird nur noch einmal ein Glöcklein läuten – das Totenglöcklein. So ist das Leben. Freuen wir uns also noch boshaft zueinander sein zu können.«

Wenzel nickte und ging weiter.

»Conrad war schon hier und hat alles in die Wege geleitet«, erklärte Lydia, »wir müssen rundherum abtauchen lassen. Die Tatwaffe, die haben wir aber schon. Ein Messer. Steckt noch. Ich habe den Schaft mit Folie gesichert, dass niemand was verwischen kann. Das Ding müssen die in der Rechtsmedizin rausholen.«

Sie kamen näher. Schielin lehnte an der Mauer der Mole und sah über das Römerbad hinweg, hinüber zum Hafen, wo Leuchtturm und Löwe sich im Sonnenglanz badeten.

»Was haben wir genau?«, fragte Wenzel.

Lydia kramte ihr Notizbuch hervor. »Wie gesagt – eine erstochene Frau. In ihrer Manteltasche haben wir eine Geldbörse gefunden. Sie hatte schön artig ihren Ausweis drinnen, auch ihre EC- und Kreditkarte, was uns viel Arbeit erspart und einen Raubmord unwahrscheinlich macht. Es handelt sich um eine Frau Dr. Agnes Mahler, einundvierzig Jahre alt, ledig, Psychotherapeutin aus München. Sie logiert … oder sagt man nun logierte? … vorne im Hafen, im Hotel Seegarten. Darauf deutet zumindest die Hotelbestätigung für das gestrige Abendessen hin, die ich aus der Manteltasche gezogen habe. Viel mehr wissen wir noch nicht. Conrad meinte, der Notarzt war sich nicht sicher, was den Todeszeitpunkt betrifft, aber lange kann sie noch nicht tot sein. Den Temperaturkurven nach gehe ich davon aus, dass sie erst heute Morgen getötet worden ist – reine Vermutung allerdings.«

Schielin hörte die beiden, drehte sich ihnen zu und hob zur Begrüßung die Hand. Dann stützte er sich wieder auf der schmalen Mauer auf. Es gab vorerst nichts zu bereden. Wenzel und Lydia taten ihre Arbeit.

Das Mauerwerk hatte bereits so viel Wärme gespeichert, dass es sich angenehm anfühlte. Schielins Augen folgten dem weichen Wellenspiel. Seine Gedanken suchten darin nach einem Wort, einer Beschreibung, die zu der Szene passte, die ein grausiger Geist nur einige Meter weiter aufgeführt hatte. Was war es, was ihm durch den Kopf gegangen war, als er die Tote hatte liegen sehen? Seine Gedanken wurden von Zengers Bruder unterbrochen, der fragte, ob sie noch gebraucht würden. Conrad Schielin bedankte sich und sagte, dass es sicher noch Fragen geben würde, im Moment jedoch die Anwesenheit der beiden nicht erforderlich sei. Lydia hatte bereits eine DNS-Probe bei Walter Zenger genommen, der sich davon nicht negativ betroffen fühlte. Es war überhaupt ein cooler Typ, dieser Zenger.

Vorne an der Absperrung tauchte Kimmel auf. Von ihm erfuhr Schielin, dass die Taucher bereits unterwegs waren. Ein Kollege der Streifenbesatzung kam vorbei und fragte, ob das Boot der Wasserschutzpolizei im Moment noch gebraucht würde. Sie hätten einen anderen Einsatz.

»Was denn für einen anderen Einsatz?«, fragte Kimmel ungehalten und sah hinüber zum Boot, das im grellen Morgenlicht vor der östlichen Hafenmauer schwankte.

»Ein Boot treibt draußen am See, drüben in der Bregenzer Bucht. Ein Wasserburger Fischer hat es gemeldet.«

»Wie ist das gemeint – ein Boot treibt draußen am See ... Boote sind dazu da, um auf einem Gewässer zu treiben ... führungslos vielleicht?«, fragte Kimmel mürrisch.

Schielin schmunzelte über die Formulierung: *führungslos.* Das war nun wirklich das Schlimmste, was Kimmel sich vorstellen konnte – *führungslos.*

Der Kollege bestätigte, dass es genau so gemeint sei: Ein verlassenes Boot treibe draußen am See.

»Sag ihnen, sie sollen sich das sehr genau anschauen, diese Sache mit dem treibenden Boot. Vielleicht hat es was mit der Toten zu tun«, meinte Schielin.

»Das haben die auch schon gesagt«, entgegnete der Kollege. »Dann sag es doch gleich!«, blaffte Kimmel dazwischen und entließ den jungen Burschen damit.

Sie gingen gemeinsam zur Mole und sahen hinüber in die Bregenzer Bucht. Weit draußen war tatsächlich ein Boot zu erkennen.

Kimmel sprach leise in lichtdurchfluteten Nebelschwaden, die schmal über dem Wasser lagen: »Erstochene Frau, führungsloses Boot. Bin mal gespannt, was heute noch so alles daherkommt.«

»Es reicht schon so«, kam es von Schielin, der die Hand an die Stirn hielt und verfolgte, wie das Boot der Wasserschutzpolizei in das gleißende Licht steuerte.

✳

Sie warteten stumm und ergeben, bis Lydia und Wenzel mit ihrer Arbeit zu Ende gekommen waren und die Leiche abtransportiert werden konnte. Kimmel und Schielin halfen den beiden dabei, den toten Körper in die Zinkwanne zu legen. Die Position des Messers sollte möglichst nicht verändert werden.

Lydia hatte den Bund mit Wildblumen vorsichtig in eine Alufolie gewickelt. Die großen Plastiktüten waren ausgegangen, obwohl sie Erich Gommert schon vor einer Ewigkeit beauftragt hatte nachzubestellen.

Kimmels rechte Hand knetete Kinn, Mund und Nase, fuhr über den Nacken. Manchmal schnaubte er. Es war zu wenig los. Es fiel ihm schwer zu warten. Gegenüber, auf den kleinen Balkonen und an den offenen Fenstern waren nun Menschen zu sehen, die bemerkt hatten, dass draußen, zwischen Bootsschuppen, Segeljachten und Römerbad etwas vor sich ging, was nicht zu einem sommerlichen Samstagmorgen gehörte. Kimmel betrachtete die Häuserfront und meinte zu Schielin, der in die gleiche Richtung sah, dass es vielleicht Zeugen gäbe. Schielin murmelte etwas.

Im Wachraum der Wasserschutzpolizei, nur wenige Meter vom Tatort entfernt, setzten sie sich zusammen.

»Schöne Scheiße«, leitete Kimmel die improvisierte Besprechung ein, »eine Psychotherapeutin. Und gerade vor den Nobelpreisträgern.«

Lydia wiederholte stoisch, was über die Tote bisher bekannt war. »Dr. Agnes Mahler, einundvierzig Jahre alt, wohnhaft in München, Renatastraße, unverheiratet, vermutlich Gast im Hotel Seegarten.«

»Seegarten, aha. Schön, sehr schön. Wer geht dorthin und sieht nach?«

Lydia hob kurz die Hand, denn Schielin war wie abwesend. Kimmel wartete eine Weile auf eine Reaktion von ihm. Dann fragte er: »Ist was, Conrad?«

Der presste die Lippen aufeinander. »Das ist verdammt brutal gewesen. Sieht nach nicht viel aus. Kaum Blut, keine Kampfspuren. Und trotzdem derart skrupellos. Sie kann nicht damit gerechnet haben, so unbefangen wie sie an der Brüstung lehnte.«

Kimmel ging nicht auf das Gesagte ein. »Du gehst mit Lydia zum Hotel und ich kümmere mich hier um alles Weitere. Wenzel wird sich um die Spuren kümmern ... wo wird eigentlich obduziert, haben wir da schon was?«

Lydia grinste. Vor ihrem inneren Auge erschien eine flotte BMW-Cabriofahrerin. »Na, in Memmingen, bei den alten muffligen Landgerichtsärzten.«

*

Langsam glitt das Polizeiboot um die Insel, nahm Kurs auf Lochau. Es war kein Fernglas erforderlich an diesem klaren Morgen. Am Himmel funkelten in hellem Blau noch letzte Sterne und der See lag wie geschliffen da. Weiter draußen als gedacht dümpelte das Motorboot, von dem der Fischer berichtet hatte. Der Bug drehte sich langsam in die eine, dann wieder in die andere Richtung.

Der *Hecht* nahm Fahrt auf und kam schnell näher. Vor ihnen lag eine große, moderne Motorjacht. Die Persenning war ordentlich abgenommen worden und es machte den Eindruck, als müsste jemand an Bord sein. Dem richtungslosen Treiben war aber zu entnehmen, dass niemand das Boot steuerte. Das Polizeiboot kam vorsichtig längsseits. Nur das sanfte Plätschern der Wellen, die sich an der Bordwand brachen, war zu vernehmen. Auf die Rufe antwortete niemand. Vorsichtig stieg einer der Polizisten an Bord. Die Tür zur Kajüte war geschlossen. Mit dem Griff der MagLite klopfte er nochmals an. Vielleicht hatte jemand einen sehr tiefen Schlaf – nach einer Nacht mit Alkohol und Drogen. Es wäre nicht das erste Mal gewesen. Als wieder keine Antwort erfolgte, öffnete der Beamte die Türe und leuchtete ins Innere der Kajüte. Niemand war zu sehen. Alles machte einen aufgeräumten Eindruck. Allein am Boden hinter der Türe leuchtete etwas im Lampenlicht auf. Es war ein Geldschein. Einhundert Euro.

Sie nahmen die Motorjacht ins Schlepptau und glitten zurück in Richtung Insel. Die Kripo sollte sich darum kümmern. Vielleicht bestand ja tatsächlich ein Zusammenhang mit der Toten, die man am alten Clubhaus gefunden hatte.

*

Dr. Agnes Mahler hatte eines jener Zimmer im Hotel Seegarten gehabt, deren kleine Balkone hoch über den Seeterrassen am Hafen hingen. An der Rezeption bemühte man sich um Diskretion, was schwerfiel angesichts der Nachricht, die der Kommissar und seine Kollegin überbrachten.

Es dauerte eine Weile, bis der Hotelmanager erschien. Nur er durfte das Zimmer öffnen. Er hatte genügend Verständnis, um die beiden anschließend allein zu lassen. Lydia und Schielin zogen diskret die dünnen Kunststoffhandschuhe über. Drinnen öffnete Lydia zuerst die Balkontüre und ließ frische Luft herein.

»Habe ich mir es doch gedacht.«

»Was?«, fragte Schielin, öffnete die Türe zum Bad und ging hinein.

»Das Bett«, rief Lydia halblaut nach, »es ist benutzt und noch nicht gemacht. Es ist also heute Morgen geschehen. Sie hat hier geschlafen und muss das Hotel noch vor Sonnenaufgang verlassen haben.«

»Macht man das so?«, kam Schielins Frage hallend aus dem Badezimmer, »... weit vor Tagesanbruch aufstehen, nur um den Sonnenaufgang zu erleben?«

»Kann ich mir schon vorstellen. Wenn ich in einer Stadt leben müsste und dann für ein paar Tage hier wäre. An seniler Bettflucht hat sie jedenfalls nicht gelitten ... eine attraktive, gesunde, aktive Frau.«

Lydia zog die Schubladen des Nachtschränkchens auf, fuhr nachdenklich mit den Händen über die Sachen, die herumlagen, und rief in Richtung Bad: »Ist schon ein gesegneter Flecken da draußen auf der Mole, bei Sonnenaufgang. Sozusagen ein Geheimtipp. Wenn man auf niemanden trifft, der einen umbringen will.«

»Vielleicht hat es noch einen anderen Grund als die Sonnenaufgangsstimmung gegeben. Nach Zufall hat das nicht ausgesehen.«

»Du meinst, sie war dort mit jemandem verabredet?«

»Mhm«, kam es von Schielin, der sich nun doch nicht ganz so sicher war, wie es zunächst geklungen hatte.

»Jemand könnte ihr auch aufgelauert haben. Vielleicht

weiß einer von den Angestellten etwas zu erzählen. Wir werden tun, was wir immer machen: fragen, fragen, fragen.«

»Das werden wir. Gibt's bei dir im Bad was Besonderes?«

»Nein. Nur ein paar Medikamente. Diclofenac, Aspirin und so homöopathische Kügelchen. Arnika D12, Colocynthis D6.«

»Klingt nach Schwierigkeiten mit den Bandscheiben«, rief Lydia, »hier ist auch nichts Bemerkenswertes. Sie hat keine Schlaftabletten oder Beruhigungsmittel genommen. Alkohol auch Fehlanzeige. Die Minibar ist so was von unberührt.«

Schielin kam zurück. »Das Badetuch ist noch feucht. Sie hat heute Morgen geduscht. Sag mal – was hat eine unberührte Minibar mit den Bandscheiben zu tun?«

»Nein – nicht die Minibar. Diclofenac und Colocynthis«, erklärte Lydia und setzte sich auf die Bettkante. »Ich schlage vor, wir packen alles zusammen, Klamotten und so.«

Schielin ließ den Blick durch den Raum schweifen. »Mhm, ja, gut. Hast du eine Handtasche gefunden? Vorne am Clubhaus hatte sie keine dabei. Sie muss doch eine Handtasche haben.«

Lydia ließ die Augen ebenfalls durch den Raum gleiten und schüttelte nachdenklich den Kopf. »Nein. Nichts. Ich habe alle Schränke und Schubladen durchgesehen. Das Ladegerät für ein Handy habe ich gefunden – das Handy selbst nicht. Scheint weg zu sein. Und angesichts des wenigen Gepäcks, das sie dabeihatte, war der Aufenthalt sicher nur übers Wochenende geplant.«

Schielin war inzwischen zum Schrank gegangen und damit beschäftigt ihn auszuräumen. Lydia zog zwei Aktenschuber aus dem Regal und blätterte oberflächlich durch die Papiere und Zeitschriften, die Agnes Mahler darin bewahrt hatte. Fachzeitschriften, Korrespondenz, Notizblöcke. Das musste man in einer ruhigen Minute durchsehen.

Schielin hatte keine Mühe, das wenige an Kleidung zu durchsuchen. Nichts. Es fehlte also die Handtasche. Mit Sicherheit hatte sie die im Segelhafen dabeigehabt. Eine kleine, eher unwahrscheinliche Möglichkeit bestand noch darin, dass sie im Auto fündig wurden. Es stand in der Hotelgarage. Aber daran glaubte Schielin nicht. Der Täter hatte die Handtasche mitgenommen, und somit fehlten das Handy, die Wohnungsschlüssel, Autoschlüssel. Und noch etwas. Wieso sollte der Täter die Handtasche mitnehmen. Ein Raub? Bei Sonnenaufgang im Segelhafen? Schwer vorstellbar.

Von der Hafenseite her drangen die Geräusche eines vollständig erwachten Samstages herein und im Hotel ging es von Minute zu Minute munterer zu. Gäste verließen das Hotel, neue kamen an. Koffer standen herum, Umarmungen, Verabschiedungen, dazwischen das Surren des Druckers von der Rezeption.

Kurze Zeit später saßen Conrad Schielin und Lydia Naber in einem nüchternen Büro, dessen Fenster zur schattigen Ludwigstraße wiesen. Sie stellten dem Hotelmanager ihre Fragen und der holte seine Antworten mit souveräner Geste aus dem Computer. Frau Dr. Agnes Mahler war schon am Donnerstag angekommen. Das Zimmer hatte sie bis zum Montag gebucht. Sie war zum ersten Mal Gast im Hotel. Es gab nichts Auffälliges über diese Frau zu berichten.

An der Rezeption hatte Schielin mehr Erfolg. Von einer der Damen erfuhr er von einem Telefonat, das Agnes Mahler am Freitagabend geführt hatte. Sie hatte dabei am Tresen der Rezeption gestanden und Formulare ausgefüllt, als eine Frau zu ihr gekommen war. Agnes Mahler hatte das Telefonat beendet und war mit der Fremden für einige Zeit in eine

Ecke des Empfangs gegangen. Von dem Gespräch der beiden hatte die Rezeptionistin nichts mitbekommen, denn sie hätten es unterdrückt geführt. Es sei jedoch der Gestik und Köperhaltung wegen deutlich zu spüren gewesen, dass es in angespannter und gereizter Stimmungslage stattgefunden habe.

»Handelte es sich um einen Hotelgast ... ich meine diese Frau, die zu Frau Mahler gekommen ist?«, fragte Lydia.

»Nein. Nicht unser Hotelgast. Ich meine sie aber auf der Frühstücksterrasse drüben im Bayerischen Hof gesehen zu haben.«

Schielin war skeptisch. Es waren so viele Gäste in der Stadt und gerade im Hafen war viel los. In dieser Masse jemanden zu erkennen, war schwer vorstellbar. » Sie sind sich da sicher«, fragte er, »bei den vielen Leuten, die hier sind?«

»Ja, es ist viel los. Aber es gibt nur wenige mit einer solchen Frisur«, antwortete sie nüchtern und beschrieb die bislang noch Unbekannte als etwa vierzigjährige, hagere Frau, mit dichtem, lockigem Strohschopf. Sie meinte, dass die Beschreibung genügen würde, um drüben im Hotel erfolgreich zu sein.

Inzwischen war der größte Teil der Tische draußen auf den Terrassen entlang der Hotelfront des Hafens besetzt. Die *Karlsruhe* kündete ihre Ausfahrt mit einem lauten Hornsignal an. Eine einsame, plötzliche Böe fegte durch die Blätterkronen der Platanen. Nichts deutete auf das hin, was im Morgengrauen nur wenige Meter von hier geschehen war.

Lydia Naber studierte die Gesichter der Frühstücksgesellschaft auf der Suche nach einem bleichen Haarschopf. Auch im Hotel Bayerischer Hof stauten sich Ankommende und Abreisende im Foyer. Die Boys hatten alle Hände voll zu tun, die Taxifahrer fuhren ihre Karossen besonders würdevoll vor den Eingang. Lydia Naber passte einen günstigen Augenblick ab, um einen Hotelbeschäftigten abzufangen, der vom Aufzug kam und ein leeres Tablett trug. Schielin stand halbwegs unauffällig seitlich des Eingangs und beobachtete das Foyer. Lydia Naber zeigte mit einer verdeckten Geste ihren Dienstausweis und wiederholte die Beschreibung, die sie erhalten hatte: Frau, um die vierzig, hager, bleicher Strohschopf. Es waren ihre letzten beiden Worte, die den verdutzten Mann nicken ließen. Er wusste nicht recht, was er tun sollte. Lydia Naber bat ihn, jemanden aus dem Hotelmanagement zu holen, was sehr schnell erledigt wurde. Mit professioneller Freundlichkeit leitete eine kurzhaarige Frau Lydia Naber und Schielin in ein abseits gelegenes Büro. Sie reagierte bestürzt auf die bruchstückhafte Schilderung der beiden, aus welchem Grund sie Auskunft über einen Gast benötigten. Ein paar Tastenanschläge und sie hatten einen Namen: Dr. Melanie Schirr.

Schielin notierte. Lydia fragte: »Seit wann ist diese Frau Doktor Schirr hier im Hotel?«

»Donnerstagabend«, lautete die sachliche Antwort nach einem kurzen Blick in den Bildschirm.

»Alleine?«

»Ja«, kam es etwas zögernd.

»Ja?«, fragte Lydia lächelnd nach.

»Frau Doktor Schirr hat ein Einzelzimmer. Es ist aber so, dass sie mit zwei weiteren Personen den Tisch für die Mahlzeiten hat. Ein Doktor Helmut Grohm und eine Frau Doktor Claire Wilms gehören noch dazu. Sie haben auch jeweils Einzelzimmer gebucht.«

»Wissen Sie etwas über den Hintergrund dieser Leute, außer dass alle einen Doktortitel haben?«, wollte Schielin wissen.

»Nichts Genaues. Soviel ich mitbekommen habe, handelt

es sich um Psychiater oder so. Wissen Sie, ich bin die erste Saison hier. Ich habe nur gehört, dass dieser Doktor Grohm wohl Stammgast hier im Hause ist, jedes Jahr, anlässlich der Psychotherapietage.«

»Die Psychotherapietage liegen nun aber schon gut zwei Monate zurück«, meinte Lydia Naber, die zu Schielin geblickt hatte, als das Wort *Psychiater* gefallen war.

»Sicher. Vielleicht ein Kurzurlaub? Die Zimmerbuchung geht von Donnerstag bis Sonntag.«

»Irgend etwas Besonderes?«, fragte Lydia.

»Nein. Gar nichts. Keine Extras, keine Sonderwünsche, kein unangenehmes Benehmen, keine Beschwerden Rundum angenehme Gäste.«

»Es ist auch keine vorzeitige Abreise geplant?«, stellte Schielin fragend fest.

Sie kontrollierte den Bildschirm. »Nein, keine vorzeitige Abreise.«

Schielin bedankte sich für die Auskunft und erklärte, dass sie im Moment nicht das Gespräch mit Frau Schirr und ihren Begleitern suchen wollten. Er bat aber darum verständigt zu werden, falls eine der Personen beabsichtigte abzureisen. Er verzichtete darauf zu erwähnen, dass gegenüber den betroffenen Gästen nichts von ihrem Besuch und ihren Fragen erwähnt werden sollte. Das war hier nicht erforderlich; und wo es erforderlich war, wäre es sinnlos gewesen es zu sagen.

*

Als beide die Rückfahrt zur Dienststelle antraten, waren im Herzen der Insel, zwischen dem Haus zum Cavazzen, Neptunbrunnen, Stephanskirche und Münster die Marktstände bereits aufgebaut. Geruch von frischem Brot, Gewürzen und Olivenöl lag in der Luft. Dr. Helmut Grohm und Dr. Claire Wilms schenkten den überbordenden Gemüse- und Obstständen, dem Geräucherten, Gebackenen, Gebratenen und Eingelegten nicht einen Blick. Sie eilten durch die schon dichte Menge und empfanden die genießend Schauenden als Hindernis. Dr. Helmut Grohm kannte sich aus in Lindau. Oft war er schon durch die Straßen und Gassen geschlendert, hatte vermeintlich Bekanntes immer wieder aufs Neue entdeckt. Vor einigen Minuten, gerade als er seiner Begleiterin vorschlagen wollte, eine Stärkung im Fidelisbäck zu holen, hatte sein Handy in der schmalen Innentasche seines Jacketts vibriert, wodurch der von Gelassenheit und genussvoller Bedachtheit geprägte Spaziergang ein jähes Ende gefunden hatte. Melanie Schirr war die Anruferin. In nur wenigen Worten, schon in Eile, konnte er seiner Begleiterin Claire Wilms erklären, was er erfahren hatte.

Das Pärchen fiel auf, in seiner Eile und der nun fehlenden Ausstrahlung von Gelassenheit. Dieses Gehetztsein passte am allerwenigsten zur Erscheinung von Helmut Grohm. Seine nach hinten gekämmten, glatten weißen Haare, der braune Teint, der hellgraue Bart, dazu seine Kleidung, geschmackvoll, teuer und doch bildungsbürgerliches Understatement betonend, passte so ganz zur Gestalt dieses Endfünfzigers. Dr. Helmut Grohm war eine Erscheinung, wie man sie gerne in Lindau sah. Gebildet, solvent, unaufdringlich. Ein Connaisseur. Eine solche Gestalt gehörte förmlich an einen der Cafétische an der Hafenpromenade und wenn es ihn nicht schon gegeben hätte, so hätte das Marketing von ProLindau ihn erfinden müssen.

Umso mehr stand seine energische, nichts und niemanden beachtende Eile im Gegensatz zu seinem Äußeren. Kaum zu glauben, dass eine so souveräne Erscheinung außer Rand und Band geraten konnte. Die Frau, die ihm folgte, befand sich förmlich in einer Heckwelle von ungestümer Energie und innerem Aufruhr.

＊

Für Conrad Schielin und Lydia Naber war der Rückweg zur Dienststelle eine Geduldsprobe.

»Und? Immer noch Eiszeit im trauten Heim?«, fragte Lydia wie beiläufig und sah hinüber zur Spielbank.

Schielin lachte unecht.

»Wird es zu einer Verhandlung kommen?«, fragte sie ohne Neugier.

»Nein, nein, das wird es nicht. Ich habe dem Herrn Geflügelfleischproduzenten einen Besuch abgestattet und meine Sicht der Dinge dargelegt. Sein Anwalt war dabei. Ich überlege noch, ob ich Strafantrag stellen soll.«

»Wie geht es der Lena denn?«

Schielin wog den Kopf. »Na ja. Ist schon ein wenig schockiert.«

Lydia schüttelte den Kopf. »Und die sind da in der Nacht echt eingebrochen, in diese Hühnerfarm?«

»Nicht alle. Nur ein paar von der Truppe ... ökumenische Landjugend ... «

»Ja, und was wollten die denn da machen – hunderttausend Hühner befreien, oder was?«

»Einhundertzwanzigtausend sind es. Aber genau das ist die Frage, auf die sie keine Antwort haben. Was sollte das? Schwachsinn halt, Emotionen, Gerechtigkeitsgefühl. Wie man halt so ist in dem Alter. Dass dieser eklige Kerl gleich mit seinen Rottweilern anrückt, damit hatten die nicht gerechnet. Du musst dir mal vorstellen. Die schlachten am Tag ... am Tag! ... zweihundertvierzigtausend Hähnchen, jeden Tag! Eigene Produktion und Anlieferung. Da wird in drei Schichten à sechs Stunden gearbeitet und in dieser Zeit werden in jeder Sekunde fünf Hähnchen getötet. Jede Sekunde, einundzwanzig, zweiundzwanzig, dreiundzwanzig. Pro Tier liegt der Verdienst in der Produktion bei etwa vier bis fünf Cent.«

Lydia Naber schüttelte sich. »Und die Lena hatte sich oben im Stadel versteckt, nicht?«

»Ja. Sie war es, die die Polizei angerufen hat, als der die Hunde losgelassen hat, der Säckel, der elende.«

»Ja, und weshalb haben die Kollegen in Ravensburg die Lena dann überhaupt festgenommen und nicht den Typen?«

»War ja keine Festnahme, eher so eine Art Schutzgewahrsam.« Schielin musste lachen. »Sie hat ihnen immer nur gesagt: Mein Papa ist bei der Polizei, ich werde mich zur Sache nicht äußern. Und als die dann gefragt haben, wie sie denn heißt, hat sie nur den Kopf geschüttelt. Da haben sie sie halt dabehalten. Was hätten sie denn machen sollen. Nach einer Nacht in der Zelle ist ihr endlich wieder eingefallen, wie ihr Name lautet. Ich bin dann rübergefahren und hab sie geholt.«

»Und ausgerechnet das Polizistentöchterlein war die Einzige von der ökonomischen Landjugend, die sie erwischt haben?«

Schielin winkte ab. »Pfarrers Kinder, Müllers Vieh, gedeihen selten oder nie.«

Lydia feixte.

Sie waren am Europaplatz angekommen. Um die Grasinsel des Kreisverkehrs waren kolossale Plakatbahnen gespannt, von denen die Konterfeis der Nobelpreisträger blickten, die man dieses Jahr in der Stadt erwartete.

Erich Gommert rief an und teilte mit, die Handynummer

von Agnes Mahler ermittelt zu haben. Es war offensichtlich ausgeschalten – *Teilnehmer nicht erreichbar*, lautete die Ansage. Lydia stöhnte resigniert.

Vor den Schranken in der Bregenzer Straße und am Langenweg hatten sich in beide Richtungen lange Schlangen gebildet. Auf der Seebrücke kam der Verkehr in Richtung Insel, ganz ohne Zutun von Schranken, vollkommen zum Erliegen. Seitlich der Blechkarawane drängten sich Radfahrer und Fußgänger über die Brücke – in Richtung Hafen, Bahnhof, Maximilianstraße oder zum samstäglichen Markt. Zwei Kajakfahrer kamen von der Spielbank her, unterfuhren die Seebrücke und steuerten in Richtung Bahndamm. Einer von ihnen hatte ein Kajak im Schlepptau. Einige Fußgänger blieben stehen und folgten dem gleichmäßigen Takt der Paddelschläge; wunderten sich über das leere Kajak.

*

Erich Gommert war umgehend auf die Dienststelle gekommen, als man ihn verständigt hatte. Seine erste Arbeit war Kaffee kochen, dann stellte er *Hundle*, den er dabeihatte, Futter und Wasser hin. Zuallerletzt versendete er die Mails und Schreiben, wie es ihm von Kimmel aufgetragen worden war. Der war schon wieder vom Segelhafen zurück, saß in seinem Büro und telefonierte laut mit Bestattungsunternehmen, einer Dienststelle in München, der Rechtsmedizin und dem Präsidium in Kempten. Dort brauchte er einige Zeit, bis er jemanden erreichte – Samstag.

Wenzel werkelte drunten im Kellerlabor an Klassifizierung und Ordnungssystem der Spuren. Robert Funk und Jasmin Gangbacher hatte man bisher nicht erreichen können.

Alle Anwesenden warteten auf die Ankunft von Schielin und Lydia und den erlösenden Kaffee, dessen betörender Duft alle Anstrengungen unterminierte.

*

Helmut Grohm hatte lauter als gewollt an die Tür des Hotelzimmers geklopft. Selbst erschrocken vom pochenden Geräuschen seines Drängens, sah er sich im Gang um. Hinter ihm stand aufgeregt Claire Wilms. Er drückte seine Wangen an die Türe und rief unterdrückt: »Melanie! Mach auf!«

Es dauerte eine Weile, dann öffnete sich die Türe. Schnell trat er ein. Melanie Schirr saß schon wieder auf dem Bett. Ihr Kopf war gesenkt, die Hände griffen wie von Krämpfen getrieben in die bleichen, strohigen Haare. Claire Wilms war nachgekommen und schloss die Tür leise.

Grohm sah sich im Zimmer um. Die Schranktüren standen offen. Zwei Koffer, einer auf dem Bett, der andere auf dem Boden, waren halb gefüllt. Kleidung und Wäsche waren wild, ganz ohne Ordnung hineingeworfen worden. Etwas musste das hektische Packen gestört haben.

»Bist du verrückt geworden! Was soll das!« Er spürte, wie seine Stimme bebte. Als das Wimmern, das von Melanie Schirr zu hören war, lauter wurde, ging er zum Fenster und schloss es. Niemand sollte etwas hören.

»Ich fahre. Ich fahre heute noch weg«, heulte Melanie Schirr, »heute noch!«, setzte sie hysterisch nach.

Dr. Helmut Grohm baute sich vor ihr auf. »Einen Teufel wirst du tun. Du bleibst! Bist du völlig verrückt geworden. Du rennst in dein Verderben, wenn du jetzt abreist.«

»Agnes ist tot«, kam es von Melanie Schirr, die sich nun Claire Wilms zuwandte, und den Satz wiederholte, als hätte ihn Helmut Grohm nicht wahrhaben oder verstehen wol-

50

len. »Agnes ist tot.« Claire Wilms nickte. Sie war bleich und voller Unruhe. Sie wusste nicht, was sie tun sollte, und was gerade um sie herum geschah. Einzig Helmut Grohm blieb auf dem Pfad der Ordnung und schien einen Plan davon zu haben, was richtig sei in dieser Situation.

»Ja, wir haben es verstanden, Agnes ist ermordet worden. Kein Grund für dich, hier durchzudrehen und überstürzt abzureisen. Die Polizei wird nach dir suchen lassen.«

Melanie Schirrs Stimme überschlug sich, als sie schrie: »Nach mir, wieso nach mir!?«

Helmut Grohm erschrak und ging besänftigend auf sie zu. »Man wird Ermittlungen anstellen. Natürlich wird die Polizei erfahren, dass wir uns hier mit Agnes getroffen haben und sie werden Fragen stellen. Das ist ihre Aufgabe, ihr Job. Wenn du in hysterischer Weise die Klamotten in den Koffer packst und davonrennst, dann sieht das doch aus wie eine Flucht und sie werden dich dann ganz anders behandeln, wenn sie dich haben.«

»Flucht!? Aber weswegen denn!? Wieso sollte ich flüchten?« Sie stand auf und ging ins Bad, kam zurück, nahm etwas aus dem Kleiderschrank, ließ es auf das Bett fallen, hielt die Hände vors Gesicht, krabbelte über die Matratze und lief zum Fenster, wo sie sich mit beiden Händen an den Rahmen festhielt. Wie ein gejagtes Wild, das sich gefangen sah.

Auf dem Gesicht von Grohm zeigte sich Unwillen. Er ging ins Bad und kam mit einem Glas Wasser in der Linken zurück. Mit strengem, keine Widerrede duldenden Ton hielt er es Melanie Schirr hin: »Nimm das!«, und wiederholte noch energischer: »Nimm das!«

Als sie den Kopf wegdrehte, scheute er auch vor Körperkontakt nicht zurück und zwängte sie zwischen sich und dem Fensterbrett ein. »Nimm das endlich!«

Melanie Schirr öffnete den Mund und er schob zwei weiße Tabletten über ihre Lippen. Wie willenlos nahm sie danach das Glas Wasser entgegen und trank wie eine Verdurstende.

Fassungslos war Claire Wilms dem skurrilen Ablauf gefolgt.

Helmut Grohm nahm einen Stuhl und drehte ihn zurecht, bevor er sich setzte. Er sprach eindringlich und ohne Anflug von Aufregung in der Stimme: »Wir werden uns jetzt beruhigen. Es ist nicht in unsrem Sinne, wenn die Polizei der Meinung wäre, wir hätten mit der Angelegenheit etwas zu schaffen. Daher werden wir uns nach dem Mittagessen bei mir im Tagungszimmer treffen.«

Es war das erste Mal, dass Claire Wilms etwas sagte. »Angelegenheit? Welche Angelegenheit? Agnes ist umgebracht worden … das ist doch keine Angelegenheit.«

Grohm klang ungehalten. »Ich werde nicht zulassen, dass sich jemand von uns in unnötige Schwierigkeiten bringt. Was genau geschehen ist, wissen wir ja noch gar nicht. Ich denke es ist das Beste, wir gehen nun auf unsere Zimmer und ordnen die Gedanken, soweit die Situation dies zulässt. Wenn es denn möglich ist, treffen wir uns zum Mittagessen unten im Restaurant.«

Claire Wilms beherrschte ihren aufkeimenden Zorn. »Mir ist nun überhaupt nicht nach Mittagessen. Was ist überhaupt passiert mit Agnes. Woher wisst ihr, dass sie ermordet worden ist!?«

Melanie Schirr saß teilnahmslos auf dem Bettrand und schwieg. Grohm antwortete: »Sie hat es erfahren, bei ihrem Spaziergang im Hafen.«

Claire Wilms sah zu Melanie Schirr. »Melanie! Was ist passiert!?«

»Agnes ist tot. Mehr weiß ich nicht«. Sie sprach matt und

müde, wie abwesend. Claire Wilms war nicht der Meinung, dass die Tabletten schon wirken konnte. Was immer Grohm ihrer Kollegin gegeben hatte, begann bereits einen Schleier von Gleichmut über die gerade noch tosende Verzweiflung zu legen.

»Was spricht dagegen, dass sie abreist?«, fragte Claire Wilms streng in Richtung Grohm. Sie gelangte langsam wieder zu klarem Denken und wollte sich von ihm nicht kommandieren lassen. Er sah zum Fenster hinaus. Ein Ausflugsschiff passierte gerade den Leuchtturm. Entlang der Reling drängten sich die Menschen und genossen den Blick in den Hafen, auf die prächtige Front der noblen Hotels, die Türme der Stadt. Einige winkten und man konnte die ausgelassenen Gesichter erkennen. Grohm nahm es wahr wie einen Film und sagte: »Sie hat sich gestern mit Agnes gestritten.«

»Ja, und? Das ist noch lange kein Grund ...« Sie sprach nicht weiter.

Grohm wendete sich um und sah sie an. »Ich wollte nur vermeiden, dass sie sich unnötigen Fragen aussetzt. Fragen werden sowieso gestellt. Ich hielte es weder für freundschaftlich noch für kollegial, wenn ich es zulassen würde, dass Melanie ihres Verhaltens wegen mit belastenden Dingen ihrer Vergangenheit konfrontiert werden würde. Ich denke, es ist nun eine Phase der Ruhe eingetreten. Ich bitte euch nur darum, eure Gedanken und Gemüter zu beruhigen.«

Nachdem Helmut Grohm keine Anstalten machte zu gehen und Claire Wilms das Gefühl hatte zu stören, war sie zurück auf ihr Zimmer gegangen. Ein wenig schämte sie sich, keine Trauer empfinden zu können, und darüber, dass ihre Gefühle vielmehr von der Ungewissheit geprägt waren, die durch die neue Situation entstanden war. Schließlich hatte man sich hier in Lindau treffen wollen, um über die Zukunft zu reden. Und die war nun so schnell dahergekommen, die Zukunft. Sie setzte sich und sah hinaus auf den See. Im Frühjahr, als sie zuletzt hier gewesen war, hatten unten im Hafen die Magnolien geblüht, es hatte frischer gerochen und die Zukunft war nicht mit dem Tod im Bunde gewesen.

Sie suchte ihr Handy und wählte eine gespeicherte Nummer. Die Polizei würde kommen und sie befragen. So hatte es Grohm gesagt. Er war so zielstrebig gewesen.

Als sich die Gegenstelle meldete, sagte sie mit leiser Stimme: »Wir haben nun ein großes Problem. Es ist erforderlich, dass wir uns treffen. Kann ich rüberkommen. Keine Sorge. Ich passe auf, dass niemand etwas bemerkt.«

*

Kimmel atmete schwer. Der Kaffee hatte ihm zugesetzt. Die anderen warteten, dass er anfangen würde. Das tat er, indem er ein kräftesparendes »Ja, nun« an die Runde richtete.

Erich Gommert fühlte sich nicht angesprochen, Wenzel und Lydia ebenfalls nicht. Conrad Schielin war ganz in Gedanken, hatte nicht zugehört und schwieg daher. Es entstand eine eigentümliche Pause. Lydia Naber tippte ihm auf die Schulter und sagte laut: »Hallo!«

Beinahe wäre er erschrocken.

Sie übernahm vorerst das Gespräch, um ihm zu ermöglichen, seine Gedanken zu Ende zu bringen. »Frau Dr. Agnes Mahler, einundvierzig Jahre alt, ledig, keine Kinder, wohnhaft in München, Arnulfpark, Psychotherapeutin in einer Kanzlei namens Grohm & Sebald.« Lydia Naber sah skeptisch in die Runde. »Es heißt wirklich *Kanzlei*. Ich weiß schon: Psychos, die in einer Kanzlei arbeiten ... das klingt seltsam, ist aber so. Seit Donnerstag war sie Gast im Hotel Seegarten. Dort keine Auffälligkeiten. Nach noch nicht gesichertem Ermittlungsergebnis wurde sie heute Morgen, in der Zeit zwischen nulldrei und nullfünf Uhr, am alten Clubhaus im Segelhafen erstochen. Ausführung erfolgte durch einen einzigen Stich in den Rücken. Vermutlich direkte Einwirkung des Stiches auf das Herz – ich meine, das legt die Tatortsituation nahe. Die Tatwaffe ist im Körper verblieben. Auffindeort ist nach Lage der Dinge auch Tatort. Davon können wir ausgehen. Was die Spurenlage angeht – düster bis kryptisch. Eigentlich nichts, was ein wenig elektrisierend für eine Ermittlung sein könnte. Bis auf diesen eigenwilligen Strauß, der am Boden lag. Eine seltsame Sache. Hätte beinahe ein wenig symbolisch sein können, wenn er nicht so halb versteckt in der Ecke gelegen hätte. Vielleicht hat ihn ja auch jemand von einem der Boote dort liegen lassen und vergessen. Ich werde mich darum kümmern. Ach ja – und das Messer. Es befindet sich noch dort, wo wir es gefunden haben und wird erst im Lauf der Obduktion entfernt. Mehr haben wir nicht.«

Sie war zu Ende gekommen und sah zu Schielin. Der war inzwischen wieder ganz bei der Sache und erläuterte, dass die bisherigen Ermittlungen einen Kontakt zu einer Frau Dr. Melanie Schirr ergeben hätten, die seit Donnerstag Gast im Hotel Bayerischer Hof sei.

»Wirklich keine Spuren?«, fragte Kimmel ungläubig, »Blut, Fußspuren, Kratzspuren, Abwehrspuren, Schleifspuren. Es gibt doch unendlich viele Möglichkeiten.«

Wenzel schüttelte den Kopf. »Wir müssen auf das Messer warten – das wird uns schon noch ein wenig erzählen können. Und natürlich die Ergebnisse der Obduktion. Aber am Tatort selbst war nichts zu holen. Vielleicht finden die Taucher ja was.«

Kimmel muffelte. »Es gibt ja auch noch dieses treibende Motorboot. Da könnte ja noch was hergehen, ein Zusammenhang, oder mit viel Glück noch eine böse Überraschung an diesem Samstagmorgen. Ein toter Liebhaber oder so, das wäre mir am liebsten – ein Beziehungsdrama, zwei Tote, Fall geklärt, fertig.« Er sah missmutig zur Tür, als müsste von dort eine Lösung kommen. »Wieso melden die Wasserschutzler sich eigentlich nicht. Kann doch keine große Sache sein, zu dem Boot da rausfahren, feststellen, was los ist und anrufen, Mensch!« Er sprach Schielin an: »Was sagst du zu der Sache, Conrad?«

Der blieb gelassen. »Sie werden sich melden, sobald sie alles beisammen haben, was wir wissen müssten.«

»Nein! Ich meine nicht die Sache mit dem Boot. Die Sache mit der Frau. Dieser Mord. Was meinst du?«

Schielin hatte schon die ganze Zeit über nachdenken müssen, was er von der *Sache*, wie Kimmel es formulierte, halten sollte. Bisher war er noch zu keinem Schluss gekommen, denn das, was er unten an der Mole vorgefunden hatte, erschien selbst ihm in erschreckender Weise abgebrüht. Ohne sich lange aufzuhalten und Kimmel auf die Folter zu spannen, sagte er: »Einfach so.«

»Was, einfach so«, bellte der sofort über den Tisch und schob den Kopf dabei nach vorne.

»Einfach so, beiläufig, im Vorübergehen, ohne besonders großen Aufwand, kalt, brutal, kühl. Das meine ich damit. Erschreckend kühl. Es gab keine Auseinandersetzung zwischen Täter und Opfer, schon gar keinen Kampf. Sie lehnte an Brüstung und Säule, in sich zusammengesunken, den Blick in Richtung See und Rheintal. Sie hat mit Sicherheit nicht damit gerechnet angegriffen, attackiert zu werden. Keinerlei Abwehrspuren. Sie war ahnungslos – entweder einem Fremden gegenüber oder sie hatte Vertrauen zu einem Täter, den sie kannte. Wir werden das sicher heraus-finden. Mehr weiß ich im Moment aber nicht dazu zu sagen. Das Boot, das da draußen treibt, das interessiert mich schon auch.«

Kimmel war mit der Antwort fürs Erste zufrieden und lehnte sich zurück. In ihm war mehr Ärger über den Zeit-punkt der Tat als Entsetzen über den Mord an sich. Gerade jetzt, so kurz vor der Tagung der Nobelpreisträger. Es wurde sogar gemunkelt, die schwedische Königin käme in die Stadt. Es war wirklich ärgerlich – Psychos. Deren Zeit war doch im April. Was turnten die ausgerechnet jetzt auf der Südmole im Segelhafen herum. Königin Silvia – in Lindau –, bei dem Gedanken stand ihm gleich wieder Schweiß auf der Stirn. Es war schon genug los im Moment. Hoffentlich blieb es nur bei den Nobelpreisträgern. Damit hatte man Erfahrung.

Diskussionen über das weitere Vorgehen waren nicht er-forderlich. Jeder wusste, was er zu tun hatte. Schielin und Lydia wollten dieser Dr. Melanie Schirr einen Besuch ab-statten. Wenzel sollte auf die Sache mit dem Boot warten und Kimmel versuchte Kollegen in München aufzutreiben, die die Wohnung der Ermordeten sichern sollten. Vielleicht bekam man bis Nachmittag Anschrift und Namen von Ver-wandten heraus.

*

Conrad Schielin und Lydia Naber meldeten sich am Emp-fang des Hotels Bayerischer Hof und baten mit Frau Dr. Melanie Schirr verbunden zu werden. Sie waren über-rascht, als sie ohne Umschweife nach oben geleitet wurden, und zwar in die Suite von Herrn Dr. Grohm.

Lydia flüsterte im Aufzug: »Scheint so, als würden wir

bereits erwartet, oder was hältst du davon. Wäre doch normal gewesen, wenn sie erst mal nach unten gekommen wäre. Und jetzt gleich ein Treffen bei diesem Grohm. Seltsam.«

Schielin stimmte ihr zu.

Ein Page des Hotels öffnete die Türe zur Suite von Dr. Grohm und leitete sie in den angenehmen Vorraum, wo sie in der Tat bereits erwartet wurden. Der Empfang war eindrücklich.

Drei Personen befanden sich im weitläufigen Vorzimmer. Durch die zum Hafen hinweisenden Fenster drang helles Nachmittagslicht herein, dessen Kraft durch den Filter eines seidenen Rollvorhangs gemildert wurde und mit samtenem Effekt den Raum füllte. Dessen Mittelpunkt war ein so schlichter wie edler Holztisch. An den beiden Längsseiten standen gemütliche Zweiersofas, begleitet von zwei Sesseln an den Schmalseiten des Tisches.

Melanie Schirr war schnell identifiziert. Wie beschrieben, bestand ihre Frisur aus einem Gewirr dichter, hellblonder, von keinem Windstoß in Panik zu versetzenden Locken. Ihr Gesicht war hager und blass. Unbeteiligt, halb sitzend, halb liegend, hing sie auf dem Sofa, das der Fensterseite zugewandt war und kaute wie abwesend an den Fingernägeln. Auch das Eintreten von Schielin und Lydia Naber veranlasste sie nicht, den Blick der Tür zuzuwenden.

Ihr gegenüber saß eine junge Frau mit kurzen schwarzen Haaren und angenehm brauner Gesichtsfarbe. Sie trug eine unauffällige Brille und eine Perlenkette über der dunklen Seidenbluse. Dr. Helmut Grohm stand neben dem hinteren Sessel, als Schielin und Lydia Naber den Raum betraten. Er hatte seine rechte Hand leicht auf die Lehne gestützt. Lydia Naber hatte beim Eintreten registriert, wie er seinen Körper aufgerichtet und gestrafft hatte; die Muskeln richteten das Rückgrat aus, der Kopf hob so weit an, dass die Kehle entblößt wurde und ihnen das Kinn entgegenstand. Seine Augen waren in dieser Position nach unten gerichtet, um nicht nach oben zur Decke, sondern das Gegenüber anzusehen. Ob es nun in seiner Absicht lag, oder unbewusst geschah: Dies war eine Position, die es erlaubte auf jemanden herabzublicken, ohne selbst erhöht zu stehen. Dazu die dem natürlichen Schutz des Kinns entblößte Kehle. Es hätte eine stolze Haltung sein können, ein Ausdruck von Entschiedenheit. Auf Lydia Naber wirkte es wie eine Drohung, wie Imponiergehabe. Es war keineswegs eine Geste der Höflichkeit, oder eine Art freundlicher Begrüßung. Vielmehr schaffte sie Distanz, suggerierte Dominanz und sollte vielleicht sogar einschüchternd wirken.

Die Szene wirkte umso skurriler, angesichts des edlen Interieurs, das sie umgab, und der ansonsten zivilisierten Erscheinung der Menschen hier. Die feine Flanellhose, das schlichte beige Hemd, die bordeauxfarbene Krawatte mit den goldenen Sprenkeln und nicht zuletzt die Ehrfurcht gebietende Kombination von grauen Haaren und gepflegtem, ebenso grauem Bart. Eine ausdrucksvolle Erscheinung, die für sich allein genügt hätte. Lydia Naber war sich nicht sicher, wie Schielin auf die Szene reagieren würde. Er war heute so nachdenklich und schweigsam, und diesem Auftritt musste doch etwas Freches entgegengesetzt werden. Aber was? Ihre Unschlüssigkeit darüber schlug sich säuernd auf ihre Laune nieder, und noch bevor sie sich vorstellen konnten, ergriff Grohm das Wort. Er sprach ruhig und betont. So, wie jemand sprach, der es gewohnt war, eher zu anderen zu sprechen als mit ihnen. Einer, der es auch gewohnt war, dass andere ihm zuhörten. »Zunächst einmal möchte ich Ihnen sagen, dies auch für meine beiden Kolleginnen, welch großes Erschrecken, welch tiefe Betroffenheit und Trauer diese furchtbare Tat in uns allen freigesetzt hat.«

»In dieser Reihenfolge?«, rutschte es Lydia Naber mit einem bitteren Lächeln heraus. Zugleich zückte sie ihren Dienstausweis. Schielin fragte sich, aus welcher Quelle die drei von dem informiert waren, was am Segelhafen geschehen war. Er sagte: »Obwohl wir schon bekannt zu sein scheinen, möchte ich doch die Gelegenheit ergreifen mich vorzustellen.« Er tat es für sich und Lydia. »Wir wollten mit Frau Schirr sprechen.«

Das praktizierte Aneinandervorbeireden ließ eine Sekunde entstehen, die allen im Raum das Groteske der Situation deutlich machte. Grohms Kopf senkte sich langsam, beinahe hydraulisch. Melanie Schirr war teilnahmslos geblieben, entließ nun immerhin ihre Finger aus den Zähnen. Die Schwarzhaarige stand auf und nannte ihren Namen – Claire Wilms. Sie setzte sich anschließend auf das Sofa neben Melanie Schirr, die sich nicht angesprochen fühlte und teilnahmslos blieb. Helmut Grohm kam schnell mit der unglücklichen Situation zurecht. Mit einer offenen und einladenden Geste, die zugleich alles Vorangegangene hinweg-wischte, forderte er dazu auf Platz zu nehmen. Einer gemütlichen Sofarunde stand nun nichts mehr im Wege.

Schielin sagte: »Haben Sie bitte Verständnis für die Fragen, die die Routine unseres Berufes erforderlich machen. Sie sind bereits über das Geschehen informiert. Von wem haben Sie Auskunft erhalten?«

Er hatte Grohm dabei angesehen, der, während er sprach, die Fingerspitzen seiner Hände im Untakt gegeneinander-stieß. »Frau Schirr war heute Morgen im Hafen und hat dort die Polizei und auch den Leichenwagen gesehen. Umstehende sprachen von einer Frau, die getötet worden sein soll. Wissen Sie – wir sind in jedem Jahr in Lindau und Frau Mahler war eine Frühaufsteherin. Sie ging immer hinaus auf die Mole am Segelhafen, um den Tag zu begrüßen. Frau

Schirr hatte daher Sorge. Im Leichenwagen lag auf dem Beifahrersitz ein großer handschriftlicher Zettel, auf dem der Name *Agnes Mahler* stand. Daher wissen wir, bisher nur fragmentarisch, von dem Geschehen, wie Sie das eben genannt haben. Sie sind auf Grund der Erfordernisse Ihres Berufes sicher häufiger mit solch einer Situation konfrontiert. Uns hingegen ist sie gänzlich fremd. Entschuldigen Sie daher bitte unser Ihnen eigenwillig vorkommendes Verhalten.«

Lydia war wütend. Sie hatte diesen Zettel mit dem Namen geschrieben und ihn einem der Leute vom Bestattungsunternehmen gegeben. Er sollte auf dem Sarg landen, um Verwechslungen zu vermeiden, und war nicht dazu gedacht, für jeden Vorbeilaufenden sichtbar im Leichenwagen herumzuliegen. Sie war noch in Gedanken, als sie Schielin fragen hörte: »Wo befanden Sie sich heute Morgen in der Zeit zwischen zwei Uhr und sechs Uhr?«

Oh. Er kam schnell zur Sache. Seit sie saßen, hatte Helmut Grohm, der den Moderator gab, ein großväterliches Lächeln aufgesetzt. Schielins Frage, die an alle drei gerichtet war, brachte es augenblicklich zum Erlöschen. Grohm verzog seinen Mund und fragte betont sachlich: »Sie wollen ein Alibi von mir?«

»Routine, Herr Doktor Grohm. Wir müssen diese Frage stellen – jedem hier«, dabei sah er in die Runde.

Grohm lachte bemüht. »Sind wir denn verdächtig?«

Schielin ging nicht auf die Frage ein. »Routine. Wie ich schon sagte.«

Grohm atmete durch die Nase ein und mit hörbarem Unmut wieder aus. »Ich war selbstverständlich im Bett.«

Lydia Naber hatte inzwischen richtig schlechte Laune. Es lief so gar nicht, wie sie sich das vorstellte und sie mochte diesen Grohm von Sekunde zu Sekunde weniger. Sie erschrak selbst, als ihr feststellend herausrutschte: »In Ihrem.«

»Bitte?!«, entrüstete sich Grohm. Melanie Schirr setzte sich auf und grinste. Claire Wilms sah erst irritiert, dann lächelnd zur Seite. Schielin beobachtete es beiläufig und erklärte nüchtern: »Wir ermitteln im Mordfall Agnes Mahler. In solchen Fällen geht es um die Genauigkeit der Angaben. Die Suche nach Gerechtigkeit erfordert zunächst Genauigkeit.«

»Schöner Spruch«, kommentierte Grohm grimmig. »Ich befand mich natürlich in meinem Bett, hier in dieser Hotelsuite.«

»Gibt es Zeugen?«, fragte Lydia Naber unschuldig und sah dabei auf ihr Notizbuch.

Noch bevor Grohm sich darüber erregen konnte, erläuterte sie: »Zimmerservice, Kellner, Anrufe ... dergleichen.«

»Nichts dergleichen – und auch sonst keine Zeugen«, kam es mit leicht belegter Stimme von Grohm.

Sie bestätigte, indem sie etwas auf den Notizblock kritzelte und fragte: »Wann sind Sie hier in Lindau angekommen?«

»Im Laufe des Donnerstags«, antwortete Grohm wie selbstverständlich für alle. »Ich bin mit dem Zug bereits am frühen Nachmittag hier eingetroffen. Frau Schirr kam ebenfalls mit dem Zug, gegen Abend, und Frau Wilms später mit dem Auto. Am frühen Abend waren wir alle hier.«

Schielin begann nun, nachdem Grohm etwas erzogen worden war, mit den Fragen, die ihm im Moment wirklich wichtig erschienen. Sie wussten ja noch gar nichts über diese Agnes Mahler. »Sie waren Kollegen von Frau Mahler?«

Diesmal antwortete Claire Wilms. »Ja. Wir arbeiten ... arbeiteten zusammen in der Kanzlei *Grohm & Sebald*.«

»Dieses *arbeiteten*, also die Vergangenheitsform, hätte

diese Formulierung auch Geltung, würde Frau Mahler noch leben?«

Claire Wilms stutzte und sah für einen Augenblick zu Grohm, dessen Miene ausdruckslos blieb. »Nein«, sagte sie überrascht.

Schielin wurde deutlicher. »Sie waren also Kollegen. Frau Mahler war Gast im Hotel Seegarten – Sie haben hier im Bayerischen Hof Ihre Zimmer. Wie wir erfahren haben, sind die Buchungen getrennt voneinander erfolgt. Das erweckt in gewisser Weise den Eindruck, als wäre Frau Mahler eigene Wege gegangen. War das in der Vergangenheit auch so – getrennte Hotels?«

Helmut Grohm antwortete, um Claire Wilms eine Antwort zu ersparen. Ein wenig ärgerte er sich darüber, dass sie in das Gespräch eingriff, das er doch führte. So war es ausgemacht. Er sprach betont ruhig. »Ihr Eindruck ist nicht falsch und entspricht durchaus der Realität. Man muss das auch nicht verschweigen, nur weil die Situation so beklemmend ist. Ich möchte aber doch voranschicken, dass uns das Geschehen mehr als nur etwas überfordert. Verstehen Sie bitte – gerade erst müssen wir von dem Schrecklichen und Unfassbaren Kenntnis nehmen, das unserer Kollegin widerfahren ist, und schon befinden wir uns mitten in einer polizeilichen Vernehmung. Für Sie ist das Routine – den Begriff haben Sie ja schon eingeführt. Für uns ist es in einzigartiger Weise schockierend. Was die Frage angeht ... in der Tat ist es so, dass es in letzter Zeit erhebliche Meinungsverschiedenheiten mit Frau Mahler gegeben hat, insbesondere über die zukünftige Ausrichtung von *Grohm & Sebald*. Im täglichen Geschäft war es uns nicht möglich, einen Standpunkt von gemeinsamer Tragfähigkeit zu den aufgeworfenen Fragen zu bilden. Um gemeinsam eine zukunftsweisende Perspektive zu formulieren und einen neuen Weg des Miteinanders zu beschreiten, haben wir uns diese Tage in Lindau genommen. Hier wollten wir zu einer neuen Verbundenheit finden, fern jener von den Konflikten des Alltags behafteten Orte, an denen wir sonst zusammentreffen.«

»Das Spiel hieß also *Drei gegen eine*«, kommentierte Lydia Naber beißend. Grohm war ihr von Wort zu Wort noch unsympathischer geworden.

»Von Spiel kann wohl keine Rede sein und es ging auch nicht *gegeneinander*, so wie Sie das ausdrücken«, fiel Claire Wilms ein.

Lydia Naber hob mildernd die Hand. »Das habe ich falsch formuliert. Es ist aber so, dass Sie drei in der strittigen Angelegenheit anderer Meinung waren als Agnes Mahler, das ist doch richtig so, oder? Es drückt sich ja auch in der Konstellation aus – Sie drei hier, Frau Mahler räumlich getrennt.«

Weder Claire Wilms noch Grohm wollten antworten. Melanie Schirr nahm an dem Gespräch nur als entweder belustigte oder betroffen dreinblickende Beobachterin teil.

»Worin bestanden denn die Differenzen, was waren die *aufgeworfenen* Fragen?«, kam es von Schielin.

Grohm saß in einer aufreizend selbstbewussten Weise im Sessel, hatte die Ellbogen auf die hohen Lehnen gestützt und hielt die Hände gefaltet vor seiner Brust. Den Kopf trug er schon wieder erhoben. Die groteske Vorstellung, die er zu Beginn inszeniert hatte, schien aus seiner Erinnerung schon getilgt zu sein. Das Kinn schob sich weiter nach oben, während sein Blick sich senkte. Er sprach leise: »Ich denke, das sind doch sehr interne Fragen.«

Lydia Naber befand sich nicht in der Stimmung, Fragen von Bedeutung mit einer nonchalanten Geste wegwischen zu lassen. Sie schnaufte genervt. »Wir ermitteln in einem Mordfall, Herr Grohm, und es werden unter Umständen noch weit intimere Fragen an Sie gerichtet werden als die nach beruflichen Irritationen und Schwierigkeiten. Worum ging es also?«

»Frau Doktor Mahler wollte *Grohm & Sebald* verlassen«, antwortete er unverzüglich und ließ die Hände für ein paar Sekunden vor seiner Brust stehen.

Lydia sah zu Schielin. Sie hatte wahrlich etwas anderes erwartet. Mit Mühe verkniff sie sich ein *Na und*.

»Das klingt nach einer im Grunde genommen alltäglichen Angelegenheit, wie ich meine. Weshalb dann das Treffen hier in Lindau? Was war so kompliziert an der Sache?«

Claire Wilms antwortete: »Agnes ... Frau Doktor Mahler hat eine wichtige Funktion in unserer Kanzlei.«

»Mhm. Wichtige Funktion. Da fällt mir sofort der Begriff Abfindung ein. Sie wollte doch sicher eine Abfindung. Ich vermute viel Geld, oder zumindest mehr Geld, als Sie bereit waren zu zahlen. Was war das Ziel Ihres Treffens hier in Lindau – Frau Mahler von ihrem Entschluss – die Kanzlei zu verlassen – abzubringen, oder ging es darum, die Einigung über eine einvernehmliche Abfindung herbeizuführen?«

Grohm hatte sein Kinn inzwischen auf seine gefalteten Hände aufgestützt. Er antwortete sichtlich unfreudig: »Beides. Es ging um beides. Doch Ziel war es, Agnes dazu zu bewegen, weiterhin bei *Grohm & Sebald* zu arbeiten.«

»Mhm.«

»Welche Verhandlungsposition hatte Frau Mahler denn, dass es überhaupt zu diesem Treffen kam. Ich könnte mir vorstellen, dass es auch möglich gewesen wäre, sich über Anwälte zu verständigen. Es gibt eine Forderung, es gibt eine Gegenposition – man einigt sich. Erledigt. Was war das Besondere an ihrer Situation?«

»Wir pflegen einen kollegialen und freundschaftlichen

Umgang. Ziel ist es, uns gemeinsam den Bedürfnissen und Interessen des jeweilig anderen zuzuwenden. Das ist keine Angelegenheit für Anwälte. Vielleicht ist eine derartige Haltung heutzutage etwas Besonderes … nun …«, erwiderte Grohm.

Lydia Naber legte nach. »Abgesehen von der Betroffenheit, Bestürzung und Trauer, die der gewaltsame Tod Ihrer Kollegin in Ihnen hervorruft, ist es doch auch so, dass das Problem, dessentwegen sie hierher nach Lindau gekommen ist, nun aus der Welt ist.«

Claire Wilms echauffierte sich. »Ich bin nicht der Meinung, dass Sie den richtigen Ton treffen! Unsere Kollegin wurde ermordet, und Sie kommen hierher, verlangen von uns Alibis vorzulegen und behandeln uns … egal wie! Aber ersparen Sie uns bitte Ihren Zynismus unsere Gefühle betreffend!«

»Entschuldigen Sie. Ich wollte keinesfalls Ihre Gefühle verletzen. Allerdings möchte ich schon eine Antwort auf meine Frage: Ist mit dem Tod von Frau Mahler das Problem für Sie aus der Welt, oder nicht?«

Grohm lächelte bitter. »Unsere Kollegin ist tot und damit entfällt auch die Notwendigkeit mit ihr einen Modus zu finden, unter welchem eine weitere Zusammenarbeit fruchtbar sein könnte. Es entfällt damit auch die Erfordernis über Abfindungen oder sonstige finanzielle Absprachen zu verhandeln. Das wollten Sie doch hören, nicht wahr. Sie suchen ein Motiv.«

»Ja, wir suchen ein Motiv. Wäre die Summe, die im Raum stand, denn geeignet, um als Motiv in Betracht gezogen zu werden, oder ging es, in Relation zu den jeweiligen Verhältnissen, um Peanuts?«

Grohm schluckte. Diese blonde Polizistin war wie ein bösartiges Insekt, das man nicht loswurde.

»Wie ich schon sagte. Wir wollten uns hier grundsätzlich unterhalten und eine Lösung finden.«

»Also grundsätzlich … mein Beruf verbietet es mir, derlei allgemeine Aussagen zu akzeptieren, und der Anblick von Frau Mahler nur wenige Hundert Meter von hier entfernt verbietet es schon gleich. Um wie viel ging es also, falls es zu einer beruflichen Trennung gekommen wäre? Wie hoch war ihre Forderung? Ich kann mir nur schlecht vorstellen, dass Sie alle für ein verlängertes Wochenende hierher fahren, um zu verhandeln, wenn es nicht um existenzielle Fragen ginge, die zu klären wären. Hatte Frau Mahler anwaltliche Vertretung in dieser Angelegenheit?«

Claire Wilms schüttelte den Kopf. »Sie verrennen sich da. Es war ganz anders. Es ging gar nicht um Geld.«

Schielin fragte: »Worum ging es dann?«

»Es ging darum, die jeweiligen Aufgaben neu zu ordnen.«

»Welche Aufgaben?«

Grohm hatte sich im Sessel zurückgelehnt und hielt den Kopf schräg auf der Schulter. »Wir arbeiten nicht mit Patienten, so wie Sie das vielleicht meinen. Aus diesem Grund haben wir uns vor langen Jahren auch dafür entschieden, nicht als Praxis, sondern als Kanzlei zu firmieren. Damit ersparen wir uns Anfragen und Erklärungen. Wir sind ausschließlich für Firmen in der Gesundheitsbranche tätig und haben auch Kunden im Industriebereich. Wir stellen den Personal- und Personalentwicklungsabteilungen großer Unternehmen Beratung, Unterstützung und Hilfestellungen zur Verfügung. Aufseiten unserer Kunden besteht aufgrund der wirtschaftlichen Erfordernisse eine große Erwartungshaltung und wir waren gefordert, hier neue Strukturen zu schaffen. Agnes stand dieser Entwicklung skeptisch gegenüber und aus dieser Skepsis entwickelte sich zuletzt die Absicht uns zu verlassen.« Er wies mit einer langsamen Handbewegung zum Fenster. »Wir wollten diese herrliche Umgebung hier, die räumliche Distanz zu unserem Arbeitsumfeld, auch die Entspanntheit der Urlaubsstimmung, wie sie hier vorzufinden ist, nutzen, um als Team die an uns gestellten Aufgaben bewältigen zu können. Aus diesem Grund sind wir hierhergekommen. Es ging nicht um die Höhe von Geldsummen, darum ging es wirklich nicht. Und der Tod von Agnes kommt uns auch nicht gelegen, wie Sie das unter Umständen vermuten könnten. Wenn Sie meinen, die Probleme wären dadurch aus der Welt, so täuschen Sie sich. Die Schwierigkeiten sind nun noch viel größer für uns geworden – wir erleben das ja gerade. Und sowohl die Organisation und Struktur der Kanzlei betreffend wie auch in finanzieller Hinsicht werden wir in erheblichem Maße gefordert sein. Selbst wenn es dazu gekommen wäre, dass Agnes Mahler uns verlassen hätte, so wäre dies ein Ereignis gewesen, das in formeller, finanzieller und in menschlicher Hinsicht anständig und im gegenseitigen Miteinander bewältigt worden wäre.«

Lydia hatte mit andächtiger Miene den Worten Grohms gelauscht und dabei gedacht: Was für ein pfaffenhaftes, leeres Geschwätz. Aber dich krieg ich schon noch, warte nur, Freundchen.

Schielin spürte, wie angespannt das Verhältnis zwischen Grohm und Lydia Naber war und nahm den Druck etwas heraus, indem er das Thema wechselte. Er fragte nach den persönlichen Verhältnissen von Agnes Mahler und erfuhr von Grohm, dass ihre Eltern in der Nähe von München lebten. Es gäbe noch einen Bruder, über den er jedoch nichts sagen konnte.

»Wie eng war Ihr Kontakt zueinander, trafen Sie sich auch privat?«

»Wir waren beruflich so intensiv zusammen, dass man

von häufigen privaten Begegnungen im herkömmlichen Sinne nicht reden kann.«

Schielin sah von Grohm zu Claire Wilms, die entschuldigend die Hände hob. »Ich bin noch nicht so lange Zeit in der Kanzlei beschäftigt. Es gab da überwiegend beruflichen Kontakt.«

Er bohrte nicht weiter nach. Von Melanie Schirr erwartete er im Moment keine Angaben. »Gibt es einen Partner, eine Partnerin von Frau Mahler, enge Freunde vielleicht, an die wir uns wenden könnten?«

Grohm richtete sich im Sessel auf. »Sie lebte derzeit nicht in einer festen Beziehung. Eine enge Freundin von ihr ist Felicitas von Banz, eine Anwältin.«

Es war zäh geworden. Nach dem hektischen Beginn des Treffens war nun Ermattung eingekehrt. Schielin ließ eine lange Pause entstehen, die niemand unterbrach. Lydia Naber verstand, dass er das Gespräch beenden wollte, und schwieg.

*

Helmut Grohm brachte die beiden zur Tür und ging danach zum Fenster, sah stumm hinunter auf den Hafen. Claire Wilms und Melanie Schirr waren auf dem Sofa sitzen geblieben. Melanie Schirr begann zu kichern. Erst leise, dann immer lauter, bis sie ein zynisches, böses Lachen von sich gab, das in einem hysterischen Jammern endete. »Der große Doktor Grohm, vor dem die Fachwelt niederkniet, Studentinnen ihre Möpse auspacken und alles in Ehrfurcht erstarrt – bekommt von einer Polizistenblondine eine aufs Maul! Ha! Ha, ha, ha!«

Grohm drehte sich um.

Melanie Schirrs Ton wurde lauter, aggressiver, noch bösartiger. »So richtig eine in die Fresse gehauen! Wumm! Wumm!« Sie ließ ihre rechte Faust dazu in die linke Hand- fläche knallen. »Wieso hast du ihr denn kein Tablettchen ins Maul geschoben, he! Wieso nicht! Wieso nicht!? Weil du die Hosen voll hast, die Hosen voll! Die zwei sind gar nicht übel drauf, wie!? Wieso hast du eigentlich nicht von deinen Morgenspaziergängen erzählt? Wo warst du eigentlich heute Morgen ... im Jachthafen vorne, oder bei der Altherrentour hinten am Bahnhof vorbei, zu diesem runden Turm? Hast du dich noch mit ihr getroffen, heute Morgen?« Sie lachte laut und stieß Claire Wilms kumpelhaft an. »Haben keine schlechten Fragen gestellt, oder? Ab welcher Summe Geld verwandelt sich der Betrag zu einem Motiv. Tödliche Frage, Herr Doktor Oberfurz! Ist es nicht so!? Ab welcher Summe ist der Punkt erreicht, wo man nicht mehr verhandeln muss, sondern über Alternativen nachdenkt? Ein Abwägungspro- zess ... liegt die Grenze bei einer Million?«

Grohm drehte sich angewidert dem Fenster zu.

Claire Wilms fragte erschrocken: »Eine Million? Wollte sie wirklich eine Million? Wie um Gottes Willen ist sie auf eine solch irre Summe gekommen – und weshalb ... es ging doch nicht um ...?«

Melanie Schirr lachte irr. »Ja. Da kommt das Nichtlein in die Firma und schon ist der Teufel los. Sebald hätte nie se- geln gehen sollen.«

Grohm schwieg und starrte über den See. Die Konturen der Berge zeichneten sich im weicher werdenden Licht mit einem weichen Graugelb ab. Die Silhouette von Leucht- turm und Löwe bargen etwas Ewiges in sich und wirkten aus diesem Grund beruhigend.

*

Lydia Naber fuhr langsam an der Post vorbei und nahm den Weg über alten Schulplatz und Fischergasse zum Segelhafen. Während sie sprach, suchte sie ihren Freund Martin zu entdecken, den sie schon lange nicht mehr gesehen hatte. Schielin schwieg und wartete, dass sie redete. »Mein lieber Freund. Das war gerade aber quer rein, mitten durch und hinten raus. Blöde Sache. Ich ärgere mich richtig, dass ich mich durch diesen Doktor Graubart, diesen affektierten Freuddarsteller, so habe provozieren lassen.«

»Er tut es immer noch«, sagte Schielin und sah in das Schaufenster des Antiquitätengeschäfts. Keine neuen Bilder.

Lydia nuschelte etwas. »Aber sag doch mal selbst. Das war doch eine Unverschämtheit, eine völlig groteske Situation. Ihre Kollegin wird ermordet und die inszenieren eine solche Runde, in der nur der Papa reden darf, oder was!? Widerlich, der Kerl.«

»Ich fand das interessant«, meinte Schielin, »und ich denke, dass du genau richtig reagiert hast. Jetzt wissen sie wenigstens, wie das so läuft mit uns und die Einzelvernehmungen werden, zumindest was die Stimmung angeht, entspannter sein.«

Lydia Naber war skeptisch. »Entspannter ... das glaube ich nicht. Wir haben es mit Berufsrednern zu tun. Und unsere Psychospielchen ziehen bei denen nicht, denn es ist ihr ureigenstes Metier. Ich glaube, das wird ziemlich schwierig.«

»Und ich glaube nicht, dass es ihr Metier ist. Auf Spielchen werden wir allerdings wirklich verzichten. Ein Tisch, harte Stühle, Diktiergerät – und man unterhält sich. Das ist brutal.«

»Wann?«, fragte sie.

»Gleich morgen Vormittag. Wen von denen willst du?«

»Ohhh, diesen Grohm .... ne, also auf den verzichte ich.

Nicht, dass ich ihm ins Gesicht springe, wenn er dieses verständnisvolle Geschwafel daherbringt. Von denen war doch keiner traurig – die haben nur davon geredet ... also ich meine, er hat davon geredet. Die Schwarze war mir ganz sympathisch und scheint noch die Vernünftigste zu sein. Und diese Schirr ... also ich nehme diese Claire Wilms. Bleibt für dich der Grohm und die Schirr mit ihren verrückten Haaren. Ist nur zu hoffen, dass sie morgen nicht auch unter Drogen steht, so wie heute. Ich frage mich, was die wohl arbeitet bei denen?«

Schielin war einverstanden und meinte: »Diese kleine Französin, diese Claire, die nehmen wir zuerst dran. Die anderen zwei lassen wir ein wenig warten. Das regt die Gedanken an.«

Am Segelhafen stiegen sie aus und sahen Wenzel am Auto lehnen. Er verpackte gerade den Spurensicherungskoffer. Zwei Kollegen der Wasserschutzpolizei standen dabei und sahen interessiert zu, denn so oft hatten sie mit Kriminaltechnik auch nicht zu tun. Anscheinend hatte Wenzel an der aufgetriebenen Motorjacht gearbeitet.

Lydia klatschte die Autotür laut zu und sprach laut übers Dach hinweg: »Denen muss doch klar sein, dass wir sie als Verdächtige behandeln müssen. Sie sind die Einzigen, die mit Agnes Mahler in Verbindung standen, sie befanden sich alle drei in nächster Nähe zum Tatort – nur drei, vier Minuten zu Fuß entfernt – und es gibt ein Motiv: Agnes Mahler wollte raus, und Geld wollte sie sicher noch dafür. Im Grunde genommen wunderbare Voraussetzungen für eine Mordermittlung. Wie im Bilderbuch. Und Kohle, das sage ich dir, Kohle spielt hier eine gewaltige Rolle. Was meinst du, was die Suite da oben kostet? Schlecht kann es den Herrschaften nicht gehen.«

Schielin ächzte. »Das ist ja das Problem.«

Sie gingen zu Wenzel.

Später, wieder auf der Dienststelle, gehörte das Telefon zum ersten Ermittlungsinstrument. Schielin hatte einen Freund aus alten Tagen bei der Münchner Kriminalpolizei erreichen können, der einige diffizile Aufgaben für sie übernahm. Es ging darum, Informationen über die Kanzlei *Grohm & Sebald* zu erhalten, sowie Näheres über Agnes Mahler in Erfahrung zu bringen. Kimmel hatte die Adresse der Eltern herausgefunden und es war an den Münchner Kollegen, ihnen die Nachricht zu überbringen. So war das an Samstagabenden eben.

Erich Gommert hatte den Auftrag erhalten, auf die Insel zu fahren und die Ladungen für die Vernehmung am nächsten Vormittag zu übergeben. Grohm nahm die kurzfristige Einbestellung regungslos zur Kenntnis. Machte es Sinn, sich mit den beiden anderen auszutauschen? Er lehnte am Fenster, sah hinaus in die Dämmerung und spürte Kraftlosigkeit. Würde er noch einmal hierher zurückkehren können, an diesen wunderbaren Ort? Die Aufenthalte hier am Wasser waren wie tropische Inseln im Meer der Zwänge, Termine, Besprechungen und Formalismen. All das wurde einem abverlangt, weil man es so wollte. Und wozu das alles? Er nahm die Flasche Burgunder, die er sich aufs Zimmer hatte bringen lassen und goss rüde ein. Matt sank er in den Sessel und nahm einen großen Schluck, den er lange im Mund behielt. Er sah auf den Jahrgang. Ein Fünfundneunziger. Fünfundneunzig! Ja, damals, da war seine Welt noch in Ordnung gewesen. Er trank den Wein und jeder Schluck führte ihn weiter zurück in seinen Erinnerungen. Wenn sowohl Wein wie auch derjenige, der ihn genoss, das richtige Alter hatten, dann war der rote Saft ein geeigneter Katalysator für kontrollierte Sentimentalität. Grohm führte der 95er

Vosnay tief hinab, in das Dunkel seiner Seele und zu den Schatten, die auf seiner Vergangenheit lagen. Sebald hätte ihn ausgelacht, wenn er ihn so gesehen hätte. *Zweifel! Zweifel ist Feind der Erfolgreichen*, hatte der immer gesagt. Grohm hatte sein väterliches Lächeln aufgesetzt, wie es ihm vor dem Spiegel immer so sympathisch erschienen war, und hatte mit einem Aphorismus geantwortet. So was musste man draufhaben in seinem Job, genauso wie Bibelsprüche und Zitate. Grohm schenkte den letzten Tropfen der Flasche in das Glas.

Zweifel? Wieso zweifelte er an sich? Schließlich war es so, dass Sebald seit zwei Jahren ersoffen am Grund des Starnberger Sees lag und seine Nichte auf dem Weg in eine Kühlkammer war. Nur er, Grohm, saß hier im Sessel und genoss einen 95er Burgunder. Er war schließlich wer – Dr. Helmut Grohm hatte einen unbescholtenen Namen, einen in Fachkreisen zementierten Ruf und – fast noch wichtiger – er kannte Leute, viele Leute. An einen wie ihn traute man sich nicht so leicht heran.

Inselwächter

See und Berge, Türme, Mauern und Häuser – sie waren unberührt geblieben, von dem, was an Schrecklichem eingetreten war. Auch an diesem Sonntagmorgen saß Dr. Otto Zychner wieder oben im Türmchen. Auf gleicher Höhe mit Dächern, Gauben, Treppengiebeln und Erkern fühlte er sich losgelöst von der Einsamkeit seines Schicksals, ohne dass er dies jemals so – nicht einmal in Gedanken – ausgedrückt hätte. Hier oben verbrachte er die Tagesanbrüche, hütete das Dunkel und die tiefen Schatten, bis sie im Schein der Sonne verbrannten, oder unaufgeregt im grauen Einerlei vergingen. Er war süchtig danach jeden Tag aufs Neue zu verfolgen, wie es Morgen wurde; wollte dabei sein und schauen und lauschen, wie das Licht in die Welt kam.

Die Sonntage unterbrachen den gleichförmigen Lauf seiner Tage, denn am Vormittag verließ er das Haus, um die Kirche aufzusuchen. Es war nicht so, dass er sonderlich gläubig war. Seinen Glauben hatte er im Lauf der Jahre verloren und nicht mehr wiederfinden können. In den so einsamen wie hitzigen Debatten und Gesprächen, die nur in seinem Kopf stattfanden, argumentierte er, dass er sich nicht vorstellen könne, dass ein Gott, zumal ein Allmächtiger, die Erlösung der Menschen auf so umständliche Weise betreiben musste, indem er seinen eigenen Sohn an ein Kreuz nageln ließ. Er ging trotzdem in die Kirche, weil er es so gewohnt war, und der Meinung, dass es sich so gehörte. Zumal bereits der Gang als solcher, Bestandteil eines Rituals war und damit Teil einer Ordnung, die er nicht stören wollte, solange er lebte. Der Klang der Glocken über der Insel, er beseelte ihn und die Musik tat ihm gut. Die Orgel, der Gesang, die vertrauten Lieder.

Nun gut, Gesang. Eher die dünnen, jammervoll entlegenen Töne jenes kleinen Grüppchens namens Gemeinde. Der Pfarrer verabschiedete die wenigen, so auch ihn, jedes Mal mit großer Freundlichkeit. Er selbst blieb distanziert höflich. Von den Predigten fühlte er sich in jeglicher Hinsicht unterfordert. Gleich welcher Predigttext – es gab gedanklich nichts überraschend Neues. Bedenklicher noch fand er die armselige Sprache, mehr noch als das dramaturgische Durcheinander. Themaverfehlung! – hätte er früher auf Arbeiten solch minderer Qualität geschrieben und eine harte Note erteilt, das Blatt dann mit Verachtung zur Seite geschoben. Früher – das war lange her. Gab es heute noch Themaverfehlungen? Er meinte schon, wenn er auf die leeren Bankreihen sah. Menschen durften mehr erwarten als das bloße Sozialgejammer existenziell Ungefährdeter. Und war es nicht furchtbar, dass ihm seine Morgende auf dem Dach eine spirituelle Welt öffneten, die er in der weiten, herrlichen Gotteshalle nicht finden konnte. Und dann diese Heuchelei. Es gab für ihn kaum Schlimmeres als kindlich anmutende Sozialromantik, die mit moralisch erhobenem Zeigefinger aus dem Mund eines Pfaffen in die Welt trat.

So saß er an solchen Tagen eben in der Bank, auf seinem angestammten Platz, sog den von Kindheit an vertrauten Geruch trockenen Holzes ein, lauschte dem Klingen, Dröhnen, Jubilieren der Orgel nach und sang in Gedanken ein paar Liedverse mehr als die Gemeinde, ging während der Predigt die Partitur eines Mozart'schen Klavierkonzertes durch, das er am Nachmittag hören würde, falls er sich für Beethoven, Wagner oder Brahms als zu schwach erleben würde – und ließ ab und an die Vergangenheit in seinen Sinn kommen. Ja, er war hart gewesen, als Lehrer. Aber man hatte ihn respektiert. Die Schüler hatten ihn gefürchtet. Das wusste er.

Er saß und sein Blick folgte einem Schwarm Möwen, der, von einem Motorboot im Seehafen aufgeschreckt, krächzend über das Römerbad flog, um sich umso lautloser zwischen den Masten der Segeljachten zu verlieren.

Einmal war es nicht gut gegangen. Damals, zu der Zeit, als zu seiner unnachgiebigen Konsequenz noch jener fressende Schmerz gekommen war, als seine Tochter ins Ausland gegangen war; Narbonne – zum Studieren, wie es hieß. Nie war es ausgesprochen worden, doch er wusste, dass sie um des Gehens wegen ging. Es würde kein Wiederkommen mehr geben. Es war zu eng geworden in der großen Wohnung unterm Dach. Es war zu eng für Pop und Rock, Funk, Soul und Jazz neben all den Sonaten und Streichquartetten.

Von da an war der stumme, nie in Worte gefasste Hader seiner Frau in der Welt gewesen; ein Hader, der sich wie giftiger Dunst über alles legte, was sein Leben bis dahin ausgemacht hatte. Er hatte viel Bruckner gehört – damals. Und in der Schule war es zu diesem Vorfall gekommen. Ein dummes Wortgefecht über eine belanglose Sache war der Auslöser gewesen. Er erinnerte sich genau daran. Die schnell giftig gewordene Auseinandersetzung ging darum, welche Auswirkungen die Einführung des systematischen Zweifels für das Wissenssystem hatte, so, wie es von René Descartes zur Methode erhoben worden war. Er fühlte sich persönlich angegriffen, denn er fühlte sehr wohl, dass die Argumentation des Schülers ihn quasi als prä-aufklärerischen Pedanten hinstellte. Zu jener Zeit hätte er niemals ein Thema behandeln dürfen, in welchem der Zweifel als etwas Positives erscheinen konnte.

Der Schüler, kein dummer Kerl, parierte seine das Thema abschließend gedachten Äußerungen derart eloquent, dass sich Gekicher breitmachte im Klassenraum – hämisches Gekicher. Er – Dr. Zychner – wurde ausgelacht. Er war voller Wut vor den Schüler hingetreten und hatte sich über dessen Vornamen mokiert – Adolf. Und da war es passiert, nicht völlig unerwartet und dennoch überraschend, undenkbar. Der ausgewachsene Kerl von siebzehn Jahren war aufgesprungen, hatte ihn am Kragen gepackt, mit einem einzigen Ruck äußerster Kraft an sich herangezogen und sogleich mit einer Miene von Zorn und Willen nach hinten gestoßen. Eine solche körperliche Aggression war ihm bis dahin noch niemals widerfahren. Nur die Schulbänke hinter ihm, in die er taumelte, hatten verhindert, dass er zu Boden gegangen war. Lähmende Stille. Entsetzen bei allen. Nur nicht bei demjenigen, der ihm gegenüberstand und ihn mit stolzem Blick ansah.

Er hatte das Klassenzimmer daraufhin verlassen und dem Direktor gemeldet, dass er von einem Schüler angegriffen worden war. Das war alles gewesen. Schon am nächsten Tag war der Kerl nicht mehr an der Schule. Später hatte es ihm leidgetan, denn es hätte etwas aus ihm werden können.

Das bald darauf einsetzende Drängen des Direktors, doch die Möglichkeiten des Vorruhestandes zu nutzen, hatte er geflissentlich überhört. Er hielt den Kerl eh für einen gewissenlosen Karrieristen.

*

Schielin hatte gut geschlafen in der Nacht und war mit den ersten Sonnenstrahlen aufgewacht. Bevor er duschte, schmiss er sich eine Handvoll Wasser ins Gesicht, schlüpfte in die Weideklamotten und ging mit dem Eimer hinüber zur Weide. Ronsard war sofort am Zaun. Der gelbe Eimer war ihm wohlbekannt; vor allem, was sich darin an feinen Körnern befand. Doch diesmal wurden zuerst die Kaltblüter bedient, was den Esel erboste. Schielin musste handgreiflich werden, um den bockigen Kerl zu vertreiben, der, aufgebracht schnaubend, mit gesenktem Kopf und angelegten Ohren, immer wieder sein Hinterteil in Richtung Eimer schob und ausschlug. Dies alles mit einer Kraft, Dynamik und Beweglichkeit, die ihm manches Mal abging, wenn Wanderungen zu bewältigen waren.

Beleidigt hatte er nach seiner Vertreibung unter dem Birnbaum Position bezogen. *Gäste* – gleich Mensch oder Tier – waren ihm nicht willkommen. Spätestens seit den Eseltouren, die die Töchter mit ihm veranstaltet hatten, musste das doch auch Schielin klar geworden sein.

Obwohl der Tag so sommerherrlich begann, fand Schielin auf seiner Strecke die Straßen vereinsamt vor. In der Dienststelle berichtete ihm Wenzel, dass in der Friedrichshafener Straße mehr Betrieb geherrscht habe. Die Berge schienen an diesem Sonntag ein begehrteres Ziel zu sein als der See.

Kimmel konnte heute nicht kommen. Es gab wenig, was ihn vom Dienst fernhielt. Doch heute hatte er Enkelsonntag – und der war ihm heilig. Erich Gommert war auch zu Hause geblieben, weil er aushilfsweise als Mesner in Aeschach einspringen musste. Wenzel, Lydia und Schielin witzelten, wie es dabei wohl zugehen mochte. Wenzel kochte Kaffee und berichtete von der gestern aufgebrachten Motorjacht. Sie war in Langenargen gemeldet und für einen Übernachtungsplatz von Freitag auf Samstag bei der Lindauer Hafenmeisterei eingetragen. Besitzer war ein Bauunternehmer aus Ravensburg, den man telefonisch erreicht hatte, bevor die Absuche mit dem Hubschrauber erfolgt war. Am Telefon hatte er den Kollegen der Wasserschutzpolizei wenig Aufschlussreiches berichten können und hinsichtlich der Nachfragen war sein Verhalten äußerst spröde gewesen. Sie waren sich einig, dass man ihn würde vorladen müssen.

Wenzel wedelte mit einem Plastikbeutelchen herum, in dem sich der Einhunderteuroschein befand. Weder Lydia Naber noch Conrad Schielin fiel etwas auf Wenzels Frage ein, was ihnen an dem Schein auffalle. Er sah echt genug aus.

Wenzel schwieg einige Sekunden lang. Das steigerte die Neugier der anderen. »Dieser Schein hier war noch niemals in einer Brieftasche, einer Geldbörse oder sonst wo. Er ist völlig druckfrisch. Selbst unter dem Mikroskop sind keine Verletzungen der Kanten sichtbar, wie dies bei einem neuen Schein, der schon ein- oder zweimal den Besitzer gewechselt hat, der Fall wäre. Der hier ist nigelnagelneu.«

»Irgendwann ist jeder Schein neu«, meinte Schielin herausfordernd.

»Aber doch nicht auf dem Fußboden einer Motorjacht. Wenn da so ein Lappen herumliegt ...?«

»Was meinst du genau?«, fragte Lydia Naber und sah auf die Uhr. Claire Wilms musste gleich kommen.

»Ich meine, so unverbraucht wie dieser Hunderter daherkommt, wird er sein bisheriges Leben in Gesellschaft vieler anderer Hunderter verbracht haben. Gut erzogen und wohlgeordnet von einer Banderole.«

»Ohh. Ist ja durchaus vorstellbar, auf so einer Jacht, oder etwa nicht?«, bemühte sich Schielin seinen Kollegen zu enttäuschen.

»Vorstellbar, durchaus. Es ist nur die Nummer dieses Scheins, die auch so schön neu und spannend ist.«

»Also doch eine Blüte?«

»Nein, nein. Auf solchen Schiffchen gibt es doch keine Blüten, nur in ganz vereinzelten Einzelfällen. Öfter taucht da schon ein Auslandshunderter auf. Der hier kommt aus der schönen Schweiz.« Wenzel wedelte wieder mit dem Tütchen.

Lydia summte hoch und laut. »Mhmmm. Daher weht das Windchen. Na, da wird sich der Herr Bauunternehmer aus Ravensburg doch sicher freuen, von der Mordkommission vorgeladen zu werden und nicht von der Steuerfahndung.«

Wenzel packte sein Beweismittel beiseite. »Man wird sehen, wie groß die Freude sein wird.«

Lydia griff zum Telefon. »Ich rufe den jedenfalls gleich an und bestelle ihn für Morgen ein. Es geht schließlich um Mord. Wenn er rumzickt, werden wir eben grob.«

»Wissen wir schon mehr über diesen Grohm?«, fragte Schielin in die Runde.

»Es ist Sonntag«, murrte Lydia.

*

Pünktlich war Claire Wilms auf der Dienstelle erschienen. Lydia Naber nahm sie freundlich in Empfang und leitete sie in den schmucklosen Vernehmungsraum.

»Schaut ja schlimm aus hier. Sollte mal wieder geweißelt werden«, konstatierte sie, nachdem sie ihren Blick über die grauen Wände hatte schweifen lassen.

»Kein Geld«, entgegnete Lydia Naber lächelnd, legte ihren Notizblock zurecht und startete das Aufnahmegerät. Claire Wilms schob den Stuhl ein Stück vom Tisch zurück und schlug die Beine übereinander. Ihre Hände ruhten gefaltet im Schoß. Sie strahlte Souveränität und Lockerheit aus. Dass sie eine andere Sitzposition einnahm als Lydia Naber, die sich auf der Tischplatte aufstützte, zeigte ihr Selbstbewusstsein und machte deutlich, dass sie sich von fremden Umgebungen nicht einschüchtern ließ.

Lydia Naber verzichtete auf die strenge Form einer frontalen Befragung. Sie hatten Zeit, und dieser Grohm, der für später einbestellt war, sollte ruhig ein wenig warten.

»Sie sagten gestern, noch nicht lange in der Kanzlei Grohm beschäftigt zu sein.«

»Ja. Ein gutes Jahr ist das nun her. Nach den Psychotherapietagen im letzten Jahr, hier in Lindau, war es. Da haben wir uns vereinbart und ich habe im Mai in der Kanzlei begonnen.«

»Wer hat sich vereinbart?«

»Agnes Mahler hat mich angesprochen.«

»Also nicht Herr Grohm? Davon wäre ich ausgegangen.«

»Nein. Agnes Mahler war die treibende Kraft.«

»Was haben Sie vorher gemacht?«

»Ich habe mich um die Opfer der positiven Psychologie gekümmert.«

Lydia Naber verzog das Gesicht.

Claire Wilms lachte. »Klingt kryptisch, ich weiß.«

»Erklären Sie es.«

»Interessiert es Sie wirklich?«

»Ja, nur zu, es interessiert mich wirklich. Opfer, positiv und Psychologie, das ist eine interessante Wortkombination.«

»Also gut, aber ich hole etwas aus, ja. Wir erleben seit einigen Jahren in unseren westlichen Gesellschaften eine starke psychologische Bewegung, einen Megatrend. Das ist dann der Fall, wenn Hoffnungen, Erwartungen und Konsumgewohnheiten von Millionen Menschen von einem Thema geprägt werden. Im Moment ist es das Thema *Glück* als solches, das so einen Megatrend darstellt. Alles was wir tun, erleben, kaufen, selbst die tägliche Arbeit – all das soll uns möglichst glücklich machen.«

»Ich denke, das war doch schon immer ein Thema – Glück, und ist nichts Neues, oder?«

»Na ja – als Boom, wie er derzeit stattfindet, als verfügbare Konsumware, in dieser Weise war das Glück bisher kein Thema. Noch nie gab es eine Zeit, in welcher dieses Lustprinzip einen derart hohen Stellenwert in einer Gesellschaft hatte. Wir verfügen durch die von unserem Wirtschaftssystem, dem Konsumkapitalismus, bereitgestellten Mittel über die Möglichkeit, unsere Wünsche schnell zu befriedigen. Unsere Eltern und Großeltern haben von diesem Überfluss an leiblichen, kulturellen Genüssen nicht einmal träumen können. Unterhaltung, Wellness, Komfort, Essen und Trinken – vierundzwanzig Stunden am Tag. Reisen. In wenigen Jahren werden wir Ausflugstrips in den Weltraum unternehmen können. Dazu haben wir eine hohe Lebenserwartung und leben in einer freien Gesellschaft, in der Zwänge durch Religionen, Traditionen und Konventionen nicht mehr den Druck ausüben wie noch vor einigen Jahrzehnten. Wir leben in einer Multioptionsgesellschaft.«

Lydia Naber bestätigte: »Ja. Wenn ich Ihnen so zuhöre, muss ich sagen, das stimmt. Aber … ich habe den Eindruck, dass das öffentliche Gejammer und Gewinsel noch nie so laut und penetrant war wie gerade zurzeit. Da passt doch etwas nicht zusammen.«

»Das ist Ihre Art der Wahrnehmung«, meinte Claire Wilms lächelnd.

Sie fuhr fort:

»Wir leben in einer Umwelt, deren Medien uns ständig anmachen: Anzeigen, Werbung, Marketing. Unsere gierigen Triebe werden dadurch entfesselt und die Protagonisten der Anmachsparte sprechen Klartext. Sie nennen ihre Taktik: Guerilla-Marketing, Content-Marketing, Neuro-Marketing, Ambush-Marketing. Sie lauern uns auf, wo immer unser *Ich* schwach ist, schleichen sich an und pflanzen uns Wünsche ein. Infizieren uns mit Begehren, überfallen uns, dringen in uns ein wie ein Virus. Die moderne Hirnforschung liefert ihren Teil an waffenfähigem Material, um dafür zu sorgen, dass sich Wünsche, Lüste und Träume noch besser einnisten können und unsere Vernunft niederhalten. Unser *Ich*, das uns so unangenehme, disziplinierende Verhaltensweisen wie Mäßigung, Verzicht, Arbeit, Leistung und Sparen vermitteln will, wird niedergehalten, bekämpft, betäubt, wehrlos gemacht. Im Licht des modernen Marketings glänzt alles, ist gülden, jung, gesund, attraktiv – ein Paradies.

»Ein Paradies auf Erden«, bestätigte Lydia Naber.

»Tja. Aber schon sind wir mitten im Problem. Wir können genießen und dem Lustprinzip huldigen – und sind doch nicht glücklich. Jedenfalls nicht so, wie wir es sein müssten, gemessen an unserem materiellen Reichtums. Es geht uns meist so wie dem *Fischer un sin Fru*. Die Ansprüche wachsen im gleichen Maße, wie die mühelose Verfügbarkeit materieller Güter steigt. Anders ausgedrückt: Wir kriegen den Kragen nicht voll. Und trotz allem beobachten wir, dass das Leben vieler Menschen verödet. Hedonismus als Selbstzweck ist nicht ausreichend, um unserem Leben Glück und einen Sinn zu geben, um es als erfüllt zu empfinden.«

»Und da hilft nun die Glücksforschung, nehme ich an.«

»Korrekt. Die Glücksforschung produziert immer neue Glückserkenntnisse. Wir nennen diese Glücksforschung heute *positive Psychologie*. Es war mal ein wirklich interessanter Ansatz, hat sich aber inzwischen zu einer Fabrikation von Lebensrezepten gewandelt und erlebt einen regelrechten Boom. Mit einer Prise Boshaftigkeit könnte man einen Teil der Produkte so benennen: *simplify alles rundherum*, oder *Werde so, wie du bist*, gefolgt von Titeln wie *Du bist, wer du bist*, oder *Sei was du schon immer sein wolltest*, und *du kannst es wollen, wenn du nur willst*. Es ist ein bisschen so wie bei den Horoskopen in den Frauenzeitschriften im Vergleich zur wissenschaftlich ernsthaften Astrologie, die ja durchaus existiert, ohne jetzt eine sachliche Wertung geben zu wollen. Die positive Psychologie hat das Versprechen in die Welt gebracht, dass das Glück auf direktem Wege erreichbar, verfügbar sei. Das führt aber in die sogenannte Glücksfalle, wie ich meine, denn wir werden auf diesem Wege nur noch unglücklicher, weil wir an unseren Unzulänglichkeiten nur scheitern können. Unser Verlangen und Begehren nach Glück scheitert an dem Versprechen, es gäbe eine Methode, ein Mittel, einen Weg zum persönlichen Glück. Man könnte von der Behauptung sprechen, Glück sei erlernbar, wie etwa das Spielen eines Instrumentes. Und wenn sich das Glück nicht einstellt, dann tritt unsere Unvollkommenheit umso stärker in den Vordergrund.«

»Und auf diesem Gebiet forschen Sie als Psychotherapeutin?«

»Nein. Ich habe zuerst Medizin studiert, dann noch Psychologie. Ich war in einigen Kliniken als Psychiaterin beschäftigt und habe mich mit dieser Thematik auseinandergesetzt.«

»Wo kommt diese positive Psychologie her? Ich gehe mal davon aus, von Psychologen.«

»Von einem gewissen Martin Seligmann. Er hat vor beinahe zwei Jahrzehnten den spannenden Ansatz verfolgt, sich als Psychologe nicht nur mit den Ursachen des seelischen Unglücks zu beschäftigen, sonder auch mit der Frage, wie Menschen glücklich sein können – die *positive Psychologie* war auf der Welt.«

»Na ja. Glück ist ja wirklich so eine Sache. Für jeden bedeutet es etwas anderes. Sie sind vom Fach. Wie beschreiben Sie das Glück?«

»Oh je. Der Glücksforscher David Myers nennt das Glück als *die anhaltende Wahrnehmung des eigenen Lebens, als erfüllt, sinnvoll und angenehm.*«

»Klingt schön. Und wann ist man nun glücklich?«

Claire Wilms nahm ihre Hände aus dem Schoß, legte die Fingerspitzen aufeinander und formte ein Dach. »Andersherum ist es wohl einfacher: Glückliche Menschen haben realistische Ziele und Erwartungen, eine hohe Selbstachtung, eine positive, optimistische Lebenseinstellung und begegnen anderen Menschen offen und interessiert. Sie können auf ein festes Netz aus Freunden und Bekannten zurückgreifen und sie haben das Gefühl, ihr Leben selbst kontrollieren zu können. Vor allem machen sie eines – sie gehen achtsam durch ihren Alltag.«

Lydia Naber war ganz in Gedanken des letzten Satzes und wiederholte stumm das schöne Wort *achtsam*. »Das klingt ja sehr nach gesundem Menschenverstand und weniger nach Psychologie.«

»Da haben Sie nicht unrecht, aber selten kann der gesunde Menschenverstand es auf so anschauliche Weise in Worte fassen – das ist dann Psychologie.«

Lydia Naber lachte. »Also Glücksratgeber werden auf solche Menschen nicht wirken.«

»Na ja. Jedenfalls werden Menschen diesen Glücksrezepten nicht vorbehaltlos gegenüberstehen, sie nicht als *Kochzettel* für ihren Lebensentwurf nehmen.«

»Was sind denn solche Rezepte?«

»Ach, herrje! Da muss ich nun selbst überlegen. Zum Beispiel, vor dem Einschlafen darüber nachdenken, was gut an diesem Tag war, oder jeden Tag zu meditieren, eine Viertelstunde Yoga zu machen, jemand anderem freiwillig helfen – praktizierte Dankbarkeit. In Bewegung bleiben – jeden Tag dreißig Minuten Aktivität. So etwas eben. Alles keine verwerflichen Dinge und für sich genommen durchaus annehmbar. Als rezeptiertes Konzept, als ein Schema für den Weg zum Glück jedoch untauglich. Ganz fürchterlich finde ich diese Smileys, die manche in ihrer Wohnung anbringen. Diese lachenden runden Fragmentgesichter, die man von Mails her kennt, nur in Großdruck. Die sollen einem sagen: Hey, du bist gut drauf, es geht dir gut. Dann noch an jedem Morgen mit einem Lächeln vor den Spiegel treten.«

Lydia Naber winkte ab. »Das wäre bei mir völlig aussichtslos. Wenn ich das von mir verlangen würde, wäre der ganze Tag schon im Eimer. Aber das sind doch alles Luxusprobleme, oder?«

»Keineswegs. Es gibt da einen höchst problematischen Hintergrund. Die Statistiken der Krankenkassen belegen, dass wir trotz unserer materiellen Sicherheit einen starken Anstieg der psychischen Erkrankungen in unserer Gesellschaft zu verzeichnen haben. Da liegen alarmierende Zahlen vor, denn es handelt sich dabei nicht um Langeweilewehwehchen oder Befindlichkeitsstörungen hysterischer Personen.«

»Und aus diesem Bereich stammt nun Ihr Aufgabenbereich bei *Grohm & Sebald*.«

»Nein, nein. Das *war* mein Aufgabengebiet. In meiner jetzigen Tätigkeit habe ich es mit Kunden aus der Wirtschaft zu tun.«

Lydia unterbrach sie: »Sie haben also die Seiten gewechselt?«

»Gar nicht, nein. Agnes Mahler hat mich geholt, um mit ihr Konzepte für Unternehmen zu entwickeln, die ihre Leistungsträger und Führungseliten als Kapital erkannt haben und sich Hilfestellung im Umgang mit diesen wertvollen Menschen erwarten – Wissensträger, Motivatoren, informelle Führer ...«

»Was ist der Unterschied zu Ihrer bisherigen Arbeit?«

»Die Bezahlung, ganz eindeutig. Es sind völlig andere Welten.«

Lydia lehnte sich zurück. Die Antwort hatte ihr gefallen. Ihr war diese Claire Wilms sympathisch.

»Welche Aufgabe hatte Agnes Mahler bei Grohm & Sebald?«

»Sie arbeitete daran, soziopsychologische Konzepte in die Führungsetagen großer Unternehmen zu bringen.«

»Ich dachte, das sei die Aufgabe von Doktor Grohm? Und ist das denn erforderlich? Ich meine, Grohm und Sebald, das ist doch eine arrivierte Kanzlei in diesem Bereich.«

»Also da muss ich ehrlich gesagt passen. Ich habe keinen Einblick in das Tätigkeitsfeld von Doktor Grohm. Er hat sehr viele Außentermine und ist mit Unternehmen in der pharmakologischen Forschung befasst.«

»Und aus welchem Grund erkennen die Unternehmen erst jetzt, wie wertvoll ihre Leute sind?«

Claire Wilms schüttelte den Kopf. »Das erkennen sie nicht erst jetzt. Es ist nur so, dass die Globalisierung einen völlig anderen Druck ausübt. Globalisierung – Sie verstehen?«

Lydia Naber bestätigte. »Sicher verstehe ich, was Globalisierung ist: Wenn zum Beispiel der namibische Springbock, das australische Känguru und die kasachische Bergziege unter der Bezeichnung *Hausgemachtes Wildgulasch* auf dem Teller einer süddeutschen Gastwirtschaft ihr würziges Treffen feiern.«

Claire Wilms lachte. »Ja, nun. Die Globalisierung hat viele unterschiedliche Aspekte.«

»Und Grohm hat einen etwas isolierten Arbeitsbereich, wenn ich das richtig verstanden habe.«

Die Nachfrage irritierte Claire Wilms sichtlich. »Doktor Helmut Grohm ist nicht unbekannt in unserer Branche. Es gibt zahlreiche wissenschaftliche Artikel und Veröffentlichungen von ihm, sogar eine Professur ist ihm angetragen worden, die er ablehnte, um sich ganz seiner Arbeit zu widmen. Natürlich betreut er unsere Konzeptarbeit. Da ist aber nicht so viel Neues zu tun. Im Grunde habe ich sehr wenige Berührungspunkte mit seinem Bereich. Wie schon gesagt: Er unterhält viele intensive Kontakte zu Unternehmen, die in der Forschung tätig sind. Im Grunde genommen ist das eine seiner Hauptaufgaben – wenn er nicht in Arbeitsfeldern unterwegs ist, die sein soziales Engagement betreffen.«

»Soziales Engagement?«

»Ja. Er setzt sich sehr für Osteuropa ein … Kinder- und Pflegeheime …« Claire Wilms ließ den Satz enden, um Lydia Naber sich den Rest selbst denken zu lassen. Doch die fragte fordernd nach: »Osteuropa?«

»Ja, Osteuropa. Fragen Sie mich bitte nicht nach genauen Orten oder Ländern. Doktor Grohm unterhält dort Partnerschaften, ist sogar in einem Stiftungsrat und, wenn es seine Zeit erlaubt, auch persönlich vor Ort. So habe ich das im vergangenen Jahr jedenfalls erlebt.«

»Waren Sie schon einmal dabei, in Osteuropa?«

»Nein. Ich habe da auch kein Interesse. Und es ist etwas für ihn sehr Eigenes.«

»War von Ihren Kolleginnen schon einmal jemand dabei?«, ließ Lydia Naber nicht locker.

Claire Wilms stutzte und antwortete zögernd: »Soweit mir bekannt ist, nicht.«

»Agnes Mahler?«

»Nein!«

Lydia Naber merkte, dass ihre Unnachgiebigkeit auf wenig Freude traf.

Etwas anderes interessierte sie aber noch. »Ein Professorentitel. Respekt, Respekt. Der hätte der Kanzlei aber sicher gut gestanden.«

Claire Wilms stutzte. Beinahe wäre ein Zucken zu bemerken gewesen. Sie wich vor Lydia Naber nicht räumlich, aber innerlich zurück. Es war zu spüren, wie sehr ihr die offene, legere Sitzposition mit einem Male Unbehagen zubereiten schien. Lydia Naber hatte wohl einen wunden Punkt getroffen. Sie hakte nach. »Das ist doch so. Außerdem schätze ich Herrn Grohm so ein, dass es auch seiner Eitelkeit sehr geschmeichelt hätte – Professor, klingt doch gut.«

Claire Wilms antwortete vorsichtig: »Na ja. Es soll darüber Streit mit Sebald gegeben haben, der wohl ein starkes Interesse daran hatte, dass Grohm diese Professorenstelle annehmen sollte. Ich muss aber sagen, dass das Geschehnisse waren, die vor meinem Eintritt aktuell waren, und ich daran weder selbst beteiligt noch in anderer Weise involviert war. Was ich Ihnen da sage, stammt vom Hörensagen. So wie man eben etwas erfährt in einer kleinen, übersichtlichen Firma. Beim Kaffeetrinken ein Satz, eine Andeutung, am Kopierer. Was die Sache mit dem Professor angeht, tuschelte man damals, dass es sogar Sebald gewesen sei, der die Sache eingefädelt habe.«

»Und Grohm lehnte das ab, weil er sich der Kanzlei zu sehr verpflichtet fühlte und meinte beiden Herren nicht dienen zu können.«

»Nicht auf dem gleich hohen Niveau dienen zu können«, stellte Claire Wilms richtig.

»Nun ja. Die Kanzlei lief ja auch ohne das Professorenetikett prima weiter.«

Claire Wilms reagierte nicht auf die Feststellung, die als Anstoß gemeint war. Lydia Naber wurde etwas unfreundlicher. Sie wollte ihrer Sympathie Claire Wilms gegenüber nicht freien Lauf lassen. Schließlich mussten sie einen Mord klären. »Oder etwa nicht, Frau Doktor Wilms? Lief es gut?«

»Ich habe keinen Einblick in die Finanzen, aber es wird

schon nicht schlecht laufen. Und die Sache mit der Professur war nun auch nicht von solcher Bedeutung.«

»Aus irgendeinem Grund muss doch aber Frau Mahler sehr unzufrieden gewesen sein?«

»Ja, sicher. Sie hat nur leider nicht mit mir darüber gesprochen. Jedenfalls nicht über Details. Es ging um eine Veränderung die Kanzlei betreffend und ... um Schwierigkeiten mit Grohm. Aber das muss man eher als atmosphärische Störung sehen, denn es ist doch klar, dass das zu Reibungen führt, wenn da eine junge, aktive Frau Veränderungen herbeiführen will. Etwas ganz Normales, über das man reden kann. Und genau darum ging es uns hier in Lindau.«

Lydia Naber ließ es damit gut sein und verzichtete auf eine Bemerkung in Bezug auf die Formulierung *Reibungen*. »Und Frau Schirr?«

»Ist schon seit ewigen Zeiten dabei. Ich glaube sogar von Anfang an.«

»Sie scheint schwierig zu sein?«

»Gar nicht. Das täuscht. Ich weiß schon – ihr etwas unkonventionelles Äußeres.«

»Wer ist eigentlich *Sebald* in diesem Zusammenhang – *Grohm & Sebald*?«

»Das war ein Studienkollege von Grohm, der zusammen mit ihm die Firma gegründet hat. Die beiden haben ein paar Semester zusammen studiert, wenn ich das recht erinnere. Sebald hat dann aber zur Juristerei gewechselt. Er ist vor zwei Jahren bei einem Segelunfall am Starnberger See umgekommen.«

»Mhm. Und seither führt Grohm die Geschäfte alleine.«

Claire Wilms lachte bitter. »Nein, nein. Den Zusammenhang habe ich auch gestern erst mitbekommen, nachdem Sie gegangen waren: Agnes Mahler war Sebalds Nichte. Sie ist nach seinem Tod in die Kanzlei eingestiegen. Das war wohl nicht so geplant gewesen, aber sie hat die Anteile von ihrem Onkel geerbt und zu aller Überraschung ging es ihr nicht um eine finanzielle Beteiligung, sondern darum, dort mitzuarbeiten.«

Lydia Naber lehnte sich entspannt zurück. »Ahhh. Jetzt wird mir doch einiges klarer. Sie war quasi der Sebald-Teil der Kanzlei. Und damit hatte man nicht gerechnet. Interessant. Wie war Ihr Verhältnis zu Agnes Mahler?«

»Gut. Unser Verhältnis zueinander war gut. Wir haben ohne Schwierigkeiten zusammenarbeiten können. Sie war sehr kollegial und professionell und hat sich nichts anmerken lassen, was ihre Stellung in der Kanzlei anging. Ich musste davon ausgehen, dass sie eine Führungsposition hatte. Sie hat mich schließlich eingestellt.«

»Grohm hat sich seine Position schon anmerken lassen?«

»Das musste er nicht. Sein Name steht an erster Stelle der Kanzlei.«

Auf was man alles achten muss, ging es Lydia Naber durch den Kopf. Sie fragte, ob es nach der Ankunft in Lindau zu einem Treffen mit Agnes Mahler gekommen sei. Claire Wilms verneinte. Weder sie selbst hatte sich mit Agnes Mahler getroffen und von ihren beiden Kollegen wüsste sie nichts von einem Treffen. Nur am Freitagmittag sei sie ihr zufällig in der Stadt begegnet, auf dem Weg vom Hotel zum Auktionshaus Zeller. Nach kurzer Begrüßung sei sie aber ins Auktionshaus gegangen, wo Grohm bereits wartete. Man wollte sich den Samstag über Zeit nehmen miteinander zu reden. So sei es vereinbart gewesen.

»Bei dieser kurzen Begegnung, da ist Ihnen an Frau Mahler nichts aufgefallen, was ungewöhnlich gewesen wäre ...?«

»Nein, überhaupt nicht.«

»Wir wissen, dass Melanie Schirr am Freitag im Hotel Seegarten war und dort in der Empfangshalle mit Agnes

Mahler zusammengetroffen ist. Das Gespräch der beiden soll sehr dissonant verlaufen sein, wie Zeugen schildern.«

»Soso«, sagte Claire Wilms nachdenklich, »dann war Melanie also bei ihr. Mhm. Und ist natürlich aufgefallen. Nun ja – wissen Sie, Melanie Schirr ist manchmal etwas normabweichend, was ihr Verhalten angeht.«

Lydia Naber verzichtete darauf, die Antwort zu kommentieren und nahm sie ohne Regung zur Kenntnis. Für sie hatte es wie eine Aufforderung geklungen, sich über Melanie Schirr zu äußern. Sie wollte auf etwas anderes hinaus: »Frau Mahler war natürlich auch eine Erscheinung, die auffiel, nicht wahr?«

»Oh ja! Unbedingt! Sehr selbstbewusst. Gut aussehend und immer in der passenden Garderobe. Zweifellos ist sie selbst hier in dieser Umgebung aufgefallen. Sie hatte ein Gespür für ihren Typ und die Fähigkeit, ihre Person perfekt wirken zu lassen. Schlichte, feine Kostüme, ihre schönen lockigen Haare. Das hat schon Eindruck gemacht. Edel, fein und teuer – doch nie so, dass sie die Empfindungen anderer überstrapazierte. Es war in angemessener Weise stimmig – ihr Auftreten, ihre Erscheinung. Perfekt eben. Das war auch der Grund, weswegen sie es war, die uns nach außen hin vertrat. Sie bewegte sich mit einer natürlichen Sicherheit in der Welt der Vorstandsetagen, sie kannte deren Kodexe. Ein enormer Vorteil. Das kann man auch nur schlecht lernen, das muss man *haben*.«

»Wo waren Sie von Freitagabend bis Samstagmorgen, was haben Sie getan?«, kam es schnell und kühl von Lydia Naber, die sich dafür ein wenig schämte.

»Detailliert?«, fragte Claire Wilms professionell-distanziert.

»Schon, ja.«

Claire Wilms war anzusehen, wie sie ihre Gedanken in die

Vergangenheit lenkte. »Ich möchte schon mit dem Freitag-mittag beginnen. Da war ich bei der Auktion bei Zeller – Ge-mälde. Ich habe sogar etwas erworben. Mein Gott, das war ein Erlebnis! Grohm sagte mir ich müsste unbedingt mit-kommen. Wenn er in Lindau war und es zeitlich möglich war, hat der die Gelegenheit wohl immer wahrgenommen. Eine wirklich grandiose Vorstellung und alleine diese Räume. Ich mag einfach schon diese alten Böden und diesen Geruch nach getrocknetem Alter, das Knarren der breiten Treppenstufen. Sagen Sie mir – wo kann man, bevor man sich entscheidet ein Gebot abzugeben, so wunderbar über Teppiche gehen, sie fühlen und erleben, welches Raumgefühl sie vermitteln?«

Claire Wilms richtete die Augen auf Lydia Naber und nahm nun ihre Hände zu Hilfe, um ihre Eindrücke noch deutlicher zu machen.

Lydia Naber lächelte. Nicht über das, was Claire Wilms erzählte, sondern darüber, dass sie nun ihre Zurückhaltung aufgab und so eine andere Persönlichkeit offenbarte. Ener-gisch, lebhaft, offen, durchsetzungsstark, begeisterungs-fähig. Nicht mehr die distanziert zurückhaltende Analyti-kerin, die sie bisher erlebt hatte. Sie lauschte ihr. »Oben im Saal, zur Fußgängerzone hin, diese herrlich breite Front alter Fenster, die sich nur kläglich öffnen und schließen las-sen. Die übrigen Wände übervoll mit Gemälden. Beim ers-ten Betreten könnte man meinen, es fallen einem die Augen in einen Farbtopf – grandios. Und dann dieser Auktionator. Eine Wohltat in dieser Masse von Gleichförmigkeit und Uniformität, die uns doch alltäglich umgibt – finden Sie nicht auch? Langweiler überall, Schweiger, Nicker und Ja-sager. Das ist zum anderen auch wieder von Vorteil, denn dadurch fallen die Originale, die Charaktere und Eigenwil-ligen umso rascher auf. Es war spannend zu sehen, wie er da agierte, vorne am Tisch. Eine kleine, aber doch sehr exklusive Bühne. In einem Moment fragt er streng die Gebote, die über Telefon eingehen, ab, dann lächelt er jemandem in der Menge zu, wirft die Summen in den Raum wie Bonbons: ›Hallo Leute, aufwachen! Achttausend am Telefon, achteinhalb am Tisch – ich möchte gern ein Kärtchen sehen. Ist da niemand mehr bereit!?‹ Herrlich, wie das schillert – gerade noch Despot, dann wieder wohlwollender Patron, und wenn *zum Dritten* ertönt, theatralische Haltung, genussvoller Blick – ganz Connaisseur, glücklich und in der Lage sich an der Freude zu freuen. Großes Theater. An diesem Freitagnachmittag waren übrigens Russen in der Auktion, die gewaltige Summen ausgegeben haben, und – wie ich am Abend im Hotel gehört habe – bar bezahlt. Bar! Es war ein schmächtiges Männlein im graubraunen Anzug, das sein Nummerntäfelchen dezent gehoben hat. Die Begleiterin zur Rechten war eine ganz und gar wunderbar aufgetakelte Schwarzhaarige mit wahnsinnig echt aussehendem Goldschmuck. Links von dem Kleinen saß ein kahlgeschorener Lederjackenträger mit Stiernacken. Es war wie im Film. Wahrscheinlich hatte der eine Knarre unter der Jacke und ein Messer im Strumpf, wie man das aus düsteren Krimis eben so kennt, aber gut. Der Schmächtige hat sich spannende Bieterkriege mit einem Unbekannten am Telefon geliefert. Ein mit dreihundert Euro veranschlagtes, ausdrucksloses Ölfetzelchen – es handelte sich um einige Haufen Strohgarben, die völlig uninspiriert dargestellt waren –, dieses Ding ging für dreiundvierzigtausend weg – also, Euro. Dreiundvierzigtausend Euro. Da hat er gestrahlt, der Herr ganz vorne, und meinte gut gelaunt, er würde nur noch Bilder russischer Herkunft in die Auktion nehmen. Soweit ich das richtig deute, hatte da so eine Art Heimholungsaktion stattgefunden, denn alle Gemälde, über die der Bieterwettkampf entbrannt war, stammten ursprünglich aus einer

Moskauer Sammlung. Keine Ahnung, wie das genau zusammenhing.« Sie unterbrach und überlegte. »Danach waren wir zum Abendessen nur ein paar Meter weiter oben, in der Fußgängerzone, gleich um die Ecke. Wir saßen draußen, sehr schön, so mittendrin im sommerlichen Leben. Leute liefen vorbei, Geschirr klapperte, Gespräche, Gemurmel, die Geräusche von Umtriebigkeit aus der Ferne. Eine so wunderbare Urlaubsstimmung.«

»Vermutlich im *Sünfzen*«, sagte Lydia, »und wer ist *wir*?«

»*Sünfzen*! Genau, so hieß es. Grohm kennt sich hier ja bestens aus. Wir drei waren zusammen beim Essen. Danach sind wir zurück ins Hotel und haben später noch ein Glas Wein auf der Terrasse getrunken.«

»Ich bin erst am Samstag zum Frühstück wieder mit den anderen beiden zusammengetroffen. Das war so gegen acht Uhr.«

»Ist Ihnen diese explizite Trennung von Agnes Mahler nicht eigenartig vorgekommen?«

»Tja ... es war mir schon ein wenig unangenehm, weil die Stimmung angespannt war. Aber ich dachte, in dem Gespräch würde sich alles klären.«

»Wie haben Sie vom Tod Frau Mahlers erfahren?«

»Ich war mit Herrn Grohm auf der Insel unterwegs. Wir waren gerade auf dem Markt, da hat ihn Melanie Schirr auf dem Handy angerufen. Er hat mir völlig entsetzt mitgeteilt, Melanie habe behauptet, Agnes sei tot. Ermordet worden. Wir sind dann sofort zurück zum Hotel und dort auf eine völlig aufgelöste Melanie Schirr getroffen. Sie war in schrecklicher Verfassung. Es ging nicht anders, als dass wir ihr ein Medikament gaben – zur Beruhigung.«

»Mhm. Woher wusste Frau Schirr von dem Geschehen?«

»Das kann ich Ihnen nicht sagen. Keine Ahnung.«

»Sie haben Sie nicht danach gefragt?«

»Nein.«

»Es war also ausgeschlossen, dass Frau Schirr fantasierte?«

Claire Wilms sah vorwurfsvoll auf. »Nein! Sie ist keine hysterische Person, die eine solche Geschichte erfinden würde, um Aufmerksamkeit für sich zu generieren.«

»Wie muss man sich diese Kanzlei vorstellen? Wer tuschelt denn da beim Kaffee, am Kopierer? Sie sagten vorhin, Sie hätten einiges beim Kaffee und am Kopierer erfahren. Ich kann mir das schlecht mit Ihnen, Herrn Grohm und Frau Schirr vorstellen.«

»Das ist in der Tat schlecht vorstellbar. Wir haben natürlich Angestellte. Frau Schachtmeister ist unsere Büroleiterin, die sich um alle Formalitäten kümmert. Schriftverkehr, Verwaltung. Sie ist schon eine Ewigkeit in der Kanzlei, soweit ich weiß. Dann sind da noch einige Assistentinnen. Es ist nicht so, dass wir jeder eine Assistentin hätten. Das ist in der Kanzlei unerwünscht, um gruppendynamische Irritation zu verhindern.«

»Vertrauensinseln innerhalb der Kanzlei sind also unerwünscht.«

»Ja, so in etwa.«

Lydia Naber hatte einige Notizen gefertigt. Im Moment bestanden keine Fragen mehr; Claire Wilms wurde in den Sonntag entlassen.

*

Zwei Zimmer weiter saß bereits Melanie Schirr mit gesenktem Kopf am Tisch. Schielin und Wenzel hatten es schwer mit ihr, denn es gelang den beiden nicht dieses flüchtigen Charakters habhaft zu werden. Glaubten sie, ein Werkzeug gefunden zu haben, wechselte ihr Gegenüber ihr Äußeres wie Inneres und machte es unbrauchbar. Auf die gestellten Fragen antwortete sie ausweichend, dann wieder kontrolliert ungenau, stellte plötzlich Gegenfragen, bat um Präzisierung und Erläuterung der Frage, die eindeutiger nicht zu stellen war. Manchmal wussten Schielin und Wenzel, in diesem Dickicht aus Verneinung, Verzögerung, Ablehnung und Verwerfung selbst nicht mehr, welche Frage zuletzt gestellt worden war. Doch die beiden resignierten nicht angesichts der Guerillataktik ihres Gegenübers. Es war vielmehr eine heilsame Lektion darüber, was Vorurteile bewirken können. Die schräge Aufmachung, das hagere, bleiche Erscheinungsbild, in dem vermeintlich alle Hysterie und Verrücktheit einer insgesamt instabilen Gemütsverfassung nach außen zu wirken schienen, dieser äußere Eindruck hatte es fertiggebracht auch sie, die sie doch erfahrene Ermittler waren, darüber hinwegzutäuschen, dass hinter dieser kruden Fassade eine intelligente, zähe, gehärtete und standhafte Persönlichkeit steckte.

Auf die Frage Schielins, worüber sie mit Agnes Mahler gestritten hätte, setzte sie diesen sogleich mit der Antwort matt, dass ihre Frisur der Anlass für den Händel gewesen sei. Nur die Frage Wenzels, woher sie von dem Mord an Agnes Mahler wissen konnte, brachte sie für kurze Momente zum Überlegen. Sie behauptete, mit Agnes Mahler zum Frühstück verabredet gewesen zu sein – nur sie und Agnes, ohne Grohm oder Claire. Doch Agnes Mahler sei nicht erschienen. Im Hotel konnte man sie nicht erreichen. Bei einem Spaziergang sei sie dann auch zum Segelhafen gelangt und habe von Umstehenden erfahren, dass man eine ermordete Frau gefunden habe. Als sie den Namen im Leichenwagen gelesen hatte, habe sie in völliger Auflösung Helmut Grohm angerufen. Ihr Verhältnis zu Grohm bezeichnete sie in sarkastischem Ton als gut, offen und tragfähig. Sie hätte auch sagen können, das Wetter sei manchmal schön, dachte Schielin.

Über Claire Wilms äußerte sie, dass der Attraktivitätsquotient der Kanzlei durch sie erheblich angehoben würde und sie die Fleißigste und Ehrgeizigste sei. Ihre Beziehung zueinander empfand sie als kollegial, wenngleich man nach gut einem Jahr noch nichts Genaues über einen Menschen sagen könne. Darüber hinaus gab sie launisch an, über einen guten Schlaf zu verfügen und erst zum Frühstück, gegen acht Uhr, auf den Beinen gewesen zu sein, so wie die anderen beiden auch. Schielin versuchte sie auf eine andere Weise in ein konstruktives Gespräch zu verwickeln. Dieses Frage-und-Antwort-Spiel führte bei ihr zu nichts. Er fragte, aus welchem Grund man sich angesichts der zu erwartend schwierigen Gespräche mit Agnes Mahler in Lindau treffen wollte, und aus welchem Grund man nicht jemanden hinzugezogen hätte, jemanden, der neutral war, der hätte vermitteln können in dem Konflikt.

Sie sah Schielin spöttisch an. »Sie meinen so etwas wie – Mediation?«

Schielin bestätigte: »So etwas ...«

Sie wendete theatralisch den Kopf zur Wand in gespielter Höflichkeit, um Schielin vermeintlich nicht sehen lassen zu wollen, wie sie ungläubig mit den Augen rollte, ob einer solch dummen Frage. Als sie ihr kleines Schauspiel beendet hatte, meinte sie: »Das meinen Sie aber doch wohl nicht ernst ... Mediation ... wir sind doch vom Fach und es geht nicht um Arbeitsbeschaffungsmaßnahmen für arbeitslose Sozialpädagogen. Wir wollten eine Lösung dafür, wie es zukünftig weitergehen sollte und es lag nicht in unserem Interesse Förmchen mit Psychoschlamm zu füllen – alles Weitere regeln dann Anwälte. So funktioniert das. Aber um Ihre Frage zu beantworten. Wir kommen hierher, weil es schön ist.«

»Schön«, stellte Wenzel fest und ließ es zynisch klingen, um sie zum Weiterreden zu provozieren.

»Ja, schön. Dieses Lindau ist ein Ort, an welchem sich wie kaum woanders in derart ereignisreicher Weise Langeweile verleben lässt; gerade an Sommertagen, wie wir sie gerade erleben. Ein aktives, den Geist beflügelndes Faulenzen. Das ist – schön. Jedenfalls, solange niemand dabei ermordet wird.«

Schielin provozierte sie etwas plump, mit einer Platti- tüde: »Ja, da haben Sie recht. Es ist eine schöne Landschaft. Der See, die Berge.«

»Landschaft, Landschaft«, bellte sie über den Tisch und holte mit herrischer Geste eine Zigarette hervor und zün- dete sie an, ohne sich um einen Aschenbecher zu kümmern. Wenzel holte einen aus dem offenen Regal, in dem sich auch die Plastikbecher befanden.

»Ich rede nicht von Landschaft, diese blöde Landschaft. Ich rede von Kultur, von Ergebnissen einer über Jahrtau- sende verlaufenden Entwicklung.«

Schielin nickte beflissen. Wenigstens hatte sie den Nach- satz *Wenn Sie verstehen, was ich meine*, unterlassen, der im- mer ausdrückte, dass es der Adressat sowieso nicht verste- hen würde. Schielin sonderte ein abweisendes »Ja, sicher« ab und blätterte in den Unterlagen, als suche er nach einem Stichwort für eine nächste, den Fall betreffende Frage. Es reizte sie tatsächlich.

»Was sagen Sie denn *ja, sicher*, wenn Sie nicht annähernd verstehen, wovon ich spreche.«

Wenzel schob nach: »Was ist denn schön hier, wenn nicht die Landschaft?«

»Na, Sie sind es sicher nicht! So viel steht fest«, fegte sie gehässig über den Tisch, ohne dass Wenzel es als gehässig empfunden hätte.

Nach einem kurzen, hektischen Zug an der Zigarette sagte sie: »Es sind keine Waldmenschen hier, das ist es.«

Ein Augenblick der Stille entstand. Schielin wartete ab. Man durfte ihr keine ganzen Sätze liefern, das mochte sie nicht. Vielmehr funktionierte es ganz gut auf die holprige halb verbale, halb nonverbale Weise, mit ihr zu kommunizieren. Er sagte deshalb nur: »Waldmenschen«, und ließ es möglich gleichgültig klingen.

»Ja, Waldmenschen. Ich will es Ihnen erklären. Was macht den deutschen Menschen aus? Der Wald, ja!? Tiefer, dunkler, dichter, nahezu undurchdringlicher Wald – das ist das Synonym für unseren Seelenzustand, da fühlen wir uns wohl, auf eigene Art und Weise geborgen, frei und zugleich in ständiger Bedrohung lebend. Doch hier ist das anders. Die Menschen hier sind von anderen Eindrücken geprägt, seit Jahrhunderten, Jahrtausenden. Der Blick hier wird bestimmt von der Weite, vom Wasser, vom offenen Himmel über einem. Das ist es, was das Leben bis heute hier anders sein lässt, und nicht die Landschaft.«

»Na ja, also … es gibt da den Bregenzer Wald …«

Mit einer energischen Handbewegung unterbrach sie Schielin. »Papperlapapp. Der See wirkt weiter, als er zu sehen ist. Ich kenne den Bregenzer Wald und ich spreche von der Mentalität einer Region und nicht vom spezifischen Verhalten einiger Uferbewohner. Meine Herren, Sie müssen lernen, die Dinge aus größerer Distanz zu betrachten, sich von ihrer Provinzialität zu lösen. Ich verstehe gar nicht, wie Sie bisher Ihrer Aufgabe nachkommen konnten?«

Wenzel lächelte. »Jedenfalls ohne dass bisher der Konflikt mit Kollegen dazu geführt hat, dass eine oder einer von ihnen erstochen am Ufer aufgefunden wurde.«

»Sie wollen doch nicht ernsthaft einen Bezug zu einem von uns herstellen?!«

Schielin gefiel das Durcheinander, in dem das Gespräch verlief. »Agnes Mahler schien den See und die Berge sehr

gemocht und genossen zu haben, wenn sie den Sonnenaufgang an diesem etwas versteckten, fast geheimen Ort dort
vorne an der Mole genossen hat.«

»Du liebe Güte. Nun seien Sie doch nicht beleidigt, weil
ich Ihre kindliche Freude darüber getrübt habe, die schöne
Landschaft, in der Sie leben, einer differenzierten Betrach-
tung zu unterwerfen.«

Schielin lächelte. »Ist also schon schön, nicht wahr.«

»Wenn es Sie glücklich macht.«

»War sie ein emotionaler Mensch?«

»Sie war ein nüchterner, ein sachlicher Mensch, klug, ziel-
orientiert und verlässlich.«

»Was empfanden Sie ihr gegenüber?«

»Respekt.«

»Es gab also keine privaten *Schnittmengen*«, stellte Schielin
fest.

»Schließen Sie das aus meiner Antwort? Wäre Respekt
dem Denken eines Polizisten nach keine Grundlage für eine
private Verbindung?«

Schielin unterließ es, ihr Angebot zu einem verbalen
Spielchen anzunehmen und sah sie schweigend an.

»Wir hatten privat keinen Kontakt miteinander«, sagte sie
sachlich.

Schielin kam dieser Kräuterstrauß in den Sinn und was
Lydia darüber gesagt hatte. Dass es etwas Symbolisches hätte
sein können. Vor vielen Jahren hatte er C.G. Jungs Buch
Der Mensch und seine Symbole gelesen. Er erzählte davon
und wollte wissen, ob Agnes Mahlers Arbeit im weitesten
Sinne mit etwas Symbolischem zu tun gehabt und ob sie im
Umgang mit anderen Menschen auf Symbole zurückgegrif-
fen hatte, um etwas auszudrücken. Er wusste selbst nicht,
worauf er damit hinauswollte.

Melanie Schirr strafte ihn mit einem strengen Blick und

sprach gelangweilt: »Ah, sicher. Die lieben Symbole. Agnes war kein Typ, der Symbole verwendete, wenngleich das in unserem Metier nicht selten ist. In der Hypnosetherapie zum Beispiel werden Symbole, wenn sie – spontan oder induziert – vom Klienten kommen, in ihrem tiefenpsychologischen Bedeutungszusammenhang als primärprozesshafte Produktionen unbewusster psychischer Bereiche aufgefasst, die Hinweise auf Problem- und Konfliktkonstellationen und auf Ressourcen der Person geben. Symbole werden ebenso als therapeutische Vehikel für Suggestionen, insbesondere in der Konstruktion und Anwendung von therapeutischen Metaphern verwendet. Symbole als Bilder oder als Rituale können von Klienten als Anker verwendet werden, um sich in bestimmten Situationen mit eigenen Ressourcen zu verbinden. Dazu wären im besonderen Maße Übungen im Rahmen eines selbsthypnotischen Trainings geeignet.«

Schielin und Wenzel hatten nach dieser ausführlichen Antwort vorerst keine Fragen mehr.

*

Lydia Naber war gerade mit der Befragung von Claire Wilms zu Ende gekommen, als Helmut Grohm in der Dienststelle erschien. Sie begrüßte ihn freundlich, so wie er sie, und bat ihn noch einen Moment zu warten. Als Melanie Schirr aus dem Vernehmungszimmer kam, sah sie ihn aufmunternd an und ließ ihre Hand im Vorübergehen über seine Schulter gleiten. Grohm selbst unterließ jede Erwiderung dieser vertrauten, liebevollen Geste.

Lydia Naber nahm es interessiert zur Kenntnis.

Sie drückte Schielin einen Aktenhefter in die Hand und

erläuterte mit wenigen Worten, was sie für die Befragung für wichtig hielt. »Viel Spaß mit Onkel Freud«, flüsterte sie, bevor sie ging.

*

Schielin nahm an der breiten Seite des Tisches Platz. Grohm saß gegenüber. Wenzel setzte sich an der Stirnseite hin, nachdem er sich vorgestellt hatte. Schielin schlug Lydias Aktenhefter auf und fand ihre handschriftlichen Notizen vor, die er aufmerksam las und ein paar eigene Punkte hinzufügte, bevor er sie an Wenzel weiterreichte.

Lydia hatte die aus ihrer Befragung stammenden wesentlichen Punkte für Schielin zusammengefasst: dass Grohm eine Professur abgelehnt hatte, der Name *Sebald* für einen inzwischen verstorbenen Studienfreund Grohms stand, der die Kanzlei mitgegründet hatte, und dass Sebalds Nichte – Agnes Mahler – nach dessen Tod in die Kanzlei eingetreten war und mit ihren neuen Ideen offensichtlich für Unruhe gesorgt hatte. Lydia hatte im unteren Teil des Blattes sogar eine Skizze eingezeichnet. Ein markantes Quadrat, darunter drei Kreise, zu denen Doppelpfeile vom Quadrat her zeigten. Das Quadrat stand für Grohm und unter den Kreisen stand lapidar: drei Frauen. Ein weiterer vierter, kleinerer Kreis hing abseits und war nur durch eine einfache Linie in Bezug zum Quadrat gesetzt. Schielin brauchte einen Moment, in welchem er umständlich mit dem Aufnahmegerät hantierte, um zu verstehen, dass damit Grohms Ehefrau gemeint war. Eine vierte Frau also.

Er begann konzentriert und mit einer sorgfältig dosierten Brise Aggression in der Stimme: »Herr Grohm. Wir wollen diesen Sonntagvormittag nicht länger werden lassen als erforderlich.«

104

Grohm vollzog mit seiner Linken eine gelassene Geste, die Einverständnis signalisierte. Er saß geerdet auf dem polsterlosen Stuhl, beide Beine auf dem Boden und die Hände gefaltet auf der Tischplatte vor sich. Eine zugleich konzentrierte wie entspannte Haltung.

»Sie sind verheiratet«, stellte Schielin fest und blätterte suchend in der Akte.

»Verheiratet, zwei erwachsene Töchter«, ergänzte Grohm.

»Ihre Frau ist nicht mit nach Lindau gekommen?«

»Nein. Sie ist mit unserer jüngeren Tochter in London. Kaja, unsere ältere Tochter, studiert in den Staaten.«

»Ich könnte mir vorstellen, Sie wären jetzt lieber mit Ihrer Familie in London, anstatt hier zu sitzen«, meinte Wenzel, der es so sagte, dass es weder anheischig noch sarkastisch klang.

»Es genügt, wenn meine Kreditkarte in London dabei ist«, erklärte Grohm emotionslos.

Wenzel und Schielin nahmen die ungewöhnlich offen gegebene Information ohne Regung auf.

»Hatten Sie ein Verhältnis mit Agnes Mahler, Herr Doktor Grohm?«, lautete Schielins nächste Frage.

An Grohm war keine Veränderung zu bemerken. Er variierte weder seine ernste Miene noch wechselte er die Sitzposition. Die Füße blieben ruhig am Boden, die Hände unverändert auf der Tischplatte. Nicht ein Zucken oder Blinzeln lief über sein Gesicht, kein Finger bewegte sich. Mit ruhiger Stimme, der kein Schwingen, nicht die geringste Unsicherheit anzumerken war, antwortete er: »Sie können den Doktor gerne weglassen. Die Anrede mit *Herr Grohm* genügt mir und was Ihre Frage anbelangt: Wir standen uns vor einiger Zeit sehr nahe, ja.«

Schielin schrieb etwas in sein Notizbuch. Es wäre im Grunde nicht nötig gewesen, da ja das Band mitlief. Diese

so unscheinbare Handlung aber verschaffte den zwar kurzen, jedoch erforderlichen Augenblick, um seine Wahrneh-
mungen zu reflektieren, ohne dass es als solches aufgefallen
wäre. Die so unbedeutende Handhabung des Stiftes füllte
die Zeit mit etwas Sinnvollem und Nachvollziehbarem.
Schielin überlegte, wie er mit Grohm weiterverfahren sollte,
denn der vermittelte einen so sicheren Eindruck, dass es keinen Sinn machte zu versuchen, ihn mit seinen Beziehungs-
geschichten unter Druck setzen zu wollen. »Wie würden
Sie Frau Mahler beschreiben, was war sie für ein Mensch?«,
lautete die nächste Frage, immer noch den Stift auf dem
Papier und den Blick nach unten gesenkt.

Grohm sog laut Luft durch die Nase ein. Sein Kinn hob
sich ein wenig dabei. Es wirkte genervt und arrogant, und
als er sprach, klang es, als müsste er den beiden Polizisten
etwas erklären, was sie niemals wirklich verstehen würden:
»Na ja, es ist Ihr Beruf. Sie müssen Fragen stellen. Leider
haben Sie Frau Mahler nie in der Schönheit ihres Lebens
erleben können. Sie war ein auffallend gut aussehender
Mensch, das war sie ganz sicher. Dazu immer passend gekleidet. Sie pflegte einen Stil zurückhaltender Eleganz ...
eine Perle ...«, Grohm hielt inne und blickte zur Decke, als
suche er dort eine Erinnerung. Über sein ernstes Gesicht
huschte nun ein versonnenes Lächeln. »Ja, das war sie – eine
Perle. Etwas Edles. Sowohl von ihrer Erscheinung her als
auch was ihre Persönlichkeit betraf. Intelligent, aktiv, attraktiv. Erschreckend stilsicher, verstehen Sie? Dieser leuchtend rote Schal auf dem dunklen Kostüm zum Beispiel. Ein
warmes Rot und leuchtend, aber nicht zu rot und nicht zu
leuchtend, schon gar nicht ins Schreiende oder Ordinäre abdriftend – das wäre ihr nicht passiert. Ihr nicht. Es ist schade,
zukünftig auf diesen Anblick verzichten zu müssen. Wirklich schade.« Er wendete seinen Blick wieder Schielin zu

und war wieder ganz im Raum anwesend. »Dazu ihre perfekten Umgangsformen …«

»Sie war wohl im gleichen Maße selbstbewusst wie vermögend«, fügte Schielin an.

Aus Grohms Gesicht war das Lächeln verschwunden. Seine Augen wurden enger und er fixierte Schielin für einige Sekunden. »Natürlich war sie selbstbewusst. Vermögend hingegen ist ein Begriff, den ich nicht einzuordnen wüsste. Das sollten Sie näher erläutern, was Sie meinen darunter zu verstehen.«

Schielin ging darüber hinweg. »Worin bestand der Grund, dass Frau Mahler sich von der Kanzlei trennen wollte … gab es einen Eklat?«

»Es gab keinen Eklat. Frau Mahler ist kurz nach dem Tod ihres Onkels, mit dem ich über Jahrzehnte eng befreundet gewesen bin, in die Kanzlei eingetreten. Sie hatte ganz eigene Vorstellungen davon, wie die Ausrichtung ihrer Arbeit vonstattengehen sollte. Und da traten inhaltliche wie organisatorische Probleme auf. Etwas völlig Normales. Selbst wenn sie die Kanzlei verlassen hätte und es um eine Abfindung gegangen wäre …« Er ließ den Satz mit einer Miene enden, die ausdrückte, dass es müßig sei überhaupt darüber zu reden.

Wenzel meldete sich. »Es kommt nur nicht oft vor, dass normale Vorgänge des beruflichen Miteinanders zu einem Messer im Rücken führen. Wie stand Ihre Frau zu der Angelegenheit, ich meine das private Miteinander, wenn das existierte?«

Grohm wischte die Frage mit einer weichen Handbewegung und einem kurzen Drehen des Kopfes zur Seite. Seine Frau war also nicht relevant, sein Privatleben betreffend.

»Welches Verhältnis haben Sie zu Frau Schirr?«, fragte Schielin.

»Sie ist seit Anfang an dabei und war damals noch Studentin, als wir begonnen hatten ... hat bei uns gejobbt. Nach Abschluss ihres Studiums hat sie dann ihre Stelle hier angetreten. Sie ist arbeitswütig, dabei ungemein genau und analytisch. Sie stößt sehr zielsicher auf die Schwächen einer Konzeption.«

»Wenn Sie *uns* sagen, dann meinen Sie Herrn Sebald und sich?«, fragte Schielin nach.

»Ja.«

»Wie ist Ihr Verhältnis nun zueinander – Frau Schirr und Sie?«

»Sie ist der Meinung, ich sollte meine Frau in die Wüste schicken. Sie kann sie nicht leiden. Sie ist ihr zu oberflächlich und zu konsumorientiert. Sie müssen wissen, meine Frau kommt aus einer etwas anderen Welt – Modebranche. Was die Sympathieverteilung anlangt, so beruht die Ablehnung auf Gegenseitigkeit. Man geht sich aus dem Weg.«

»Frau Schirr arbeitet also Ihretwegen in der Kanzlei«, sagte Wenzel.

Grohm wich aus: »Es ist so, dass sie mich sehr schätzt.«

»Sie würde alles für Sie tun?«, fragte Schielin.

Grohm winkte ab. »Bitte, bitte. *Alles* ist ein großes Wort im Kontext unserer Situation. Sie wären auf der falschen Fährte, sollten Sie in Bezug auf Frau Schirr etwas konstruieren wollen. Sie ist eine schwierige Persönlichkeit, für unsere Kanzlei jedoch ungemein wichtig.«

»Dann hatten Sie es ja schon mit zwei schwierigen Kolleginnen zu tun. War Frau Schirr eifersüchtig auf Agnes Mahler?«

»Nein, ich denke nicht. Doch fragen Sie sie am besten selbst. Wenn es so gewesen wäre – die Arbeit ist dadurch nicht beeinträchtigt gewesen.«

Ziemlich kühle Analyse, dachte Schielin und wollte das

Thema Frauen noch nicht beenden, wenngleich er da wenig Hoffnung hatte, auf Brauchbares zu treffen. Er formulierte allgemein. »Wie ist das mit Frau Wilms?«

»Sie meinen, Frau Wilms würde in mein Beuteschema passen?«

Schielin schüttelte den Kopf. »Anders gefragt: Wie kommt sie zu *Grohm & Partner*?«

»Sie ist sehr ehrgeizig, ungemein kompetent, hat schon viel Erfahrung, ist eine attraktive, selbstbewusste Person – wie für uns gemacht. Frau Mahler hat sie angeworben und für die Kanzlei verpflichten können.«

»Seit wann war Ihnen bekannt, dass Frau Mahler für sich auch die Option erwog, die Kanzlei zu verlassen?«

»Die Diskussion führten wir Anfang des Jahres.«

»Ist das vielleicht der Zeitraum, ab dem Ihre private Beziehung abkühlte?«, fragte Wenzel.

Grohm bewegte gelangweilt den Kiefer und blickte Schielin an. So, als würde es Wenzel nicht geben und dessen Frage damit nicht in der Welt wäre.

»Sehen Sie Frau Wilms als Ersatz für Frau Mahler?«, fragte Wenzel, und so wie er fragte, schwang mit, dass er wissen wollte, ob für das berufliche oder das private Miteinander.

Grohm antwortete sachlich: »Frau Mahler war nicht zu ersetzen. Frau Wilms hat andere Aufgaben.«

»Wie stand Ihre Frau zu Ihren Ergänzungen?«, legte Schielin spitz nach.

»Ich sagte schon. Die Anwesenheit meiner Kreditkarte ist völlig ausreichend.«

Wenzel machte einen Schlenker. »Frau Schirr hat sich am Freitag mit Agnes Mahler getroffen …«

»Ich weiß davon. Sie hat es mir erzählt. Ist ja nichts dabei, und dass sie sich gestritten haben – meine Güte.«

»Sie waren am Freitag mit Frau Wilms in der Stadt unterwegs.«

»Ja. Wir waren in der Zeller'schen Gemäldeauktion. Die Teppiche am Mittwoch habe ich leider verpasst. Na ja, vielleicht ein anderes Mal. Ich nutze die Aufenthalte hier immer, um dort reinzuschauen. Die Auktion ging um dreizehn Uhr los und wir haben das bis in den späten Nachmittag hinein genossen.«

»Waren Sie erfolgreich?«, wollte Wenzel wissen.

»Nein – ich diesmal nicht. Aber Frau Wilms hat ein kleines Stillleben erstanden – Äpfel, Trauben, Pfirsiche auf Silberteller mit Weinkaraffe. Ganz nett. Niemand hatte mitgeboten, was man von anderen Stücken nicht gerade sagen kann.«

Grohm sah kühl und distanziert von Wenzel zu Schielin.

»Aus welchem Grund haben Sie eigentlich die Professur abgelehnt, Herr Grohm?«

Diese Frage saß. Man konnte die körperliche Reaktion bei Grohm unvermittelt wahrnehmen. Nichts hatte ihn bisher aus der Ruhe gebracht. Diese ganzen Frauengeschichten nicht. Er lachte über die Fragen darüber. Ein rechter Hahn im Korb war er wohl. Zumindest stellte sich das Bild so dar und er pflegte es. Es war

sichtlich verlorene Zeit darüber zu reden – nicht weil es ihm unangenehm gewesen wäre oder er Angst davor hatte: Es war für ihn kein Thema. Er war der Chef im Ring.

Diese Sache mit der Professur hingegen verschreckte ihn regelrecht. Und Schielin spürte, dass es nicht die Enttäuschung darüber war, von seiner Geschichte nicht gänzlich beeindruckt gewesen zu sein und sofort darauf diese Frage gestellt zu haben. Es lag am Inhalt der Frage. Grohms Eloquenz, seine Souveränität – sie waren mit einem Mal verschwunden. Er mauerte. »Ich wüsste nicht, was das mit dem Tod von Frau Mahler zu tun haben sollte.«

Als Stille eintrat und keiner der beiden nachfragte, bekam die Frage, die immer noch im Raum stand, Gewicht. Als die Schwere unerträglich zu werden schien, antwortete Grohm widerwillig. »Es ist eine große Verantwortung und Belastung. Ich bin in meinem Beruf schon zu sehr ausgelastet. Zumal nach dem Tode meines Kompagnons. Es ist zu viel. Ich habe mich aus der Arbeit in der Kanzlei seit dem Tod von Sebald zurückgezogen. Man muss das Rad ja nicht neu erfinden. Meine Tätigkeit konzentriert sich darauf, Unternehmen, die in der Forschung tätig sind, zu beraten. Es geht hierbei um die Entwicklung neuer Methoden und Medikamente. Einen großen Teil der mir zur Verfügung stehenden Zeit nimmt die Tätigkeit für eine Stiftung ein. Ein eher soziales Engagement. Diese Professorensache brauche ich wirklich nicht. Frau Mahler hätte das gerne gehabt, weil es der Kanzlei im Marketing geholfen hätte. Aber bitte.«

Schielin wechselte das Thema. »Was haben Sie so gemacht nach Ihrer Ankunft hier. Ich meine, Sie waren schon am Donnerstag hier. Spazierengehen, Auktionshaus Zeller, Essen und Trinken, auf der Terrasse sitzen – war sonst noch was?«

Grohm überlegte etwas zu ernsthaft angesichts der einfachen Frage. »Eigentlich nicht. Da war nichts. Am Donnerstag habe ich mich noch mit einem Freund getroffen, Frederic Gahde. Wir haben zusammen studiert ... mit wir meine ich Sebald, er und ich. Er befand sich auf der Rückreise von der Schweiz und wir hatten vereinbart, uns hier zu treffen. Wir haben eine Flasche Wein getrunken und uns gut unterhalten. Unsere Berufe verbieten es, dass wir einander oft sehen und so muss man es nutzen, wenn die Ort-Zeit-Linien sich kreuzen. Es war ein ausgelassener Abend. Sie verstehen – alte Geschichten, alter Wein, zwei alte Männer.« Grohm lachte anbiedernd.

Schielin ging auf die *alten Männer* nicht ein. »Dieser Herr Gahde, ist er noch in Lindau?«

»Nein. Er musste am Freitagmorgen wieder fahren. Ich glaube, er war im Hotel Helvetia untergekommen. Er hat ein Faible für die Schweiz. Hatte er schon damals, als wir in Konstanz studierten, ständig war er im Thurgau unterwegs, der Kerl. Guter Sportler übrigens. Er hat eine Firma im Dienstleistungssektor. Wissenschaftliche Beratung im Bereich der Pharmaindustrie. *PharmXpress*. Viele Termine, viel zu tun, schwierige Aufgaben. Wir arbeiten gelegentlich zusammen an einem Projekt, wenn sich das anbietet.«

»Und der Freitagabend?«

»Es war so ein herrlicher Sommerabend. Wir saßen auf der Hotelterrasse. Frau Wilms, Frau Schirr und ich. Bis tief in die Nacht.«

»Und am Samstagmorgen dann? Wann sind Sie aufgestanden?«

Schielin stellte die Frage harmlos.

Grohm ächzte. »Es war noch vor Sonnenaufgang, als ich das Hotel verlassen und zu dem für mich üblichen Morgenspaziergang aufgebrochen bin.«

Wenzel und Schielin waren konsterniert. »Wie?«, fragten beide fast gleichzeitig.

»Zu Fuß«, antwortete Grohm schnippisch, »Sie hätten es ja sowieso bald herausgefunden. Im Hotel wissen das die Leute vom Nachtdienst. Ich brauche nicht so viel Schlaf, wissen Sie. Jeden Morgen mache ich daher einen Spaziergang, immer die gleiche Runde: am Bahnhof vorbei, den Uferweg zum Pulverturm, über den Bahndamm und dann nach Westen, entlang der Ufermauer. Dort setze ich mich dann auf eine Bank und warte, bis die Sonne hinter den Bergen erscheint. Ein erhebender Augenblick, jedes Mal aufs

Neue. Ich gehe dann wieder den gleichen Weg zurück, kaufe am Bahnhof meine Zeitung und frühstücke.«

»Gibt es Zeugen für Ihren gestrigen Spaziergang?«

»Ich vermute schon. Einmal den Nachtportier. Dann habe ich lange an der Schranke da hinten am Bahndamm gestanden und mich mit dem Schrankenwärter gestritten, weil ich es als unnütz empfand, so lange an Bahngleisen aufgehalten zu werden, ohne dass ein Zug auch nur zu hören ist. Der Kerl sollte sich an mich erinnern. Vielleicht auch die Frau in der Bahnhofsbuchhandlung. Ich hole dort täglich meine Zeitung.«

»Wieso haben Sie das gestern nicht angegeben?«, fragte Schielin streng.

Grohm zuckte mit den Schultern und entgegnete nichts. Auf Wenzels Frage, ob er Frau Mahler begegnet sei, schüttelte er nur den Kopf. Er wirkte völlig gelassen. Schielin hatte ihn nachdenklich ins Auge gefasst, um Erkenntnisse aus Körpersprache und Mienenspiel zu gewinnen. Grohm kokettierte regelrecht mit der doch so wichtigen Aussage, die er gerade gemacht hatte. Seine gespielte Gelassenheit, die beinahe wegwerfende Art, in der er die letzten Sätze gesprochen hatte. Schielin tat sich schwer, dieses Verhalten einzuordnen. Was war das nur für ein Typ, dieser Grohm? Er war intelligent genug, um zu wissen, dass er sich mit dieser Aussage in den Fokus der Ermittlungen brachte. Doch es schien ihm keine Sorgen zu bereiten. Ruhig, ohne erkennbare Nervosität saß er am Tisch und wartete auf die nächsten Fragen. Schielin sah kurz zu Wenzel, der ahnte, was Schielin gerade durch den Kopf ging. Machte es Sinn, Grohms Kleidung nach Faserspuren abzuklären? Nein. Das war kein Beweis. So wie die Tat ausgeführt worden war, würde sich nicht einmal Blut finden lassen. Ein ärgerlicher Umstand, denn damit fehlte es auch an einer Spur, mit der man Grohm hätte konfrontieren und unter Druck setzen können.

»Wie war das, als Sie Frau Mahler das letzte Mal gesehen haben?«, fragte Schielin und legte die Stirn in Falten.

Grohms Unbehagen über die Frage war sofort spürbar. Seine Lippen wurden schmal und die grauen Barthaare stellten sich drohend auf. »Sie meinen sicher, wann ich Frau Mahler zum letzten Mal gesehen habe?«

»Machen Sie sich keine Gedanken darüber, ob unsere Fragen vielleicht falsch gestellt sein könnten. Antworten Sie einfach. Wie war das also?«

»Es war am Freitagnachmittag. Ich befand mich mit Frau Wilms vor dem Auktionshaus Zeller. Gerade als wir hineingehen wollten, begegnete uns Agnes.«

»Und wie war es?«

»Ich kann damit kein besonderes Gefühl verbinden. Wir haben uns eben gesehen.«

»Es war das letzte Mal, dass Sie sie gesehen haben?«

»Ja, das ist richtig.«

Schielin befragte Grohm über alle Details, seit er in Lindau angekommen war, und fertigte darüber handschriftliche Skizzen. Das war effektiver als später das Band noch mal abzuhören. Er wollte wissen, wann genau er angekommen war. Wann er im Hotelzimmer gewesen war und in welchen Zeiträumen nicht. Mit wem er sich getroffen hatte, wie lange, worüber gesprochen wurde. Zuletzt musste Grohm auf einem Blatt Papier den Weg skizzieren, den er am Samstagmorgen zurückgelegt hatte. Als Fixpunkte dienten das Hotel Bayerischer Hof, Bahnhof, Leuchtturm, Pulverturm und Bahndamm. Grohm zeichnete den Spazierweg ein, der ihn genau an diesen Orten vorbeigebracht hatte. Schielin forderte ihn auf die Zeiten zu notieren, die er in etwa für die einzelnen Streckenabschnitte benötigt hatte. Er fragte nach längeren Unterbrechungen, besonderen Feststellungen auf dem Weg, Menschen, die ihm begegnet waren. Nach Grohms Schilderung verlief sein morgendlicher Spaziergang in großer Einsamkeit und ohne dass er jemandem begegnet war, oder von einem Ereignis aufgehalten wurde. Der Streit mit dem Schrankenwärter blieb das einzige Ereignis. Und der Nachtportier hatte ihn am Morgen gesehen.

Schielin sah Grohm lange und mit offenen Augen an. Der hielt dem Blick stand – mit ernster Miene und ohne eine Verlegenheitsreaktion zu zeigen.

»Vielen Dank, Herr Grohm. Sie können gehen«, sagte Schielin schließlich. Was sollte er auch tun? Es gab weder objektive Beweise noch Zeugen. Es war völlig aussichtslos, gegen Grohm einen Haftbefehl zu erwirken. Nicht einmal am Lindauer Amtsgericht hätte Schielin mit dem, was er vorzuweisen hatte, einen Richter gefunden.

Selbst dieses abrupte, offensichtlich ungewöhnliche Ende der Vernehmung überraschte sein Gegenüber nicht. Er schien sich seiner Sache sehr sicher zu sein. Noch im Aufstehen hielt er inne und richtete seinen Blick auf Schielin. Er fragte, wie das mit der Beerdigung von Agnes Mahler sein würde, wer sich darum kümmere und ob man schon einen Termin wisse. Schielin erklärte, dass die Eltern Frau Mahlers inzwischen informiert worden waren und ein örtliches Bestattungsinstitut beauftragt hatten. Es läge nun noch an der Staatsanwaltschaft, die Leiche nach Abschluss der Obduktion zur Beerdigung freizugeben, womit nach Lage der Dinge im Laufe der Woche gerechnet werden könnte.

Auf Schielins Frage, wie lange er und seine beiden Begleiterinnen beabsichtigten in Lindau zu bleiben, hatte er mürrisch geantwortet, dass dies der Umstände wegen sicher noch ein paar Tage sein würden. Der Kanzleibetrieb in München sei bei ihrer Büroleiterin und den Assistentinnen in guten und erfahrenen Händen. Dann verließ er grußlos und ohne den Blick noch einmal zu wenden den Raum.

Wenzel hatte ihm die Türe geöffnet und blickte ihm nach. Wie er so den Gang entlanglief, Schritt für Schritt seinen Rücken geraderichtete, schien es, als schüttelte er etwas Unangenehmes von sich ab.

Schielin und Wenzel saßen noch für einige Minuten beieinander und schwiegen sich an. Keiner von beiden konnte in Worte fassen, was sie an der Person Grohms so irritierte. »Wir werden ihn noch mal holen«, meinte Schielin schließlich.

Einige Zeit später kam Wenzel zu Schielin ins Büro. Die Vernehmung wirkte noch nach. »Der Typ ist hart drauf, nicht wahr? Das Einzige, was ihn wirklich unter Druck gebracht hat, war die Sache mit der Professur. Hast du das auch so wahrgenommen?«

Schielin bejahte. »Sicher. Aber ich wüsste nicht, wo sich für uns ein Ansatz böte. Die Frage nach seiner letzten Begegnung mit der Mahler hat ihn aber auch etwas hervorgelockt. Das hat ihm gar nicht gefallen, dass die Frage so formuliert war. Und die Sache mit seiner Frau und der Kreditkarte, was hältst du davon?«

»Da hat er uns einen Knochen hinwerfen wollen«, meinte Wenzel.

»So kam es mir auch vor. Das passte nicht zu ihm. Es war so – aufgesetzt: *Hallo, ihr da! Ich erzähle euch was Intimes aus meinem Leben… ist auch nicht alles Gold, was glänzt. Frau, Kreditkarte, verwöhnte Göre, London, shoppen.* Für mich klang es wie die Aufforderung, ein Gefühl von Mitleid oder Verständnis, irgendwas in dieser Art, für ihn zu empfinden. Er wollte sich anbiedern.«

»Ja, so ging es mir auch. Und während der Vernehmung hatte er sich auch verdammt gut im Griff. Kein Zucken, kein Mucken, kein Finger, der unkontrolliert vom Willen Dinge tat. Der kann seine Impulse recht gut beherrschen. Da haben wir schon andere erlebt. Also, so recht schlau werde ich aus ihm nicht. Am liebsten hätte ich ihn hierbehalten und in die Zelle gesteckt. Kommt der da zum Ende hin mit der Ansage raus, am Tatmorgen, auch noch zu einer relevanten Zeit, auf der Insel unterwegs gewesen zu sein. Aber da geht vorerst nichts … spurenmäßig sieht es mau aus.«

»Ja, leider. Der käme sofort mit einem Anwalt daher und auf die Frage nach Zeugen und objektiven Beweisen könnten wir nur die weiße Fahne schwenken. Da macht kein Richter mit. Wir werden uns diesen Herrn Grohm ganz genau ansehen. Jasmin wird das übernehmen. Zumindest für eine Telefonüberwachung reicht das, was wir haben. Der Antrag ist schon raus.«

Wenzel war zufrieden. Er deutete auf den leeren Bürostuhl.

Schielin erklärte, dass Lydia nach München gefahren sei. Eine Kollegin der Münchner Kripo hatte einen Schlüssel für die Wohnung von Agnes Mahler organisiert. Vielleicht ergaben sich von dort neue Hinweise.

*

Den Rest des Tages verbrachten sie damit, den nötigsten Schriftverkehr zu erledigen, die spärlichen Spuren aufzuarbeiten und Namen und Adressen zu recherchieren. Später dann mischten sie sich in den wohligen Tumult auf der Insel, wo die letzten Stunden eines warmen Sommerwochenendes zu genießen waren. Über der Stadt hing ein Summen und Brummen, Zischen und Rauschen. Gierig sogen die

Menschen die Unbefangenheit eines glücklichen Augenblicks auf. Von der Maximilianstraße zum Hafen hin wurde das Strömen und Quellen dichter. Schlangen bildeten sich vor Schaufenstern, am Eisverkauf des Cafés Schreier im Hafen und an den Landungsstegen, wo Menschen darauf warteten an Bord zu gehen. Andere verließen die Schiffe. Ermattet von Sommersonne, farbigen Eindrücken, Alkohol, Speisen, Spaziergängen und sanftem Schwanken.

Schielin lehnte an der Wand des Hotels Helvetia und blätterte in seinen Notizen. Die Zimmernachbarschaft von Agnes Mahler hatte nicht das Geringste sagen können, was als Hinweis hätte bezeichnet werden können. Auch die anderen hatten wenig Erfolg mit ihren Fragen gehabt.

Wie Fremde kamen sie sich vor, in all der Ausgelassenheit. Ein Gaukler hatte mitten in der Menge eine Runde um sich versammeln können und aus dem Geklirr und Gedröhn drang das ausgelassene Lachen, wenn er seine Späße machte. Sein Geldkasten war sicher gut gefüllt. Man konnte es nur ahnen. Geschickt war ein Lochtuch darübergelegt, sodass nur einige Münzen im Sonnenlicht schimmern.

Es gab noch einige Hotelangestellte, die befragt werden mussten, doch viel Hoffnung auf zielführende Informationen hatte Schielin nicht. Sie brauchten endlich eine Spur, einen Hinweis – etwas, was ihnen die Richtung angab, in die sie ermitteln sollten. Schielin war müde. Sie trennten sich schon auf der Insel und verzichteten auf ein abschließendes Treffen auf der Dienststelle. Wenzel würde am Montag gleich in der Frühe bei der Obduktion zugegen sein. Lydia sollte Kimmel und die anderen über den Sachstand informieren und Schielin wollte erst am späten Vormittag auftauchen.

*

Claire Wilms lief aufgebracht in ihrem Hotelzimmer auf und ab. Nur mit großer Mühe gelang es ihr, die Stimme im Zaum zu halten. Sie sprach gepresst. »So wird das nicht funktionieren. Sie werden es herausbekommen. Was soll ich dann tun? Du hättest mir sagen müssen, dass du abgereist bist. Was ist das für ein Verhalten ... du kannst mich doch nicht so behandeln, mich doch jetzt nicht – einfach allein lassen und so tun als ... was interessieren mich irgendwelche Gesetzmäßigkeiten und Codes. Alles Gequatsche. Was soll ich also tun?«

Ihr Gesprächspartner legte auf. Fassungslos hielt sie ihr Handy weit von sich und starrte es an. Langsam drehte sie die Hand und ließ es auf den Boden fallen. Am liebsten hätte sie noch darauf herumgetreten vor Wut. Doch sie brauchte es noch. Für einen Moment sank sie auf das Bett. Ihr war flau geworden. Mit einer solchen Reaktion hatte sie nicht gerechnet.

*

Helmut Grohm war nach der Vernehmung zurück ins Hotel gegangen, hatte eine ausgedehnte Dusche genommen, wollte der Einsamkeit des Zimmers entfliehen und auf der Terrasse einen Kaffee nehmen, als sein Handy vibrierte. Beiläufig nahm er das Gespräch nach einem Blick auf das Display an, während er einen leichten Pullunder über die Schultern legte. Es war Melanie Schirr, die anrief.

»Und?«, lautete ihre Frage.

»Was willst du?«

»Wissen, wie es dir ergangen ist bei diesen Polizisten. Es wäre durchaus im Bereich des Möglichen gewesen, dass sie dich dortbehalten hätten.«

»Dafür gibt es keinen Grund.«

»Oh. Sie werden sehr bald über deine Gepflogenheiten

der morgendlichen Spaziergänge Bescheid wissen. Ich habe ein wenig mit ihnen gespielt und sie sind nicht böse geworden. Sie verstehen also ihr Handwerk und machen es wie der Wassertropfen mit dem Stein. Fühlst du dich nicht auch etwas steinern?«

Grohm verzog das Gesicht zu einer Fratze. »Ich habe auch ein wenig gespielt und ihnen gesagt, dass ich am Morgen spazieren war, und ich habe ihnen sogar zwei Zeugen dafür nennen können. Alles andere wäre Unsinn gewesen.«

»Oh, das war klug von dir?«

»Du bist die Letzte, von der ich das hören möchte.«

Sie konterte stoisch: »Es stünde dir gut an, ein wenig zuvorkommender mit den Menschen umgehen, die dir nahe sind. Es werden immer weniger. Von deinem Frederic brauchst du nicht viel erwarten. Ich weiß, dass ihr euch am Donnerstagabend getroffen habt. Was macht der Kerl hier? Hat er etwas mit dem zu tun, was geschehen ist?«

Grohm behielt sich mit Mühe unter Kontrolle und atmete ein paar Mal heftig, bevor er antworten konnte. Die Vernehmung hatte ihn angestrengt, auch wenn er das nicht hatte deutlich werden lassen – den Polizisten und sich selbst gegenüber. Melanie Schirrs Anruf aber machte ihm deutlich, wie erledigt er war. Ihren Sarkasmus konnte er nun noch weniger ertragen wie die Tatsache, dass sie ihm nachspionierte. Dabei kannte er sie schon so lange. Nie hatte er sich durch ihre Art unter Druck setzen lassen, denn hinter allem verbarg sich eine große Zuneigung zu ihm, die er zeitweise, je nach Stimmungslage, durchaus schätzte. Ihre Gunst und Gewogenheit hatten ihm gutgetan und er kokettierte damit. Doch jetzt waren ihm die Geduld und der Eifer, mit welchem sie ihn unerwidert liebte, ekelhaft. Er empfand es als hündische Anhänglichkeit.

Vielleicht dachte sie, nun sei ihre Zeit gekommen. Wie

grausam musste man sein, fragte er sich, um sie loszuwerden? Er sprach nüchtern und ohne seine Gefühle zu sehr schwingen zu lassen: »Verschone mich mit deinem Verständnis und Mitgefühl. Ich hasse das. Ich habe ihnen übrigens nicht davon erzählt, dass ich dich an diesem Morgen gesehen habe, drüben am verschwenderisch schönen Finanzamt. Welch ein Land, in dem Finanzbeamte in solchen Residenzen walten. Und nun – lass mich in Ruhe.«

Er wartete keine Reaktion ab, sondern drückte das Gespräch weg, schnappte die Zimmerkarte und ging hinunter. Dort war Sommer, unbeschwerter Sommer. Gerade wurde ein kleiner Tisch frei, ganz hinten. Das war ihm lieb, denn er blieb gerne im Hintergrund und beobachtete von da.

Er sah, wie Claire Wilms das Hotel verließ und eilig in Richtung Bahnhof verschwand. Grohm verhielt sich unauffällig. Er legte keinen Wert auf ein Gespräch. Jetzt nicht. Überhaupt wirkte sie gehetzt und aufgebracht. So hatte er sie noch nie erlebt. Für einen Augenblick huschte ein verächtliches Grinsen über sein Gesicht. Dann sah er in der Menge diesen Polizisten Wenzel vorbeilaufen. Waren die denn ständig um ihn, und überall?

*

Lydia Naber hatte sich beeilt. Sie wollte wenigstens den Sonntagabend zu Hause verbringen und nicht in die Nacht kommen. Mit der Münchner Kollegin war sie direkt bei Agnes Mahlers Wohnung verabredet. Ihre Entscheidung fiel gegen eine Fahrt mit dem Auto. Sie wollte die Zeit nutzen, um einer Spur nachzugehen, die im Zusammenhang mit den Wildblumen stand. Gerade als sie den Bahnhof betreten wollte, sah sie Grohm vom Hotel herkommen. Sie blieb stehen und wartete. Als er in ihrer Nähe vorbeiging, grüßte sie ihn. Verwundert blieb er stehen und fixierte sie. Dann ging er wortlos weiter und schien verärgert über das Zusammentreffen.

Kaum hatte sie die schweren Schwingtüren des Bahnhofs geöffnet und den weiten Raum betreten, blieben die wogenden Laute aus Hafen und Altstadt hinter ihr zurück. In der Bahnhofsbuchhandlung versorgte sie sich mit ein wenig Unterhaltung und entgegen ihrer Vermutung fuhr der Zug pünktlich aus dem Bahnhof aus. Sie hatte ein Abteil ganz für sich und genoss das milde Rumoren und Rumpeln, das der schweizerische Waggon in den Innenraum weitergab. Langsam glitten die Waggons über den Bahndamm. Der Blick nach Westen war immer wieder atemberaubend. Welche Stadt sonst konnte mit so großem Theater aufwarten, war man mit dem Zug unterwegs?

München fühlte sich an diesem Sommersonntag leer und entspannt an. Ganz anders, als man das an einem solchen Tag vom Bodensee gewohnt war. Hier in München war die Luft voll von Lindenduft. Überrascht von der Süße, die sie so unerwartet umfing, blieb sie ein paar Sekunden mit geschlossenen Augen stehen und sog die süßen Aromen ein.

Da kam man aus Lindau und musste in München Lindenduft erleben?

Die Kollegin wartete bereits vor dem Eingang zum Loft im fünften Stockwerk. Es war eine dieser jungen Selbstbewussten, die so viel Kraft und Energie ausstrahlten, dass man selbst müde davon wurde.

Lydia Naber merkte, wie ihre Aufgeregtheit dichter wurde, als sie durch die Tür in die Wohnung trat. Was würde sie erwarten? Mit welchem Bild von Agnes Mahler würde sie nach Lindau zurückfahren, nachdem sie ihre Wohnung gesehen hatte?

Hinter der Tür öffnete sich zunächst ein breiter Gang, eher ein Vorraum mit großzügiger Garderobe und eingepassten Schränken. Die Türe rechts führte in ein weiträumiges Bad mit großen weißen Bodenfließen und schwarzer, schmaler Bordüre an der Wand. Gegenüber ging es in einen fensterlosen Abstellraum. Die Tür der Frontseite leitete direkt in den gewaltigen Wohnraum. Dunkler Parkettboden, helle Wände und eine breite Fensterfront mit Blick über die Bahngeleise hinweg in Richtung Innenstadt. Die Hackerbrücke war zu sehen. Draußen fuhren Züge, lautlos und schwebend. Kein Rumpeln, Quietschen und Rattern war hier oben zu hören. Es war wie der Blick auf eine Modelllandschaft. Ein schwarzes Ledersofa stand an der Wand, zwei, drei Regale mit Büchern und CDs – Jazz und Klassik. Ein Tisch, Fernseher und Stereoanlage. Großflächige, expressionistische Ölgemälde durchbrachen das strikte Konzept aus hell und dunkel. Zu beiden Seiten führten Durchgänge zu weiteren Räumen. Schlafzimmer, Arbeitszimmer, Küche und ein Gästezimmer.

»Es ist ihre Wohnung«, sagte die Münchner Kollegin.

Lydia sah anerkennend zu ihr.

»Sie hat sie vor knapp zwei Jahren gekauft. Haben mir die Eltern erzählt«, und etwas leiser, »einhundertsiebenundfünfzig Quadratmeter. Totaler Wahnsinn, oder? Und dann sterben müssen.«

»Sehr aufgeräumt und übersichtlich«, meinte Lydia und stöberte durch die Regale.

»Das ist wie Kino hier oben. Da braucht man nur aus dem Fenster schauen – ist immer was los drunten, ohne dass man etwas damit zu tun haben müsste«, sie sah hinunter auf die Erdmenschen und schürzte die Lippen, »Psychologin war sie also … sexueller Hintergrund?«

»Nein – einfach so. Einfach so erstochen. Ein hinterhältiger, böser Stich in den Rücken«, antwortete Lydia.

Als sie mit der Inspizierung der Wohnung fertig war, traf sie sich mit Felicitas von Banz in der Nymphenburger Straße, bei einem Italiener – Bellini. Den Treffpunkt hatte die Anwältin vorgeschlagen, weil sie sich an ihre Heimat erinnert fühlte. Als Lydia nachfragte, ob sie italienische Wurzeln habe, bekam sie zur Antwort, dass das Restaurant früher *Fränkischer Hof* geheißen habe. Erinnerungen und Gefühle nahmen manchmal seltsame Umwege.

Sie saßen an einem Tisch in der linken hinteren Ecke. Die meisten Leute genossen draußen die Sonne und die laue Luft. Hier drinnen konnte man sich ungestörter unterhalten. Entgegen ihrer Absicht konnte Lydia Naber der Speisekarte nicht widerstehen: Perlhuhn. Felicitas von Banz hatte der Tod ihrer Freundin sehr mitgenommen und so kam es zu häufigen Unterbrechungen der Unterhaltung. Lydia Naber störten die Weinanfälle überhaupt nicht, denn sie verschafften ihr die Zeit genussvoll zu essen. Immerhin erfuhr sie, dass Agnes Mahler erst vor Kurzem die Entscheidung getroffen hatte, die Kanzlei zu verlassen. Worin der Grund für diese Entscheidung lag, wusste die Freundin nicht. Als Lydia Naber die Frage stellte, ob vielleicht die Beziehung zu Grohm der Grund dafür sein konnte, sah sie in verwundert dreinblickende, gerötete Augen. Irritiert erklärte ihr Frau von Banz, dass es niemals eine Beziehung zwischen Grohm und Agnes Mahler gegeben hätte. Auf die Nachfrage, wie sie zu einer solch verrückten Annahme käme, winkte Lydia Naber ab. »War nur so ein Gedanke.«

Felicitas von Banz war sichtlich indigniert. »Ich habe diesen Grohm zwei-, dreimal gesehen. Er ist so gar kein Typ für Agnes, gar nicht.«

»Wann haben Sie sich das letzte Mal gesehen?«

»Das ist einige Wochen her. Agnes war einige Zeit unterwegs gewesen und als sie zurückkam, musste ich beruflich ins Ausland. Wir wollten uns eigentlich jetzt treffen.«

»Sie war im Ausland?«

»Ja. Ich weiß es gar nicht genau. Sie hat es nur so nebenzu erwähnt. Ich glaube Budapest ... aber ich weiß nicht genau. Ist ja eine schöne Stadt. Wir haben nur telefoniert und ganz am Ende hat sie mir dabei erklärt, dass sie aufhören wolle in der Kanzlei. Sie klang sehr entschlossen. Ja, und nun ...«

Lydia Naber schob den Teller zur Seite und bestellte zwei Espressi. Ja, und nun.

Schabab

Kimmel saß unzufrieden im Büro. Hundle lag dösend neben seinem Schreibtisch, was äußerst beruhigend wirkte. Kimmel hatte einmal gelesen, es würde blutdrucksenkend wirken, einen Hund zu streicheln. Damals hatte er das für esoterischen Firlefanz gehalten, für Voodoo, Pendelkram und Kräuterpulverschmarrn.

Er war die Berichte durchgegangen. Wenig Handfestes war dabei, nicht der Schimmer einer Spur. Außerdem fiel es ihm schwer, einen Montag ohne eine ordentliche Besprechung zu beginnen. Ja, es hatte einen Mord gegeben und alle waren beschäftigt und auf den Beinen – ein Montag jedoch musste mit einer Besprechung anfangen. Er hätte gerne mit jemandem gesprochen. Schielin war heute Morgen gar nicht erst gekommen, Wenzel begleitete die Obduktion, die man Kimmels Meinung nach auch auf den Nachmittag hätte legen können. Jasmin Gangbacher überprüfte die Unterlagen und Schriftstücke, die Lydia Naber aus Agnes Mahlers Hotelzimmer und Wohnung zusammengestellt hatte.

Er massierte sein Kinn. Letzte Woche hatte er mitbekommen, dass Jasmin schon wieder in Memmingen auf Besuch war, bei der Rothaarigen, die seit dem letzten Fall dort einsaß. Er stand auf und ging hinüber zu Erich Gommert, der auf der Tastatur herumhackte.

»Was schreibst du, Gommi«, fragte er und wollte es versöhnlich klingen lassen. Schließlich sollte es eine lockere, neutrale Einleitung zu einem für ihn informativen Gespräch sein. Er hätte besser das Wetter als Gegenstand nehmen sollen.

»Statistik«, lautete die magere Antwort.

»Welche?«

Erich Gommert unterbrach. »Steckdosen. Sie wollen in Kempten wissen, wie viele Steckdosen wir in den Räumen haben und welche Geräte daran angeschlossen sind.«

Kimmels Blutdruck kam in Bereiche, die das Streicheln eines Hundes notwendig gemacht hätten. Er wollte sich von Erich Gommert nicht verulken lassen.

»Ich habe eine anständige Frage gestellt, Gommi, und ich will gefälligst eine anständige Antwort!«

Hundle kam vom Gang her, strich Kimmel im Vorübergehen am Bein vorbei und ließ sich mit lautem Ächzen und Krachen unter dem Schreibtisch niederfallen.

Erich Gommert wiederholte, was er schon gesagt hatte und versuchte dabei langsam und hochdeutsch zugleich zu sprechen – der Anständigkeit wegen, die Kimmel angemahnt hatte. Es klang grausam und höhnisch. »Das neue Polizeipräsidium Schwaben-Südwest möchte eine Auflistung der Anzahl der Steckdosen je Dienstzimmer und die Anzahl der daran angeschlossenen elektrischen Geräte.«

Kimmel stapfte schnaubend zu ihm hin, hielt sich an der Rückenlehne des Bürostuhls fest und fokussierte den Inhalt des Bildschirms. Die Lesebrille hatte er in seinem Büro liegen lassen, es dauerte eine Weile, bis aus dem Verschwommenen etwas Lesbares wurde. Ein elender Montag.

Der Tabelle nach, die da auf dem Bildschirm zu sehen war, befanden sich in seinem Büro die wenigsten Steckdosen. Steckdosenstatistik! brüllte er innerlich und schüttelte fassungslos den Kopf. Alles schien ihm aus den Händen zu gleiten. Erst in der letzten Woche hatte er auf Verlangen des Präsidiums einen Leiterbeauftragten für die Dienststelle bestimmen müssen. Einen, der die anderen darin einweisen

sollte, wie man eine Leiter richtig benutzte. Niemand wollte
für den Unsinn verantwortlich sein. Es gab wohl eine Ver-
ordnung, die einen Leiterbeauftragten erforderlich machte.
Zwei Wochen zuvor musste die EDV-Verkabelung gemeldet werden, zugleich war eine Firma im Haus gewesen und
hatte die Fensterflächen ausgemessen – kein Mensch konnte
sagen wozu, weshalb und warum.

Früher war er noch Chef gewesen und hatte Einfluss darauf gehabt, was auf seiner Dienststelle geschah. Doch seit
dieses neue Präsidium mit der schwerfälligen Bezeichnung
existierte, gab es andere, die sich Dinge ausdachten, um ihre
Existenz zu rechtfertigen. Das waren also die Ergebnisse der
Verwaltungsreform. Sicher – es verbot sich, dieses Reform-
werk von wahrhaft epochalem Charakter zu kritisieren –,
das sollte späteren Generationen vorbehalten bleiben, die
einen milden Blick auf die Vergangenheit werfen konnten.
Wenn man allerdings Teil der Realität war, konnte man sich
schon erregen über die Hemmungslosigkeit, in der Wasser-
köpfe in die Welt gebracht wurden.

Dampfend rückte er ab. Im Türrahmen stoppte er und
drehte sich nochmals um. »Die Jasmin, die war doch schon
wieder in Memmingen droben ... du weißt schon.«

Gommi bestätigte.

»Ist oft dort, oder?«

»Mhm.«

Kimmel wartete.

Gommi verzog sein Gesicht zu einer fragenden Grimasse.
»Ähh ... und?«

»Ja, sehr oft, oder nicht!?«, kam es drängender von Kimmel.

Erich Gommert schnaufte abwiegelnd. »Tja ... hm ....
no ... ja ... phh ...«

»Ja, ist da was!?«, ermunterte Kimmel.

Erich Gommert überlegte. »Ja, was soll denn da sein in Memmingen ... in Memmingen ist doch nichts, oder? Da war doch noch nie was.«

Kimmel hob die Hände zur Decke. »Ja ... no ... mit derer ... Mhm!«

Erich Gommert zuckte mit den Schultern. »Mhm .... ja .... viel kann ja net sein, wenn die hübsche Hex doch noch einsitzt, oder?«

Kimmel stapfte frustriert zurück ins Büro.

*

Der Vormittag fraß sich zäh dahin, mit Telefonaten, dem Schreiben von Protokollen, Berichten, Anträgen, Statistiken. Als endlich Mittag vorüber war, nahm Kimmels Dienststelle einen Betrieb auf, den er als befriedigend empfand. Er hörte Gommi von drüben laut jammern, weil er von Wenzel einen Auftrag erhalten hatte. Schielin saß zusammen mit Lydia im Büro – den beiden würde schon was einfallen.

An den Orten des Bodensees, an denen es den Menschen gut ging, schlenderte das Leben entlang eines weiteren, unbekümmerten Sommertages. Von jenseits der Insel Hoy schimmerten in der Ferne weiße Tupfen und Sprenkel, die man für himmlische Inseln inmitten des Wassers hätte halten können, wenn durch die beständige Bewegung nicht deutlich geworden wäre, dass es etwas durchaus Lebendiges war, das sich da sammelte: Schwäne.

Das Eichwaldbad füllte sich und vor geschlossenen Schranken der Bahnübergänge bildeten sich Staus. Einige Eilige, die noch nicht wussten, wie das Leben diesseits und jenseits der Bahnschranken funktionierte, erregten sich über die Unterbrechung. Die Wissenden nahmen den Aufenthalt mit stoischer Gelassenheit entgegen, so wie schlechtes Wetter oder Politikerreden. Alles war in seiner Ordnung.

Wenzel war von der Obduktion zurück. Robert Funk saß hinter seinem Schreibtisch und holte einen Kauknochen aus der Schublade, den er Hundle ins gierige Maul steckte. Gemächlich sammelten sie sich im Besprechungsraum, wo Gommi auf Anforderung aller einen schwachen Kaffee aufbrühte. Hundle kam, als alle schon saßen, vorläufig satt und zufrieden, und suchte einen Platz unter dem Tisch.

Sie blickten erwartungsvoll auf Wenzel, von dem man die für den Fall belebendsten und informativsten Neuigkeiten erwartete. Er ließ sich nicht bitten und berichtete in kurzen, knappen Sätzen von den Resultaten der Obduktion. Es waren weder aufregende noch überraschende Mitteilungen, die er zu erzählen hatte. Agnes Mahler war einsneunundsiebzig groß. Die Klinge des Messers war unter dem hinteren, linken Rippenbogen eingedrungen, hatte das Zwerchfell zerrissen und war direkt in die Herzkammer gestoßen. Der Verlauf des Stichkanals ließ mit Sicherheit davon ausgehen, dass Agnes Mahler in aufrechter Haltung an der südlichen, weißen Säule gelehnt hatte. Der Täter musste den Stoß von unten nach oben geführt haben und die Klinge des Messers war mit dreißig Grad querstehend eingedrungen. Das ließ auf einen nicht ungeübten Umgang mit Messern schließen. Der Täter muss eine Körpergröße um die einsachtzig gehabt haben, war Rechtshänder und hatte links hinter dem Opfer gestanden. Einzig die Tatwaffe war außergewöhnlich. Ein finnisches Filiermesser der Marke *Marttiini* mit einer siebzehn Zentimeter langen Klinge. Nagelneu, wie schon der erste Blick durch das Mikroskop auf die Klinge gezeigt hatte, denn diese wies keinerlei Scharten oder Kratzer auf. Am hinteren Ende des dunkelgrauen Schaftes hatte man klein-flächige Schmierspuren gefunden, die zwar erkennen lie-ßen, dass sie von Fingern herrührten, jedoch weder auswert-bare daktyloskopische Spuren hergaben noch verwertbares DNA-Material lieferten. Sie waren auch schwerlich mit dem Tatablauf in Verbindung zu bringen, denn der Täter hatte das Messer fest umschlossen halten müssen, um derart heftig zustoßen zu können.

Es war keine Enttäuschung, die sein kurzer Bericht ent-stehen ließ. Doch es war zu spüren, dass man das, was er ge-sagt hatte, eher hinnahm. Im Grunde war auch keine große Überraschung zu erwarten gewesen. Eine Frau war mit einem Messerstich in den Rücken getötet worden. Dass dies bei Sonnenaufgang über den Wassern des Bodensees und vor der endzeitlichen Kulisse der Alpenkette von Pfänder bis Säntis geschehen war, tat nichts Wesentliches zur Sache.

Wenzel erzählte nicht von der milden Erschütterung, mit der er auf die Leiche geblickt hatte, als die vor ihm auf dem kalten Stahltisch gelegen hatte. Er, der so oft bei Obduktio-nen dabei gewesen war, hatte zum ersten Mal Verständnis-losigkeit gespürt und war in einen Zustand sanfter Betäu-bung gefallen, der ihn bis zu seiner Rückfahrt nicht wieder losgelassen hatte. Erst an der Argenbrücke war er aus die-ser Trance erwacht und erschrocken darüber gewesen, sich überhaupt nicht erinnern zu können, wie er aus Mem-mingen heraus und auf die Autobahn gekommen war. Ir-gendwie war es ihm geglückt, aber ohne dass er es bewusst wahrgenommen hätte. Er konnte auch nicht mehr rekons-truieren, welche Gedanken es waren, die ihn beschäftigt hatten. Was zurückblieb war ein graues Nichts, gefüllt mit vagem Erinnerungsnebel, Bruchstücke schemenhafter Ge-stalten, Gebäude, Emotionen und Landschaften. Er sah zu-rück auf einen kurzen Zeitabschnitt, in welchem er zwar mitten im Leben gewesen war und sich dennoch an nichts konkret erinnern konnte. Hatte ihm jemand zugewunken, sich andere Autofahrer über ihn geärgert, gewundert, ihn angeblinkt – nichts.

Er spürte die Ratlosigkeit in der Runde und sah auf seinem Notizblock nach, um weitermachen zu können. Genau – der Todeszeitpunkt. Der war auf zwischen vier Uhr und halb sechs in der Früh festgelegt. Die Temperaturmessungen am Tatort hatten ein solches Ergebnis schon erwarten lassen. Es half nicht sonderlich weiter.

Eine Kleinigkeit aber, die hatte er noch. Vielleicht konnte diese Information das Verlangen nach der Mörderjagd wecken. Trotz seiner starken Kurzsichtigkeit hatte der alte Landgerichtsarzt etwas auf dem Rücken der Toten entdeckt. Neben der Einstichwunde war ein zickzackförmiges Muster zu erkennen. Nicht auf den ersten Blick, aber bei näherer Nachschau mit einer Lupe trat es ganz deutlich hervor. Eine Naht der Seidenbluse war vom Handschutz des Messergriffs derart heftig gegen die Haut gepresst worden, dass sich das Fadenmuster dort abgedrückt hatte. Der Messerstoß musste demnach mit enormer Wucht geführt worden sein.

Eine kleine, aber wichtige Information, die Wenzels Gewissen dahingehend beruhigte, nicht völlig ohne kriminalistisches Futter für seine Kollegen zurückgekehrt zu sein.

*

Lydia Naber hatte bisher geschwiegen. Nun ergriff sie das Wort. »Na also, da haben wir doch wenigstens einen kleinen, schmutzigen Hinweis – es war doch demnach eine sehr emotionale Geschichte, die ich nicht erwartet hätte, so kühl, wie das dort auf der Mole aussah. Unser Messerstecher könnte demnach ein Täter sein, der zwar über ein immenses Erregungspotenzial verfügt, der wütend und zornig sein kann, sich aber auch in affektiven Situationen sehr gut unter Kontrolle hält, sofern der Begriff Kontrolle in diesem Zusammenhang die richtige Bezeichnung ist. Das bringt mich direkt zu dem, womit ich mich am Wochenende beschäftigt habe. Zwar viel kürzer als ich wollte, aber immerhin blieb etwas Zeit für den Garten. Zuvor aber noch die Info, dass dieser Ravensburger Bauunternehmer heute noch hier auftauchen wird, um uns zu erklären, wie es dazu kam, dass sein Boot führungslos am See spazieren war. Nun gut.«

Die Augen der anderen waren inzwischen auf sie gerichtet und nach einem kurzen Innehalten sagte sie voller Ruhe und mit ausgedehnter Betonung der Vokale: »Schabab!«

Schweigen. Fragende Augen. Kimmel massierte seine Hände.

Sie wiederholte freudig: »Schabab! Keine Angst, ich habe keinen verbotenen Kräutertee getrunken. Ich habe die Zugfahrt genutzt, um mich mit Schafgarbe, Kornrade, Jungfer im Grünen, Wegwarte und Augentrost zu beschäftigen.«

Kimmel knurrte was von Magic Mushrooms und Rauchen, Gommi kicherte und die anderen lehnten sich entspannt zurück. Schielin hingegen hielt seine Anspannung aufrecht, denn er wusste, Lydia machte keine Späße. Nicht in der täglichen Besprechung, die Kimmel heilig war.

Sie sprach leise und mit wichtigem Ton weiter. »Im Kern meiner Betrachtungen geht es um *das Begehren*, um *eine Liebe*, die nicht erwidert wird.«

Gommi jammerte und lachte meckernd zugleich: »Oje, oje, wenn's da jedes Mal gleich Tote gäb.«

Robert Funk lachte vielsagend. Schielin schloss die Augen.

Lydia fuhr unbeeindruckt fort. »Wie jeder weiß sind das Situationen, die es schwer machen, ihnen Ausdruck zu geben, ohne dabei verletzend zu sein. Unangenehm, peinlich, schrecklich, bis hin zu traumatisch. Jeder kennt das, entweder von der einen, oder von der anderen Seite – als derjenige, der für einen anderen Menschen nichts empfindet und ihn zurückweist, oder in der Rolle desjenigen, der erlebt hat, wie es sich anfühlt zurückgewiesen zu werden – also, einen Korb zu bekommen. Eine schöne Redensart, nicht wahr. Wisst ihr übrigens, woher sie stammt? Vor langer Zeit war es so, dass die Mädchen ganz bestimmte Kräuter sammelten, um sie einem unerwünschten Freier in einem Korb zukommen zu lassen. Bei diesen Kräutern handelt es sich um Pflanzen, die den Bauern einer bestimmten Eigenschaft wegen unerwünscht waren. Für diese Pflanzen hat man den Begriff *Schabab* gefunden, eine uralte Bezeichnung. In der Schweiz kennt man dafür den Begriff *tschaabgsi*, der auch für *beschämt* verwendet wird, ebenso als Bezeichnung für *alte Jungfern* oder *Junggesellen*. Luther hat diesen Begriff *Schabab* sehr oft verwendet.« Sie sah in ihr Notizbuch und las mit erhobenem Zeigefinger und pathetischer Stimme: »*Sie müssen der Welt keerich und jedermann schabab seyn.*«

Wenzel schüttelte den Kopf und grinste.

Lydia machte weiter: »*Schabab*, das ist immer der Verachtete, Verspottete. Im Kölner Liederbuch von fünfzehnhundertachtzig steht der Text:

gut Gesell und du musst wandern,
das Megdlein liebet einen andern,
welches ich geliebet hab,
bey der bin ich schabab.

»Ab Ende des sechzehnten Jahrhunderts ist die Handlungs-
weise überliefert, einen Korb mit Blumen und Kräutern als
Zeichen der Abweisung zu übersenden, und sich auf diese
Weise die unangenehme Situation zu ersparen, die Absage
von Angesicht zu Angesicht auszusprechen:

kein andern dank krieg ich davon
leer stroh hab ich gedroschen
ein körbel schabab, das ist mein lohn
die lieb ist ausgeloschen.

»Jungfer im Grünen ist die vielleicht bekannteste Schabab-
Blume und zählt als klassische Symbolblume der ver-
schmähten Liebe. In manchen Gegenden wurde ihr Samen
als Schwarzkümmel zum Würzen von Brot verwendet. Die
Schafgarbe ist als Heilpflanze ihrer blutstillenden Wirkung
wegen bekannt. Sie verbreitet sich sehr stark und wird vom
Vieh im Heu nicht geliebt. Sie hat viele unterschiedlich und
stark wirksame Bitterstoffe, was sie offizinell und apotropäisch macht.

Lydia hatte diese Worte lange und konzentriert studiert,
um sie in diesem Moment richtig auszusprechen. Sie wartete. Nicht ohne Erfolg, denn Gommi war so zuvorkom-
mend zu fragen: »Offiziell und apothekerisch?«

Sie dozierte und sprach alle an, obwohl nur Gommi
gefragt hatte. »Nein, Leute. *Offi-zinell* und *apo-tro-pä-isch*.
Offizin ist der alte Ausdruck für den Laborraum einer Apo-
theke. Offizinell meint aus dieser Herleitung, dass die Schafgarbe Bestandteil des Kataloges der Heil- und Wirkpflanzen
ist. Apotropäisch, nach dem griechischen *abwehrend*, bezeichnet deren Verwendung für Riten im Heilglauben. Für
Austreibungen, Gut- und Gesundsprechungen, für Liebes-
und Abwehrzauber.«

Gommi richtete sich an Kimmel. »Do hätten mir mit der hübschen Hex vom letzten Mal doch jemand, der sich do auskennt, oder?«

Kimmels Blick stoppte seinen Ausflug.

Lydia referierte weiter. »Die Kornrade zählt durch ihre rote Blütenfarbe und die spitz hervorstehenden Kelchblätter zu den *Gewitterblumen*. Das ist eine kleine Pflanzengruppe, die früher nicht ins Haus geholt werden durfte, da man annahm, sie ziehe den Blitz an. Den Bauern war die Kornrade besonders verhasst, da die Samen nur schwer aus dem Getreide auszusieben waren, und blieben Reste davon im Getreide, so bekam das Mehl eine bläuliche Farbe und war fast unverkäuflich.

Kornblumen durften ebenfalls nicht ins Haus gebracht werden, da man meinte, sie brächten das Brot zum Schimmeln. Wie die anderen Schabab-Kräuter waren auch die schönen klarblauen Kornblumen außerordentlich schädliche Ackerunkräuter – bis wir die Herbizide erfanden. Heute freuen wir uns, wenn wir Kornblumen sehen – so ändern sich die Zeiten. Ihre festen Stiele machten die Sensen der Schnitter schnell stumpf, sodass die häufig nachschärfen mussten und nicht vom Fleck kamen. Zur *Wegwarte* hat Hildegard von Bingen geschrieben, dass Träger der Wegwarte von einem anderen Menschen gehasst werden. Aus welchem Grund sie der Wegwarte dies zuordnete, hat sie nicht näher niedergelegt. Die Eigenschaft der Blüten, sich von Blau nach Rot umzufärben, wenn man den Stiel in einen Ameisenhaufen steckt, hat sie zu einem oft verwendeten Instrument im Zauber- und Abwehrglauben gemacht. Sie war der Landbevölkerung auch dadurch suspekt, dass sie die Blüten nur in den Morgenstunden öffnete. Heute weiß man, dass es die Ameisensäure ist, die die farbliche Veränderung des Farbstoffs Anthozyan bewirkt. Und dann wäre da noch der *Augentrost,* dem die Hirten den Namen *Milchschelm* – gleich Milchdieb – gaben. Als Halbschmarotzer schädigt er tatsächlich die umliegenden Gräser und mindert dadurch den Milchertrag. Auch er zählt zu den Gewitterkräutern, die man nicht im Hause duldete wie Kornblume und Kornrade. Da der Augentrost häufig als Schabab-Kraut verwendet wurde, erhielt er in manchen Gegenden auch die Bezeichnung *Spöttlich.*«

Lydia Naber sah auffordernd in die Runde. Sie war mit ihrem Vortrag zu Ende.

»Interessant«, meinte Robert Funk, der das Gehörte noch nicht so recht einzuordnen wusste.

Kimmel nahm seine Hände zu Hilfe, als er bemüht ruhig fragte, was der Ausflug in die Botanik mit dem Fall zu tun habe.

»Alle diese Pflanzen, alle, sind Bestandteil dieses gebundenen Straußes, der am Clubhaus am Boden lag und das Geflecht um die Stiele erinnert mich schon an eine Art Korb. Vielleicht hatte Agnes Mahler ihn ja dabei...« Sie hielt für einen Moment inne und wanderte gedanklich in die Wohnung, die sie in München gesehen hatte. »Ich weiß, es klingt seltsam, und ich bin mir da selbst nicht sicher, denn alles, was ich bisher über diese Agnes Mahler erfahren habe, deutet nicht darauf hin, dass sie eine Person gewesen wäre, die mit derlei symbolischem Zeug hantiert hätte, um eine Botschaft loszuwerden. An ihr ist so gar nichts Esoterisches zu finden. Eher Klarheit, Souveränität, Selbstbewusstsein und Durchsetzungskraft. Kein Schnickschnack. Aber... ausschließen können wir nichts. Vielleicht wollte sie ja wirklich jemandem *einen Korb geben*, oder der *Korb* war für sie bestimmt.«

»Na, die letzte Variante ist doch eher auszuschließen«, meinte Kimmel, »wer würde sich schon die Mühe machen, so einen Korb zusammenzustellen … der Gedanke daran ist schon verrückt genug … und dann bringt der Botaniker die Empfängerin um und lässt diesen *Korb* so verloren an der Mauer stehen. Das ist doch wenig logisch. Wenn einer sich eine solche Mühe macht, ist das doch wichtig für ihn, von zentraler Bedeutung.«

»Vielleicht ist die Sache eskaliert«, meinte Robert Funk.

Wenzel verzog den Mund. »Nein. Dazu war zu wenig los am Tatort. Und die Tatwaffe musste der Täter ja auch dabeihaben. Das Messer lag da ja nicht herum, und dass er einfach die Nerven verloren hat, glaube ich nicht. Zu wenig Spuren und keine Auseinandersetzung.«

Hundle streckte sich unter dem Tisch. Alle zogen ihre Beine ein. Gommi sah nach, ob auch alles in Ordnung war. Was Lydia da herausgefunden hatte, war derart exotisch, dass im Moment keiner eine Eingebung hatte, wie eine sinnvolle Verbindung hergestellt werden konnte.

Robert Funk hielt es für gut, ein anderes Thema anzuschneiden und sagte, dass dieser Walter Zenger angerufen habe, weil ihm noch etwas eingefallen sei. Es ging um das gelbe Haus am Brettermarkt, das mit dem Türmchen auf dem Giebel. Am letzten Samstagmorgen sei da oben auch jemand gewesen. Wenzel hob die Hand und signalisierte, dass er sich darum kümmern werde. Er wollte sowieso noch einmal zur Motorjacht, die nach wie vor am Polizeischuppen lag.

Lydia saß tief gebeugt am Tisch und kraulte Hundle den Kopf.

Schielin war gedanklich noch ganz mit diesem Korb beschäftigt und wandte sich an Lydia. »Das mit dem Korb ist schon eine seltsame Angelegenheit. Wie willst du in der Sache weitermachen?«

Sie richtete sich auf und fuhr mit einer fahrigen Bewegung ihrer Hand durch die Luft, was ausdrücken sollte, dass sie zwar nicht ganz unschlüssig über ihr weiteres Vorgehen war, vielleicht schon eine Idee hatte, aber dies alles noch nicht so weit gediehen war, dass es lohnte darüber ein Wort zu verlieren.

Schielin nahm es zu Kenntnis. »Die Tasche fehlt und ihr Handy. Wer immer es war, hat die Sachen mitgenommen. Weshalb?«

»Raub?«, warf Kimmel in die Runde.

Keiner sprang darauf an. Robert Funk wies darauf hin, dass alle bekannten Bankverbindungen gesperrt und bis jetzt keine Zahlungsaktionen mit EC- oder Kreditkarte aufgelaufen seien. Das wäre auch zu schön gewesen.

Lydia drehte sich unvermittelt Erich Gommert zu. »Du solltest endlich mal zum Hundetraining gehen mit dem armen Tierle. Der hört ja überhaupt nicht, liegt immer nur faul rum, knurrt und bettelt, und wird immer dicker. Das ist nicht gut für das Tier.«

»Natürlich hört er«, widersprach Gommi.

»Ja, wenn's Futterpapier raschelt«, kommentierte Schielin, »er bewegt sich doch nur noch von einer Futterstelle zur anderen.«

Gommi giftete in die Runde. »Ja, wenn jeder in seinem Schreibtisch Gutele versteckt und heimlich in des Hundle reinstopft, dass es ja nur ein wenig bei einem neben dem Schreibtisch liegen bleibt, oder auf'm Sofa, weil's doch so schön gemütlich ist, dann – ja da kann des ja auch nichts werden mit der Erziehung.«

Kimmel dachte an die unterste Schublade in seinem Büro und räusperte sich. Robert Funk an den Biedermeiersekretär in der Ecke. Sie schwiegen beide. Kimmel beendete die Besprechung mit einem »Ja, gut dann«.

Erich Gommert sah unter den Tisch und fand zwei treue Augen. Der Schwanz schlug auf den Boden auf und produzierte ein dumpfes, inzwischen vertrautes Geräusch. Er wusste ja selbst, dass er mit Hundle was unternehmen musste und war in der Angelegenheit bereits tätig geworden. Schon morgen Nachmittag war ein Treffen vereinbart mit einer Hundetrainerin aus dem Bregenzer Wald. Sie hatte einen guten Ruf – und streng sollte sie sein. Strenge und Erziehung, das würde dem Tierchen guttun, dachte Erich Gommert.

*

Die Runde ging auseinander. Wenzel schnappte sich den glänzenden Alukoffer, fuhr hinunter auf die Insel und parkte vor dem Kran im Segelhafen. Große Erwartungen setzte er nicht in die Mitteilung, dass es vielleicht einen Zeugen geben könnte. Wenn jemand bei Sonnenaufgang da droben im Türmchen gesessen und beobachtet hätte, was auf der Mole beim alten Clubhaus geschehen war, dann müsste man einem solchen Zeugen gewiss nicht nachlaufen; er hätte sich doch von ganz alleine gemeldet, sofort bei der Polizei angerufen. So wie sich das gehörte.

Wenzel schlenderte nachdenklich an den Schuppen der Wasserschutzpolizei vorbei und nahm den Weg hinaus auf die Mole. Er prüfte dabei den Blick hinüber zu dem Haus. In der Tat war es so, dass man von dem kunstvollen Giebelturm aus einen guten Blick auf die Mole und das alte Clubhaus haben musste. Wenn da also wirklich jemand gewesen wäre – selbst im schalen Licht der Morgendämmerung, er hätte etwas erkennen können, erkennen müssen. Wenzel ging zielstrebig zurück, die *Schiffswerfte* entlang bis zum Brettermarkt. Nahe rückte die Südseite des Hauses an das

Hafenbecken. Der Eingang lag auf der schattigen Nordseite. Gerade als er das Klingelschild studieren wollte, öffnete sich die Türe und ein Mann trat heraus. Er strich mit
einer Hand immer wieder über die rechte Backe und grüßte
mit einem angedeuteten Nicken. Schnell war er verschwunden. Wenzel ging hinein und die erste Treppe nach oben.
Die Zahnarztpraxis fiel ihm ein, die sich hier befand. Er
hielt kurz inne und überlegte. Sollte er dort nachfragen, wer
infrage käme, sich morgens oben am Dach aufzuhalten,
oder war es besser erst selbst ganz nach oben zu gehen und
zu versuchen, sich einen Überblick zu verschaffen? Er ging
weiter. Fragen konnte man immer noch. Das Treppenhaus
war großzügig und vermittelte Geborgenheit. Es roch gut,
nach Holz und Stein, und das trotz der Nähe zum Wasser –
und kein bisschen nach Zahnarzt. Dazu kam die Stille. Mas-
sive Mauern hielten die Laute von draußen fern. Es wirkte
beruhigend. Wenzel ging Stufe für Stufe weiter. Von oben
war mit einem Mal Schimpfen zu hören. Er blieb stehen.
Eine Türe wurde geöffnet und lauter als erforderlich ins
Schloss gezogen. Er wartete.

Eine Frau kam herunter, immer noch halblaut schimpfend. Er wartete, lauschte und versuchte etwas zu verstehen – russisch. Ja. Russisch, war er sich sicher. Sie kam um
den Knick der Treppe und hielt kurz inne, als sie ihn da stehen sah. Um die fünfzig, dauergewelltes, blondes Haar,
schmale dunkle Augen mit festem, willensstarken Blick. In
der Rechten hielt sie einen Eimer, der mit Leergut gefüllt
war. Darüber hingen Putz- und Wischlappen. Unter den
linken Arm hatte sie einen Stapel Altpapier geklemmt. Es
sah stolz aus, wie sie dort stand.

Eine Putzfrau. Wenn man über ein Haus etwas erfahren
wollte, dann von einer Putzfrau, dachte Wenzel und setzte
ein freundliches Gesicht auf, bevor er seinen Dienstausweis

zückte und ihr Weitergehen aufhielt, indem er sich vorstellte. Sie sah skeptisch auf den Dienstausweis. Ein wenig Deutsch wird sie schon können, hoffte er und fragte nach dem Türmchen auf dem Dach und ob sie vielleicht wüsste, wer aus dem Haus sich dort ab und an aufhielt.

Es dauerte einige Sekunden, bis sie eine Reaktion zeigte. Sie wendete ihr Gesicht ab und ließ der Wand entgegen ein zürnendes »Ahhh« hören. Als sie es losgeworden war, sah sie Wenzel beinahe drohend an, reckte den Kopf ein wenig nach vorne. »Wer schon, wer schon sitzt da droben in dem Gefängnis auf dem Dach?«

Wenzel hatte mit ihrer Gegenfrage nicht gerechnet und machte eine unwissende Geste.

»Der alte Doktor natürlich«, erklärte sie, »alt und böse. Er mag die Menschen nicht und nichts kann man ihm recht machen, dem alten Kerl. Wer anders als so einer hockt sich schon da oben hin und starrt stundenlang auf das Wasser?«

»Sie kennen ihn, sind seine Zugehfrau?«

»Zugehfrau!«, wiederholte sie spöttisch und mit einem ironischen Lachen, »ja, ich bin seine Zugehfrau.«

Wenzel versuchte das Gespräch zu beruhigen. Er wollte schließlich mehr erfahren. »Sie sprechen gut deutsch.«

Sie hob den Kopf. »Ich bin Deutsche.«

Er schluckte. »Mhm … ja …«

»Ich bin schon die Vierte«, sprach sie in die verlegene Stille. Er sah sie fragend an.

»Die vierte … Zugehfrau. Hält ja niemand lange aus mit dem alten Kerl«, erklärte sie.

»Und er sitzt also manchmal oben im Türmchen.«

»Ach, manchmal?! Jeden Tag. Wenn es noch ganz früh ist, dann singt er sogar da oben, und meint vielleicht es hört keiner.«

»Sind Sie denn schon so früh da?«

»Zweimal die Woche komme ich sehr früh, weil ich mit anderen Terminen sonst nicht zurechtkomme. Mit ihm geht das. Schläft ja kaum noch. Im Frühjahr und Herbst wird es spät Tag. Da kriege ich das schon mit. Er wartet da oben auf dem Dach auf die Sonne – hat zu wenig davon im Herzen.«

»Welche Wohnung ist es denn?«

Sie zeigte mit dem Finger nach oben, was nicht so recht gelang, um das Papier nicht fallen lassen zu müssen. Wenzel lächelte. »Danke.« Er hatte schließlich gehört, aus welcher Wohnung sie gekommen war.

Sie bejahte seine Frage, ob *er* denn zu Hause sei. Mit schnelleren Schritten stieg er hinauf, bis er vor der schlicht geschmückten Wohnungstür stand. Er schmunzelte über die Begegnung mit der Putzfrau und war gespannt auf diesen alten Doktor, mit dem sie sich zoffte. Die Sache hier ließ sich ja recht interessant an. Er fühlte nach seinem Notizbuch und beugte sich, um die blassen Buchstaben des Namens unter der Klingel zu entziffern. Der Schwindel packte Wenzel unvermittelt. Er war so heftig, dass er erst mit einer Hand, dann mit beiden, Halt an der Wand suchte. Nur mit Zwang konnte er ausatmen und ein Stöhnen kam dabei über seine Lippen. Es half nicht, die Augen zu schließen. Er drehte sich und lehnte an der Wand, während die Augen das Fenster fixierten, durch das ein wenig Licht ins Treppenhaus fiel. Langsam beruhigte er den Atem und suchte dem flauen Gefühl Herr zu werden, das ihn heimgesucht hatte. Panikattacke! Es war der Name.

Dr. Otto Zychner. Das hatte er auf dem Schild gelesen und zuerst nüchtern registriert. Es dauerte, bis sich aus dem tiefsten Dunkel dessen, was menschliche Erinnerung ist, eine Vorstellung mit diesem Namen verband. Wie lange hatte er nicht mehr an diesen Dr. Otto Zychner gedacht? Wie lange war er aus seiner Erinnerung schon verschwunden – um doch immer präsent zu sein. Er lebte also noch. Wenzel wischte den dünnen Schweiß von der Stirn. Einige Male ging er vor der Tür auf und ab, darum bemüht, seines Körpers wieder sicher zu werden und das Gemüt zu beruhigen. Den Gedanken, der kurz und verlockend aufblitzte, einfach wieder zu gehen, stemmte er mit der gleichen Anstrengung von sich, wie er zuvor die Luft aus seinem Körper gepresst hatte. Was würde er sagen? Was würde geschehen, wenn er Dr. Otto Zychner gegenüberstand? Vor vielen Jahren hatte er es sich gewünscht und ausgemalt, wie es sein würde. Schädliche Fantasien, die einen mehr am Leben hinderten, als dass sie einem weiterhalfen.

Entschlossen drückte er auf den Klingelknopf, baute sich vor der Tür auf und hielt seinen Dienstausweis bereit.

Er war Adolf Wenzel, ein erwachsener Mann, ein Kriminalbeamter. Alles andere zählte nicht, zählte nicht mehr. So sprach er still und wider besseres Wissen zu sich selbst.

Aus der Wohnung waren Geräusche zu hören. Keine Schritte. Wenzel erschrak, denn unerwartet schnell öffnete sich die Tür, und da stand er plötzlich – Dr. Otto Zychner. Wenzel brachte keinen Ton hervor. Zuerst musste er schauen und Kontrolle über sich haben. Wenn er sprach, sollte es sicher klingen.

Er war alt geworden, der Doktor. Kein Wunder, nach all den Jahren, nach den Jahrzehnten, die sie einander nicht mehr begegnet waren. Wie war das nur möglich gewesen? Lindau war mit Sicherheit nicht der geeignete Ort, um sich aus dem Weg zu gehen.

Ja. Zychner war alt geworden, erschreckend hager und leicht gebückt. Fast hätte Wenzel gelacht. Immer noch trug er Anzug, ein helles Hemd und Krawatte – also keine Fliege. Wie war das früher gewesen. Krawatte an gut gelaunten Tagen, bei Fliege war Vorsicht geboten. Wegducken, Klappe halten, nicht auffallen. Und dann war sie gekommen, diese nie enden wollende krawattenlose Zeit. Fliegentage, Fliegenwochen, Fliegenmonate. Lange vorbei.

Die Kleider hingen an ihm wie an einem Fremden. Seine Haltung, die er vermittelte, den Türgriff fest in der Hand, diese Haltung bildete sich nicht aus dem Knochengerüst, sondern ausschließlich aus dem kühlen Blick und der willensbildenden Kraft, die dahinter stand. Dieser Blick vermittelte eine beständige Ungehaltenheit. Und das war es, was Wenzel zutiefst beruhigte. Er war nicht auf einen neuen, unbekannten Dr. Otto Zychner gestoßen. Schon gar nicht konnte es geschehen, hier zu stehen und Mitleid zu empfinden. Das wäre ihm das Ärgste gewesen. Diesem Zychner Mitleid entgegenbringen zu müssen. Gewollt oder ungewollt.

Beherrscht ließ er den Atem fließen, hielt seinen Dienstausweis in die Höhe, sagte lapidar von der Kriminalpolizei zu kommen und unterließ es seinen Namen zu nennen. Dr. Otto Zychner legte den Kopf etwas schräg und kniff die Augen zusammen. Wenzel musste sich beherrschen nicht zu lachen. Genau so hatte er es früher gemacht, wenn ihm eine Antwort nicht gefallen hatte und er gerne einen Nachschlag gehabt hätte, so wie er es immer bezeichnet hatte – *Nachschlag*.

Wenzel berichtete mit wenigen Sätzen von dem Mordgeschehen und sagte so entschieden wie besonnen: »Sie waren am Samstagmorgen im Türmchen auf dem Dach. Wir müssen uns unterhalten. Für uns kann alles wichtig sein, was Sie gesehen haben.«

Dr. Otto Zychner entgegnete nichts, drehte sich um und ging in die Wohnung voran. Wenzel folgte ihm und schloss die Wohnungstür.

Vom großzügigen Gang her kam man in einen großen

Wohnraum, der zur Südseite hin ausgerichtet war. Das strahlende Sommerlicht wurde durch helle Vorhänge, die vorgezogen waren, gehindert, seine Reflexe auf das dunkle Parkett zu zeichnen. Ein sommerliches, angenehm entspannendes Halbdunkel lag deshalb im Raum, an welches sich die Augen schnell gewöhnten. Zur linken Seite führte eine breite geöffnete Doppeltüre in eine Art Nebenzimmer; im Gang davor zweigten Türen ab. Eine großzügige Wohnung.

Wenzel ließ die Augen über die Bücherregale gleiten, die den gesamten Platz entlang der Wände einnahmen. Dazwischen entdeckte er Regale mit Schallplatten und CDs. Es mussten jeweils Tausende sein. Zentrales Möbelstück des Raumes war ein Flügel, dessen Schwinge als Ablage für Zeitschriften, Notenblätter, Zeitungen und allerlei anderes Zeug diente. Der Tisch, der ein Stück abgesetzt von der Fensterreihe stand, zwei Stühle zur Seite, wirkte wie Beiwerk und ohne Funktion.

Dr. Otto Zychner setzte sich in einen alten Ohrensessel, der an der Wand stand und von Bücherstapeln umlagert war. Fast hätte man meinen können, er suche Schutz, umgeben von Büchern und Schallplatten. Mit einer bestimmenden Geste wies er auf den Tisch und bedeutete Wenzel sich zu setzen. Das war ungewöhnlich, denn so saßen sie einige Meter voneinander entfernt. Wenzel nahm den Stuhl, drehte ihn und setzte sich.

Distanz. Es war ihm gar nicht unrecht, wie ungewöhnlich es auch sein mochte.

»Wie war Ihr Name noch mal. Ich habe ihn nicht verstanden?«, schnarrte es vom Sessel her.

Wenzel erschrak für einen Moment. Der Alte war hellwach und völlig bei Sinnen. Wie viele Schüler hatte er in seinem Leben vor sich sitzen sehen? Wie viele Gesichter, Namen, Erlebnisse, Enttäuschungen? Sollte er sich gerade an

Wenzel erinnern? Er nannte den Namen schnell und bemüht undeutlich, um sofort eine Frage anzufügen: »Ich bin gekommen, weil wir auf der Suche nach Zeugen sind, die uns über den frühen Samstagmorgen etwas berichten können. Kurz vor Sonnenaufgang ist unten am alten Clubhaus eine Frau ermordet worden. Wie wir erfahren haben, waren Sie an diesem Morgen oben auf dem Dach, Herr Doktor Zychner. Was haben Sie gesehen?«

Es dauerte eine Weile. Wenzels Gegenüber saß gelassen im Sessel und hatte beide Arme auf den gepolsterten Lehnen aufgelegt. Schließlich hörte Wenzel ihn nachdenklich sagen: »Bei der Polizei sind Sie also gelandet.«

Wenzel blieb äußerlich unberührt. Sein Inneres war in Aufwallung. Gelandet, hatte er gesagt. Am liebsten hätte er gelacht. Es war keine Landung gewesen, eher eine Notlandung, eine Bruchlandung. Er senkte leicht den Kopf, um zu bestätigen. Über den festen Klang seiner Stimme war er verwundert, als er versuchte aus Zychners Frage zu entkommen. »Zu welcher Zeit sind Sie am letzten Samstagmorgen nach oben gegangen?«

Zychner konnte man nicht entkommen. »Auf Ihrem Dienstausweis habe ich gelesen – Kriminalhauptkommissar. Das klingt gut. Sind Sie zufrieden? Sind Sie zufrieden mit Ihrem Leben?«

Wenzel richtete sich sitzend auf. »Ja, das bin ich. Wann sind Sie also nach oben gegangen, am letzten Samstag?«

»Gerade erst die Tage war es, dass ich an Sie gedacht habe. Es ist schon manchmal komisch, nicht wahr. So viele Jahre ist das nun her und plötzlich stehen Sie vor meiner Tür. Ich habe Sie übrigens gleich erkannt, was mich insofern freut, als dass mein Oberstübchen noch einigermaßen zu funktionieren scheint. Und es beruhigt mich, zu sehen, dass aus Ihnen etwas geworden ist.«

Wenzel wusste nichts dazu zu sagen. Er schwieg. Was sollte man dazu auch sagen. War aus ihm etwas geworden? Jedenfalls etwas entschieden anderes war aus ihm geworden als das, was er damals als Vorstellung einer Zukunft für sich skizziert hatte.

Dann war es geschehen, in der krawattenlosen Zeit. Lange war er diesem Zychner aus dem Weg gegangen. Bloß nicht in seine Fänge geraten. Doch es war schwer, denn er war groß und kräftig, ragte aus denen, die ihn umgaben, hervor, musste sich tiefer ducken, weiter hinten gehen, um nicht alleine seiner Statur wegen aufzufallen. Ein paar Tage vor dem Eklat hatte Zychner in der Aula Klavier gespielt und gerade in jenem Augenblick, als er danebengegriffen hatte, waren sich ihre Augen begegnet. Nur wenige hatten den kleinen Fehler bemerkt. Wenzel kannte das Nocturne, Opus zweiundsiebzig, Nummer eins, zu gut, als dass der Fehler ihm verborgen hätte bleiben können. Der große, gefürchtete Zychner machte also auch Fehler und am zu kurzen Daumen konnte es nicht liegen. Ein Triumph. Zychners scheinbar über den Klängen Chopins schwebender Blick hatte die Häme in Wenzels Augen erfasst und schlimmer noch – als solche erkannt. Von da ab war es nur eine Frage der Zeit gewesen, bis er fällig wurde. So sehr er sich auch zurücknahm. Und dann war es gekommen, wie es hatte kommen müssen. Viele Jahre später erst war er sich über die Unausweichlichkeit des Laufes der Dinge klar geworden.

Er erinnerte sich noch gut an das Gefühl, an dieses bis ins tiefste Innere wohltuende Gefühl, das ihn erfasst, diese aus Kraft und Energie geborene Wärme, die ihn gespeist hatte, in jenem Moment, als er aufgesprungen war, den erschrockenen Zychner am Kragen gepackt und nach hinten gestoßen hatte. Eine Befreiung. Und bei allem, was danach an

Bitterem kam, hatte er immer wieder an dieses Gefühl denken müssen.

Er war noch am selben Tag freiwillig von der Schule gegangen. Dafür verzichtete man auf eine Strafanzeige. Der Direktor hatte gebrüllt. Es ging um Zukunft, die verbaut war und ähnlich blödes Zeug, vor dem man tatsächlich kuschte. Wenzel musste lächeln. Heute würde das alles ganz anders laufen. Er schnaubte ein knappes bitteres Lachen in den Raum.

»Sie lachen?«, fragte Zychner ruhig.

»Nur so«, wehrte Wenzel ab, und setzte energisch nach, »nun beantworten Sie schon meine Frage.«

»Ihr Vater war ein Idiot«, sagte Zychner.

Dieser einfache Satz, er traf Wenzel unvermittelt und machte ihn sprachlos, wehrlos. Nicht, dass er darüber entsetzt, beleidigt oder verärgert gewesen wäre. Nein – es entsprach Wenzels ureigenem Standpunkt. Leider war es trotzdem schmerzhaft, eine solche Aussage von einem Fremden, und das war Zychner, hören zu müssen. Es war bitter, eine Wahrheit, die man gerne für sich behielt, mit einem Mal laut und ohne Zynismus ausgesprochen, in Worte gefasst zu hören.

»Er liegt schon lange unter der Erde«, sagte Wenzel nach einer ganzen Weile, »und mich interessieren diese alten Geschichten nicht mehr.«

»Es sind keine alten Geschichten.«

Wenzel straffte seine Stimme. »Hören Sie, Zychner, ich will nun wissen, was Sie am Samstagmorgen von da oben auf dem Dach haben sehen können.« Die anredefreie Aussprache des Namens tat ihm gut. Wie oft hatte er sich genauso von ihm ansprechen lassen müssen. Und doch war das, wie er es tat, weit von dem entfernt, was als höflich gelten durfte. Wenzel ärgerte sich über das Aufbäumen seines Gemüts, bereute sein Reden jedoch nicht.

Zychner lenkte gefällig ein. »Also. Ich verbringe jeden Morgen, der mich gesund genug vorfindet, oben auf dem Dach. Es ist eine Art Gier, verstehen Sie. Ich muss dort oben sein und erleben, wie das Licht in die Welt kommt. Es scheint das gleiche Geschehen zu sein, und ist doch jedes Mal so vollkommen anders und von solch dramatischer Schönheit. Ein klarer Himmel muss es gar nicht sein. Auch die Regen- und Nebeltage haben ihre Höhepunkte. Verstehen Sie?«

»Und am letzten Samstag – was war da der Höhepunkt?«

»Es war angenehm von den Temperaturen her. Wissen Sie, manchmal ist es schon kalt dort oben. Zuerst wechselte das Firmament von tiefem Schwarz über Dunkelblau zu diesem paradiesischen, leuchtenden Blau, das beide Welten ineinanderbringt und nur für einen kleinen Augenblick lebendig ist. Dieses Blau, dass zugleich dunkel und hell ist, in dem die Sterne funkeln und blitzen, gleißender als im nächtlichen Schwarz ... dabei sind sie schon am Vergehen.«

»Mich interessieren weniger Ihre Himmelsbeobachtungen. Außerdem ist meine Zeit beschränkt. Ich denke, wir machen es so, dass ich Sie auf die Dienststelle vorlade.«

Dr. Otto Zychner war die ganze Zeit ohne eine Regung geblieben. Auch jetzt antwortete er ruhig und umso bestimmter. »Ich würde nicht kommen. Wir unterhalten uns hier.«

Er hatte Gefallen gefunden an der unerwarteten Gesellschaft. Seit wie vielen Jahren war schon niemand mehr hier gewesen, hatte ihm gegenübergesessen und darauf gewartet, dass er etwas sagte? Das Gezänk mit der Putzfrau durfte man nicht zählen. Es diente der Unterhaltung. Das hier bereitete ihm diese alte, lange entbehrte Freude. Es gab ein nicht uninteressantes Gesprächsthema und einen Schuss Gift dazu. Und darüber hinaus verband ihn etwas mit diesem Polizisten da drüben am Tisch. Er durfte nur nicht überstürzen, nicht zu schnell zu viel preisgeben von dem, was er am letzten Samstag gesehen hatte, als es Tag geworden war. Im Grunde war nicht viel los gewesen an diesem Tag. Er hatte sich schon gewundert. Eine Frau war also getötet worden, gleich da unten im Segelhafen. Er registrierte im gedanklichen Vorbeischreiten, wie wenig Emotion er diesem schrecklichen Ereignis, das direkt vor seinem Heim stattgefunden hatte, beimaß. Es ging ihm schon nicht mehr um diese Frau, denn sie war tot; doch er war am Leben, hatte etwas zu erzählen und einen Menschen, der zuhörte. Er wollte es sich trotzdem nicht verscherzen mit dem Jungen, der Polizist geworden war, und fragte: »Was war es für ... was war es für eine Frau?«

Wie automatisch antwortete Wenzel, dass es eine Psychiaterin gewesen sei, und kaum dass er es gesagt hatte, wunderte ihn seine Form der Erläuterung. Wieso hatte er nicht von einer schlanken, intelligenten, attraktiven Vierzigjährigen gesprochen, von einer Frau mit langem, braunem und lockigem Haar, gekleidet in dünnen, feinen Stoff. Stattdessen nannte er ihren Beruf. Es war das erste Mal, dass ihm dies auffiel. Was ist das für einer? Ein Doktor, ein Banker, ein Lehrer, ein Polizist, ein Schreiner, ein Angestellter, ein Geschäftsmann. Es reichte aus, um ein Bild zu schaffen.

Während er in sich hineinhorchte, wiederholte Zychner: »Ahhh ... eine Psycho.«

»Probleme damit?«, kam es etwas zu scharf von Wenzel, der Klarheit für sich selbst suchte und aus seinen kruden Gedankengängen herauswollte.

»Nein, nein. Überhaupt nicht«, meinte Zychner, »ein wichtiger Berufsstand in unserer Gesellschaft. Immer wichtiger für die Menschen, seit die Pfaffen keine Zeit und Lust mehr für die Seelen haben, weil sie ihre Zeit mit Politik vergeuden.«

»Ach«, lachte Wenzel spöttisch.

»Ich meinte Tagespolitik, nicht die großen politischen Fragen, die nur nach philosophischer Reflexion zu einer Antwort gelangen, verstehen Sie?«

»Mag sein. Es ging um den Samstag, Sonnenaufgang, Südmole im Segelhafen«, stellte Wenzel nüchtern fest.

»Die Sterne blitzten noch in diesem Himmelsblau, als das Boot kam. Von Westen her. Ganz langsam. Ich hatte mich gewundert, denn es ist selten, dass so früh am Tag Motorboote unterwegs sind, ich meine – solche Motorboote. Groß und luxuriös. Das sieht man schon an der Form. Die Fischer sind ja auch schon bei Dunkelheit unterwegs, aber nicht hier, so nahe an der Insel. Weit draußen, an der Rheinmündung, oder vor Fußach. Wie auch immer – ich dachte, es würde vielleicht in den Hafen einfahren, doch es schlich ganz langsam an Leuchtturm und Löwen vorbei, passierte das Römerbad und verschwand für eine Weile vorne an der Mole.«

»Und, weiter?«, drängte Wenzel.

»Ich habe das nicht weiterverfolgt, aber es muss ja zunächst da an der Mole geblieben sein. Jedenfalls fuhr es nicht weiter.«

»Haben Sie jemanden gesehen?«

»Ja, aber nur schemenhaft, im Halbdunkeln eben … eine Gestalt auf dem Boot, so wie in einem Schattenspiel, nur ohne den hellen Kontrast, sondern dunkel auf halbdunkel. Ach … was rede ich. Sie haben in Ihrem Beruf sicher Nachtdienst gehabt und wissen was ich meine.«

Wenzel ließ seine rechte Hand eine zustimmende Bewegung machen. »Können Sie die Stelle genauer beschreiben, an der das Boot sich aufhielt?«

»Sicher. Das war auf halber Strecke zwischen dem alten Clubhaus und dem Ende der Mole. Es ist dort ja der Durchgang in der Mauer und eine Leiter führt hinunter zum See. Da muss das gewesen sein. Alles andere wäre ja auch unsinnig.«

Wenzel kannte die Stelle mit der Leiter. Er hatte dort nach Spuren gesucht. Was Zychner sagte, klang logisch und war nachvollziehbar.

»Was war mit dieser Person, haben Sie erkennen können, ob es ein Mann oder eine Frau war, was ist geschehen?! Verstehen Sie, es ist wichtig. Hat diese Person das Boot verlassen? «

»Ich bin mir nicht ganz sicher, aber von der Erscheinung her und den wenigen Bewegungen, die ich wahrnehmen konnte ... da war ich eigentlich der Meinung, es hätte sich um einen Mann gehandelt. Ich habe aber nicht sehen können, ob er das Boot verlassen hat. Mehr kann ich dazu nicht sagen – im Moment.«

»Was heißt, im Moment. Denken Sie nach!«, befahl Wenzel, »Es geht hier nicht um irgendwas. Eine Frau ist ermordet worden und das Boot steht offensichtlich in Zusammenhang mit dieser Tat. Überlegen Sie. Dieses Boot, es ist doch sicher wieder weggefahren, oder ist es vorne an der Mole geblieben?«

Dr. Otto Zychner lächelte innerlich. Er wollte jetzt nicht weiterreden – und das mit der Frau, das würde er erst beim nächsten Treffen verraten wollen. Er sagte: »Ich bin ein alter Mann und müde. Wir müssen uns ein andermal treffen.«

Wenzel überlegte. Er war hierhergekommen, um etwas zu erfahren und vor ihm saß jemand, der etwas gesehen hatte. Die Situation jedoch, dieses außergewöhnliche Aufeinandertreffen mit diesem Zychner, ließ ein inneres Drängen in Wenzel entstehen, der Situation zu entkommen. Ja, es drängte ihn, diese Wohnung, diesen alten Mann hinter sich zu lassen und zu gehen. Er musste erst einmal seine

Gedanken ordnen, bevor er weitermachen konnte. Er stand auf und verabschiedete sich so schnell, dass es Dr. Otto Zychner nicht schaffte, ihm zu folgen und die Türe zu öffnen.

Ein wenig zu hastig brachte Wenzel noch hervor, dass er am folgenden Vormittag wiederkommen würde. Mehr Zeit gäbe es nicht. Dann eilte er die Stufen hinunter wie ein Flüchtender. Das Vergangene, Traumatische hing beständig in seinem Nacken. Trotz der angenehmen Temperaturen schickte es ihm ab und an einen Schauer zwischen die Schulterblätter. Unten angekommen, drückte er die schwere Holztür auf und trat in das helle Sommerlicht. Hastig atmete er ein und ging langsam weiter. Immer noch wie benommen. Hier draußen war er in einer anderen Welt; es war eine helle, ausgelassene, lachende Urlaubswelt. Ein Dasein, in welchem das Jetzt laut pochte, für ein paar Tage, Stunden, Augenblicke, und dessen Wesen sich der Vergangenheit entledigt hatte, von ihr frei war und deshalb unbeschwert. Wenzel zog mit den Unbeschwerten vom Brettermarkt in Richtung Hafen. Sie schoben zwischen den Mauern dahin, einige plärrten in ihre Handys, dass sie gerade in Lindau seien, dass sie dann und dann wieder zu Hause oder andernorts wären, Tante Lisa und Onkel Franz gehe es gut, das Essen sei fein gewesen, der Hund von der Schifffahrt noch mitgenommen, und dass so viel los sei – man nicht in Ruhe telefonieren könne. Dergleichen mehr.

Wenzel mied den brodelnden Bereich entlang des Hafenbeckens, widersetzte sich der Bewegungsrichtung der Masse und folgte der Ludwigstraße, passierte die Rückseite des Alten Rathauses und bog kurz darauf nach links ab, in den Hafen. Der Lindauer Hof war sein Ziel. Die Glyzinie hatte das Eisengestänge erobert und pralle violette Blütenträubel hingen über dem Eingang. An einem der Tische draußen wäre noch ein Plätzchen frei gewesen, doch er brauchte Schutz, nahm daher die Treppe nach oben und verbrachte einige Zeit hinter den Glasscheiben, die ihn in seiner verstörten Gefühlswelt beließen. Er sah hinunter auf den Hafen, den Leuchtturm, den See, und kam langsam zur Ruhe. Ein wenig hatte er ja erfahren können, was den Fall betraf. Er rief Schielin an und berichtete von dem Motorboot und der männlichen Gestalt.

*

Jasmin Gangbacher hatte die Aktenschuber mit den Unterlagen gleich am Morgen von Lydias Schreibtisch genommen. Schielin hatte sie beauftragt, den persönlichen Hintergrund von Agnes Mahler, Grohm und den beiden anderen Frauen zu betrachten. Eben alles was man erfahren konnte.

Aus einem ihr nicht ersichtlichen Grund hatte sie das Gefühl gehabt, auf der Dienststelle nicht arbeiten zu können, und hatte sich ein Auto geschnappt. Der Weg führte sie auf die Halbinsel von Wasserburg, wo sie an diesem Morgen ohne Schwierigkeiten einen Tisch auf der Sonnenterrasse des Gästehauses bekam. Der Andrang des Wochenendes war vergangen, es gab kein Gedränge und Geschiebe, und die Ausflugsschiffe, die vorne an der Mole anlegten, nahmen meistens nur Leute auf. Kaum jemand stieg hier aus. Heute war es nur eine Frau, die einen Hund an der Leine führte, und als Einzige die *Konstanz* verließ.

Jasmin Gangbachers Blick folgte ihr und sie dachte dabei wie schön es wäre, jetzt mit einem Hund spazieren gehen zu können. Dann konzentrierte sie sich auf Agnes Mahlers Unterlagen – Schriftstücke, Zeitungsausschnitte, Notizzettel und Zeitschriften. Der Korrespondenz war nichts zu entnehmen, was auch nur annähernd einen Bezug zum

Fall aufgezeigt hätte. Die Themen der beiliegenden Fachzeitschriften sagten ihr nichts. Es ging um psychologische Versuche, Ergebnisse wissenschaftlicher Studien, Fallbeschreibungen, neue Medikamente, deren Wirksamkeit und Erprobung. Agnes Mahler hatte Textstellen markiert oder unterstrichen.

Beim Durchblättern einer der Zeitschriften blieben die unter ihrem Daumen durchsausenden Seiten nach gut der Hälfte stehen. Eine Fotografie war eingelegt, zusammen mit dem Ausdruck eines Parkautomaten und der Quittung der Fähre von Meersburg nach Konstanz – Hin- und Rückfahrt. Sie nahm die Fotografie heraus und betrachtete sie. Es war eine ältere Aufnahme, was an der Kleidung der Abgebildeten zu erkennen war. Auch die Farben wirkten blass und ein orangener Farbstich unterstrich den Alterungsgrad.

Vier Männer waren abgebildet. Sie standen locker auf einer Rasenfläche beieinander. Den Hintergrund bildete die Betonfassade eines größeren Gebäudes. So hatte man in den Siebzigerjahren Schulen, Universitäten und Firmen gebaut. An keinem Merkmal war ersichtlich, um welches Gebäude es sich handeln könnte. Auf der Rückseite des Fotos war eine verschwommene Bleistiftnotiz zu lesen: Bodenseesommer, Konstanz, Sebald. Kein Ort, kein Datum. Einer der Abgebildeten musste aller Wahrscheinlichkeit nach Sebald sein und Agnes Mahler hatte das Foto sicher aus dessen Nachlass.

Die abgebildeten Männer waren alle so Ende zwanzig und zwei von ihnen hatten kurze Hosen an. Einer hielt ein Paddel in der Rechten, wie ein Massai einen Speer. Es war der Einzige, der nicht lächelte.

Sie legte das Foto zur Seite und kontrollierte die Quittungsbelege. Agnes Mahler war am vergangenen Donnerstag bereits um acht Uhr morgens mit der Fähre nach Konstanz gefahren. Die Parkquittung stammte vom Uni-Parkplatz. Demnach hatte ihr Auto dort bis Mittag gestanden. Aber wo konnte sie übernachtet haben? Jasmin Gangbacher hielt es für unwahrscheinlich, dass Agnes Mahler in der Nacht von München gekommen war.

Während sie hinüber zum Pfänder schaute und den Kaffee genoss, legte sie sich einen Plan zurecht. Ein Fischer kam aus Richtung Lindau mit seinem flachen Boot zurück und lud zwei leuchtend gelbe Plastikkisten aus. Vereinzelt waren ein paar helle Segel auf der dunkelblauen Wasserfläche zu sehen. Die Zeit verging mit großer Trägheit und selbst die Möwen hielten still.

Sie musste nach Konstanz und machte sich auf den Weg, ohne auf der Dienststelle Bescheid zu geben. Am Ende hätte Kimmel noch Bedenken gehabt, dass sie in Württemberg ermittelte. Er war sowieso recht komisch zurzeit.

Friedrichshafen ließ sie leidlich schnell hinter sich und war ganz in Gedanken. Die grandiosen Blicke auf den See und die Berge, die sich linker Seite immer wieder präsentierten, gingen an ihr vorbei.

Bei all dem wenigen, das sie von Agnes Mahler bisher wusste, kam es ihr doch eigenartig vor, dass sie vor dem Treffen in Lindau noch in Konstanz vorbeigefahren war und keiner ihrer Kollegen etwas davon gewusst hatte. Jasmin Gangbacher hatte das Gefühl auf einer Fährte zu sein. Bisher war es nur Empfindung, kriminalistischer Instinkt. In Meersburg musste sie eine Fähre abwarten. Als sie das Ticket gelöst hatte, eilte sie schnell die Stahltreppen nach oben und setzte sich auf eine der harten Holzbänke über dem Bug. Jetzt war genügend Zeit den Blick weit werden zu lassen, über das Wasser hinweg, dessen Wellen träge und weit ausladend, wie die Flügel eines riesigen, müden Schwans, auf und ab wogten. Eine leichte Brise fuhr durch ihr Haar. Sie lächelte glücklich. Das war eine Ermittlung so ganz nach ihrem Geschmack.

✳

Schielin, Lydia Naber und Robert Funk befanden sich im Vernehmungszimmer und hatten Gerhard Dohmen und dessen Anwalt, ein schmächtiges, blasses Männchen in dunkelgrauem Anzug mit Namen Rieber, regelrecht eingekreist. Es roch inzwischen nach Schweiß. Seit einigen Sekunden war es ruhig im Raum. Mitten in die erste Stille der am Anfang stehenden Befragung war Wenzels Anruf gekommen, der über Zychners Aussage berichtete, das Motorboot an der Südmole gesehen zu haben.

Schielin hatte die Information ohne Regung entgegengenommen und stumm zugehört, dann das Handy zur Seite gelegt und in Richtung Anwalt Rieber gesprochen: »Neue Situation für Ihren Mandanten. Wir haben einen Zeugen, der das Motorboot Ihres Mandanten zur Tatzeit am Tatort gesehen hat.«

Neben dem schmächtigen Rieber ruhte die große, kräftige Gestalt des Bauunternehmers Gerhard Dohmen. Der hatte sich gleich nach der Begrüßung gespielt burschikos vorgestellt: »Bau mit Dohmen, gutes Omen.« Niemand außer ihm selbst hatte gelacht. Da hatte er schon gemerkt, dass es hier anders zuging als dort, wo er sich bisher über Parktickets beschwert hatte. Auf die ersten Fragen seine Motorjacht betreffend wollte er gar nicht eingehen, redete zusammenhangloses Zeug über die Schwierigkeit, überhaupt einen Liegeplatz zu bekommen, machte dumme, völlig unpassende Späßchen über die existenzielle Sicherheit des Beamtendaseins und geriet auf diese Weise, ohne dass Druck auf ihn ausgeübt worden wäre, in sichtbare Not. Ihm schlug Kälte entgegen, eisige Kälte. Er war einiges gewohnt als Bauunternehmer, doch dies hier war ihm fremd. Von diesen Polizisten kam keine Regung, nichts Menschliches.

Sein Anwalt versuchte zu einem strukturierten Gespräch zu kommen, doch Dohmen schnitt ihm mehrfach das Wort ab. Das ging so lange, bis Schielin nach Wenzels Anruf den Zusammenhang zwischen dem aufgetriebenen Motorboot Dohmens und dem Mord an Agnes Mahler darlegte. Schielin war verblüfft, bei Anwalt Rieber eine Reaktion von Fassungslosigkeit erkennen zu müssen, so als dachte der *Wo bin ich da nur reingeraten.* Dohmen selbst polterte los, er ließe sich nicht in eine solche Sache hineinziehen. Um die schwallartigen Erklärungen zu unterstreichen, nahm er nun seine Arme zu Hilfe, die er durch die Luft fahren ließ. Robert Funk, der dem Schauspiel ebenso wenig amüsiert wie seine Kollegen gefolgt war, zischte sarkastisch über den Tisch hinweg, dass niemand ihn in etwas hineinziehen müsse – er stecke schon bis zum Hals in einer üblen Sache drin. Danach war er tatsächlich ruhig geworden. Rieber überlegte angestrengt.

Es ging zäh voran mit ihm und schien, als wollte er sich mit der ganzen Kraft seines Körpers vor etwas stellen, um es zu schützen. Lydia Naber ließ ihre Fingernägel laut und nervig auf der rissigen Tischplatte aufschlagen. Robert Funk meinte, dem Takt der klingenden Schläge eine Melodie zuordnen zu können. Er sann nach dem Titel des Stücks. Dieser Dohmen langweilte ihn und Anwalt Rieber war zweifellos kein kläglicher Anwalt. Doch er war offensichtlich in der Absicht gekommen, die Angelegenheit eines führungslosen Bootes zu erörtern und war sehr bewandert, was Verwaltungsvorschriften, Hafenordnungen und andere Bestimmungen der

Bodenseeschifffahrt anging. Jetzt saß er mit einem unkontrollierbaren Mandanten hier und musste Fragen in einer Mordangelegenheit parieren.

Er als Anwalt hatte keine Antworten auf die bohrenden Fragen der Polizisten, und sein Mandant wollte oder konnte nicht antworten.

Lydia Naber wiederholte mit drohendem Ton: »Herr Dohmen. Die Persenning war ordentlich, geradezu pedantisch exakt zusammengelegt. Der Motor Ihres Bootes wurde mit dem dazugehörigen Schlüssel betrieben … ist also definitiv nicht kurzgeschlossen worden – sogar der Eisenknochen zur Freigabe der Bordelektronik steckte da, wo er stecken muss. Diese Tatsachen sprechen allesamt gegen einen Diebstahl Ihres Bootes. Darauf deutet nun überhaupt nichts hin. Also, wo waren Sie in der Nacht von Freitag auf Samstag? Wir möchten es möglichst genau wissen.«

Dohmen spürte sein Hemd am Rücken kleben. Er hatte Angst. Aber nicht vor diesen Polizisten. Nach einigem Zögern kam die Antwort und seiner Stimme fehlte nun das großspurige Dröhnen. »Ich war am Freitagabend zu Hause bei meiner Frau. Gegen drei Uhr morgens habe ich das Haus verlassen und bin zur Jagd. Ich habe ein Jagdrevier bei Tettnang.«

»Sie waren alleine, nehme ich an«, richtete sich Schielin an ihn, der der Aussage nicht so recht glauben wollte und daher von der Antwort überrascht war.

»Nein. Nicht alleine. Doktor Brachmann war mein Jagdgast und hat mich begleitet. Er hat eine schöne Sau geschossen. Wir sind kurz nach Sonnenaufgang wieder zurückgefahren. Ich bin dann direkt nach Hause zu meiner Frau.«

Schielin verstand diesen Kerl nicht. Wenn das stimmte, dann hatte er doch ein perfektes Alibi. Aus welchem Grund führte er einen solchen Zirkus auf?

Er sah Dohmen an und bekam eine Ahnung. Lydia Naber hatte die gleichen Gedanken und forschte in dieser Richtung weiter. »So weit, so gut, wir werden das natürlich überprüfen. Sie würden uns aber helfen, wenn Sie uns sagen könnten, wer sonst noch Zugriff auf Ihre Bootsschlüssel hat? Wie viele Schlüssel existieren, haben Sie welche davon an Freunde verliehen? Und wenn Ihr Alibi stimmen sollte, was ist mit Ihren zwei erwachsene Söhnen, die genau wie Sie selbst das Bodenseeschifffahrtspatent besitzen und Zugriff auf das Boot haben?«

Dohmen winkte energisch ab, sein ganzer Körper schüttelte sich, um eine einzige Verneinung auszudrücken. Hier lag also der wunde Punkt. Die Söhne. Als Dohmen ansetzte zu reden, schlug Lydia Naber hart mit den Fingerknöcheln auf den Tisch. »Wo sind Ihre Söhne!?«

Anwalt Rieber mischte sich in verbindlichem Ton ein. »Der Älteste ist gerade im Ausland, in Neuseeland.«

Lydias Stimme wurde giftig. »Na, das ist doch schön, dass wenigstens der Anwalt etwas über die Familie zu berichten weiß. Und für den Herrn Sohn ist Neuseeland ein durchaus geeigneter Aufenthaltsort, um nicht als Verdächtiger in Betracht gezogen zu werden. Und wo ist der Jüngere, vielleicht in Alaska?«

Anwalt Rieber drehte seinen Kopf mit fragendem Blick seinem Mandanten zu. Ein unglückliches Verhalten, wie Schielin fand. Ein Wellenbrecher war dieser Rieber wirklich nicht. Eher die anständige Anwaltsvariante für Verwaltungsrecht und Steuerangelegenheiten. Andere Anwälte hätten schon lange begonnen Tänzchen aufzuführen und Zeit zu gewinnen, um sich selbst einen Informationsvorteil zu verschaffen.

Dohmen bemühte sich seinen Körper äußerlich ruhig zu halten und die Kraft und Anstrengung, die ihn dies kostete, war spürbar. Ab und an musste er mit einem Papiertaschentuch den Schweiß von der Stirn wischen; eine dieser vermeintlich natürlichen Handlungen, in die er seine Unruhe zu verpacken suchte.

Schielin entschied sich für eine Unterbrechung. Dohmen war ihm im Moment viel zu aufgeregt, als dass etwas Vernünftiges von ihm hätte kommen können. Schielin erinnerte sich, wie es ihm gegangen war, als der Anruf der Ravensburger Kollegen gekommen war, die Lena auf der Dienststelle gehabt hatten. »Wir nehmen jetzt erst einmal Ihre Fingerabdrücke und eine DNS-Probe, um einen Vergleich mit den auf dem Boot gefundenen Spuren zu haben.«

Rieber meldete sich aufgeregt zu Wort. »Ja, aber ganz sicher werden auf Herrn Dohmens Boot Spuren von ihm zu finden sein.«

»Davon gehen auch wir aus ... und wenn nur seine Fingerabdrücke auf dem Zündschlüssel sind?«

Rieber schwieg. Ja, das wäre dann eine dumme Geschichte.

Lydia Naber war mit der Unterbrechung überhaupt nicht einverstanden und sie zeigte es Schielin während eines kurzen, von den anderen unbeobachteten Augenblicks durch ihr unmissverständliches Mienenspiel. Widerstrebend nahm sie Dohmen und Rieber mit sich, um die Prozedur abzuwickeln.

Robert Funk wartete, bis sie im Gang verschwunden waren. »Da stimmt doch hinten und vorne nichts bei denen, oder?«

»Kann man so sagen. Dieser Dohmen ist völlig durch den Wind. Aber von der Beschreibung her kann das gar nicht so ein Athlet gewesen sein, das hätte Wenzel vom Zeugen doch herausgekriegt. Er sagte mir am Telefon, es wäre eine aller Wahrscheinlichkeit nach männliche Gestalt gewesen. Wäre doch aufgefallen, wenn es so ein Herkules gewesen wäre. Außerdem frage ich mich, wo da die Verbindung sein sollte, zwischen Dohmen und Agnes Mahler – von einem Motiv ganz zu schweigen. Und die Tat selbst … die kriege ich mit diesem Bären da überhaupt nicht zusammen. Dieser böse, kalte, heimtückische Stich in den Rücken – das passt doch nicht zu Dohmen. Wenn der es fertigbrächte jemanden zu töten, sähe das anders aus. Es wird auf den jüngeren Sohn rauslaufen.« Er schüttelte den Kopf.

Funk stand mit gespielt resigniertem Ächzen auf. »So wird es wohl sein. Wo ist eigentlich Jasmin?«

Schielin hob die Hände. »Unterwegs. Keine Ahnung wo.«

»Und Wenzel?«

»Der müsste noch auf der Insel sein. Er wollte sich das Boot noch mal anschauen.«

»Wie machen wir weiter?«

Das war die Frage, auf die Schielin selbst noch keine Antwort wusste. Genau deswegen hatte er die Befragung unterbrochen, um Zeit zu haben ein Vorgehen, eine Strategie zu entwickeln. Gleichwie, sie würden Dohmen nicht so einfach gehen lassen.

Lydia Naber hatte den Eindruck, dass Dohmen innerlich ruhiger wurde, als sie seine Finger einzeln und mit großer Bedachtheit über die Glasplatte des Scanners rollte. Vielleicht war es auch die vergrößerte Ansicht des eigenen Fingerabdrucks, der am Bildschirm des Livescans einem lebenden Objekt gleich aufschien, die ihn faszinierte und ablenkte. Ohne ein Murren oder auch nur einen Laut von sich zu geben, folgte er den Anweisungen Lydias. Nach den Fingerabdrücken reichte sie ihm das lange Wattestäbchen, mit dem er artig über die Mundschleimhäute fuhr. Sie verzichtete darauf, weiter mit Fragen in ihn zu drängen, und auch darauf die Gelegenheit zu nutzen, um ein paar belanglose Sätze mit ihm zu wechseln, wodurch sich ein temporäres Vertrauensverhältnis zu ihm hätte aufbauen lassen. Sie war immer noch ungehalten über Schielins Abbruch. Der hatte eine Unterbrechung gewollt, also gab es eine, auch wenn sie es für sinnvoller gehalten hätte, Dohmen richtig unter Druck zu setzen. So wie er beieinander gewesen war, wäre sicher etwas herausgekommen.

Die Konzentration auf ihre Arbeit minderte ihren im Kern gutherzigen Grimm. Rieber hockte in der Ecke und folgte dem Vorgang aufmerksam. Lydia sah ihn im spiegelnden Bildschirm. Wie er zusah, wurde deutlich, dass er die Prozedur auch noch nicht erlebt hatte.

Es war still. Die Lüfter der PCs surrten leise und durch das halb geöffnete Fenster kam das friedvolle Zwitschern der Vögel in den Raum und verwandelte die stumme Szene in einen skurrilen Akt.

Schielin saß derweil im Büro und bereitete Unterlagen vor. Lydia nahm sich viel Zeit für die Aufnahme der vollständigen Personalien. Dann brachte sie Dohmen samt Anwalt zurück in den Besprechungsraum. Vielleicht war es ganz sinnvoll, wenn die beiden ungestört ein paar Sätze miteinander wechseln würden. Sie ging ins Büro, wo Schielin Unterlagen vorbereitete. Gerade als sie eintrat, klingelte sein Telefon und er nahm mit einer entschuldigenden Geste ihr gegenüber den Hörer ab. Ihm war bewusst, dass er sich eine Standpauke würde anhören müssen, denn normalerweise unterbrach man eine Vernehmung an solch einer Stelle nicht; jedenfalls nicht, ohne sich vorher mit vertrauter Mimik oder Gestik darüber abgestimmt zu haben.

»Schielin«, meldete er sich knapp.

Es war Jasmin Gangbacher. Sie befand sich auf der Rückfahrt von Konstanz und hatte oberhalb des Meersburger Schlosses angehalten, um Schielin Bescheid zu geben.

Er sagte laut, sodass es Lydia hören konnte: »Und weshalb warst du in Konstanz … hast du wenigstens was herausgefunden?«

Jasmin Gangbacher berichtete. Lydia Naber setzte sich und wartete gespannt. Von Schielin war nicht mehr zu hören als ab und zu ein »Ja« oder ein bestätigendes »Mhm«. Lydias Neugier wuchs.

Endlich sagte er »Klingt interessant«. Dann gab er Dohmens Adresse durch und bat Jasmin Gangbacher in Ravensburg vorbeizufahren. Vielleicht war die Ehefrau ja zu Hause und konnte etwas über den Aufenthalt des Sohnes sagen. Als er aufgelegt hatte, fragte Lydia zappelig: »Und? Fall geklärt?«

Schielin zierte sich: »Mhmmm.«

»Komm schon. Was hat die Kleine bisher rausgefunden?«

»Agnes Mahler ist bereits am Mittwoch hier am Bodensee gewesen. Sie hat in einem Hotel in Meersburg übernachtet und ist Donnerstag früh mit der Fähre nach Konstanz gefahren und hat ihr Auto auf dem Uniparkplatz abgestellt – bis mittags.«

»Ja, gut, das ist nichts Ungewöhnliches, dass sie an der Uni unterwegs ist, oder?«

»Schon. Aber Jasmin hat herausbekommen, dass sie die gesamte Zeit im Archiv der Uni zugebracht hat. Da muss es gerade übrigens wild zugehen – Asbestsanierung –, aber egal. Jasmin hat herausgefunden, dass sie vor etwa einem Monat schon einmal dort gewesen ist und recherchiert hat. Es ging ihr dabei nicht um das Studium von Fachliteratur. Sie hat alte Unizeitschriften, Jahrbücher und Publikationen durchgesehen – alle stehen in Bezug zu Grohm, Sebald und Gahde.«

»Die hat doch schon wieder so einen Riecher, oder?«, murmelte Lydia Naber.

Schielin fuhr fort. »Sie hat in den Unterlagen ein altes Foto gefunden. Vier Männer vor unbekanntem Betongebäude.«

Lydia Nabers Stimme hob sich. »Ein altes Foto. Mhm. Agnes Mahler hat also in der Vergangenheit von Grohm gestöbert. Das ist doch schon mal was. Schau an, schau an …«

»Tja. So ganz im *Miteinander*, wie unser Doktor Freud es uns scheinen lassen will, ist man da doch nicht gewesen.«

»Und? Hat unser Kleines nun wenigstens Kopien gemacht?«, fragte Lydia.

»Nein. Aber sie hatte ihre kleine Kamera dabei.«

Lydia Naber grinste. »So ein Biest.«

Robert Funk kam und fragte nach, wann und wie es mit Dohmen weitergehen sollte. Lydia Naber verzichtete auf ihr Recht, wegen der nicht abgesprochenen Unterbrechung verstimmt zu sein. Sie berieten und kamen zum Ergebnis, dass es besser sei, Zeit verstreichen zu lassen und abzuwarten, ob Jasmin bei Frau Dohmen etwas erfahren würde – falls die zu Hause sein sollte.

Dohmen war erfreut gefragt zu werden, ob man etwas zu essen und zu trinken beschaffen solle, bevor die restlichen Fragen erörtert wurden. Rieber passte das nicht. Ihm dauerte die Angelegenheit schon zu lange. Doch Dohmens Hungernatur preschte vor und Robert Funk lief zur Metzgerei Schmieger. Die Kundschaft sollte gut versorgt werden und dauern musste es auch.

Aufregung und Anspannung waren nach der Brotzeit ganz gewichen. Sogar Rieber hatte etwas gegessen.

Schielin wiederholte: »Sie waren also am letzten Samstag zu Hause bei Ihrer Frau, auch die Nacht über. Sie waren nicht bei Ihrem Boot. Es existieren drei Schlüssel für das Boot, die alle zu Hause am Schlüsselbrett hängen. Ihre Söhne kommen auch nicht infrage – der eine in Neuseeland, der andere Studium in Heidelberg. Und Sie können sich das alles überhaupt nicht erklären.«

Dohmen bestätigte. Seine Gesichtszüge waren entspannt. Nur unter den Augen wurden dunkle Streifen sichtbar. Er konnte nicht viel geschlafen haben, die letzten Tage.

Lydia Naber schob einige Fotos vom Tatort über den Tisch und bat Dohmen, die Aufnahmen anzusehen. »Kennen Sie diese Frau?«

Er nahm die großen Abzüge in die Hand und blätterte sie durch. Lydia bemerkte, dass er schon nach dem ersten Bild beide Unterarme auf die Tischkante auflegte. Seine Hand hatte begonnen zu zittern, und so konnte er sie ruhig halten. Seine Stimme klang belegt, als er die Fotos zurückschob und meinte, diese Frau noch nie gesehen zu haben.

Schielin war im Stuhl nach hinten gerutscht und hatte seinen Kopf in die hinter dem Nacken gefalteten Hände gelehnt. »Was machen Sie so mit Ihrem Boot, Herr Dohmen?«

Dohmen lächelte bemüht. »Auf dem See herumfahren.«

»Dann frage ich eben anders. Was transportieren Sie so mit dem Schiffchen?«

»Transportieren? Ja, nichts transportiere ich damit.«

»Mhm«, kam es kryptisch von Schielin.

Schweigen. Dohmen wurde unruhig.

Lydia hob das Plastiktütchen mit dem Hunderteuroschein empor. »Haben wir auf Ihrem Boot gefunden. Druckfrisch, Auslandseuro – für die Schweiz bestimmt. Die kriminaltechnische Untersuchung sagt, dass dieses unschuldige Scheinchen bisher noch kaum die Gelegenheit hatte, Glück oder Unglück in die Welt zu bringen – er war von einer Banderole in Zaum gehalten worden. Haben Sie öfter einmal gebündeltes Geld an Bord?«

»Nein, natürlich nicht.«

»Verstehe – das waren auch die bösen Unbekannten, die das Boot geklaut haben.«

»Nein«, kam es gequält von Dohmen.

»Nein?«, fragte Lydia Naber aggressiv lauernd.

»Neiiin, ich meine, ich weiß es nicht, wo der Schein her ist.«

»Also wir wissen, dass er aus der Schweiz gekommen ist, und zwar in Ihrem Boot«, sagte Funk ernst, »und unsere Erfahrung mit den bösen Menschen und dem Verbrechen als solches sagt uns, dass so ein Schein sich ganz, ganz einsam fühlt – so alleine. Und dass aus diesem Grund immer ganz, ganz viele solcher Scheine aus der Schweiz nach Deutschland reisen. In Ihrem Fall will es das Unglück, dass just zu dem Zeitpunkt, als Ihr Boot den Lindauer Segelhafen erreicht hat, dort eine Frau erstochen wurde. Und Sie sitzen hier und beten Ihr Mantra herunter, von allem nichts, aber auch gar nichts zu wissen. Geht das Baugeschäft vielleicht nicht so ganz gut und Sie vermieten Ihr Boot an ... nennen wir sie mal ... Kuriere? So eine Art Bodensee-Paketdienst – für die kleinen, wertvollen Dinge, hm?«

»Unterlassen Sie doch diesen sarkastischen Ton«, mischte sich Rieber eine Spur zu empört ein. Er war augenfällig froh, auch mal etwas sagen zu können.

Schielin überlegte, wie lange es mit dem Auto dauerte, von Meersburg nach Ravensburg zu fahren. Eine Dreiviertelstunde etwa. Jasmin musste inzwischen schon bei Dohmens Frau sein. Falls sie sie nicht angetroffen hätte, wäre die Nachricht umgehend erfolgt. Ihm fiel nichts mehr ein, wie er Dohmen noch hätte hierbehalten können. Einen Tatverdacht gegen Dohmen zu konstruieren wäre unklug gewesen, solange man das Alibi nicht überprüft hatte. Endlich klopfte es an der Tür und Gommi bat Schielin heraus. Jasmin war am Telefon.

✳

Jasmin Gangbacher hatte nicht allein der beruhigend schönen Meersburger Altstadt wegen, und um Schielin anzurufen, in der Meersburger Seminargasse gehalten. Sie war nach dem Telefonat in die Verkaufsstelle des Staatsweingutes gesprungen und hatte ein paar Kartons eingeladen. Der *Blanc de Noir* ging zur Neige, und davon musste man noch eine Weile naschen können. Die durch ihre Besorgung verlorene Zeit holte sie mit ihrem verwegenen Fahrstil wieder herein. In brausender Fahrt programmierte sie das Navi mit der Adresse der Familie Dohmen.

Eine Rauputzmauer umgab das ausgedehnte Grundstück. An der Innenseite verdeckten Büsche und Hecken das Mauerwerk. Zweimal hatte sie energisch auf die Klingeltaste gedrückt, worauf aus dem Lautsprecher eine zaghafte Stimme zu hören gewesen war. Kurz darauf war Frau Dohmen selbst am Eingangstor erschienen, obwohl sie es von innen hätte öffnen können. Der erste Blick sagte Jasmin Gangbacher, es mit einem angenehmen Menschen zu tun zu haben. Sie trug ein leichtes Sommerkleid, hatte glatte braune Haare, die bis zur Schulter reichten. Über die Schulter hing eine hellblaue Strickweste, die sie trotz der Wärme über dem Brustbein mit der linken Hand zusammenzog, als wollte sie verhindern zu frieren. Überhaupt machte sie einen müden Eindruck und stand leicht gebeugt vor Jasmin Gangbacher, obwohl sie ein eher sportlicher Typ war. Ohne Umschweife gingen sie zum Haus. Man hätte leicht auf der Terrasse sitzen und die Rosen

170

bewundern können. Der Garten stand in voller Pracht, war voller unterschiedlicher Rosen, ohne puppenstubenhaft zu wirken. Doch Frau Dohmen ging in das dezent abgedunkelte Wohnzimmer, von wo der Blick allerdings auch genussbringend war, wie Jasmin Gangbacher feststellte. So wie Schielin ihr Dohmen beschrieben hatte, war sie von einer rustikalen Wohnlandschaft ausgegangen. Diese Frau hätte sie so schon nicht erwartet und das Haus in dieser Form auch nicht. Weite, klare Linien und Raum. In den Regalen standen echte Bücher und keine Dekorationsware. Der Schrank mit Musik-CDs war gut sortiert. Im Vorübergehen hatte Jasmin Gangbachers Blick gleich vier verschiedene Gesamteinspielungen der Beethoven'schen Streichquartette erhascht. Das war schon besonders.

Die Frage, ob man ihr etwas anbieten könne, verneinte sie. Entgegen allen Geboten der Distanz und Sachlichkeit, mit dem Risiko, ohne ein Ergebnis wieder fahren zu müssen, stellte sie nach einem Augenblick des Schweigens ihre erste Frage. »Was ist es, das Sie so traurig macht, Frau Dohmen, inmitten dieses wundervollen Gartens, umgeben von Büchern und Musik? Ihr Mann befindet sich in Lindau auf unserer Dienststelle. Es scheint, er will sich, Ihnen und uns nicht weiterhelfen – tun Sie es doch bitte.«

Frau Dohmen schwieg und sah sie lange an. Dann sagte sie leise: »Es ist schwierig zu erklären.«

*

Schielin hatte Gommi auf dem Weg in dessen Büro mit schnellen Schritten überholt und schnappte sich gierig den Telefonhörer.

»Es ist schwierig zu erklären«, waren die ersten Worte, die er von Jasmin Gangbacher zu hören bekam.

Gleich nach dem Telefonat informierte er Kimmel über die neuen, überraschenden Informationen und ging zurück ins Vernehmungszimmer. Dort schob er Lydia Naber seinen Notizzettel zu und richtete sich an Dohmen: »Es ist doch völliger Unsinn, was Sie hier treiben.« Mit einer energischen Handbewegung unterband er den Ansatz des Angesprochenen zu antworten. »Haben Sie eine Vorstellung davon, wo Ihr Sohn sein könnte. Und kommen Sie mir nicht mit Neuseeland. Ich spreche von Ihrem Sohn Bernd, der am Freitag mit dem Boot in die Schweiz gefahren ist – und seitdem verschwunden ist.«

Dohmen saß mit offenem Mund da. Robert Funk nahm den Notizzettel von Lydia entgegen und las interessiert. Riebers Blick machte deutlich, dass er derjenige war, der über die allerwenigsten Informationen verfügte. Für einen Anwalt die denkbar schlechteste Position.

Schielin fuhr fort. »Wir haben Ihre Frau befragt. Sie ist in großer Sorge. Was genau hat Ihr Sohn gesagt, als er sie am Samstagmorgen angerufen hat?«

Dohmen benötigte eine Weile. Erst wollte er aufbegehren, denn sein erster Reflex sagte ihm, dass er hintergangen worden war. Diese miesen Kerle hatten also seine Frau vernommen, während er hier saß und schwitzte, waren in seinem Haus gewesen. Es regte ihn auf. Doch die Situation hatte ihm bisher zu viel an Kraft abverlangt. Er sah in die Runde und ließ es sein, sich gegen diese Staatsdiener zu wehren. *Viele Hunde sind des Hasen tot*, ging ihm dieser dumme, wie manchmal wahre Spruch durch den Kopf. Er sagte: »Er hat nichts getan, hat er mir gesagt. Er hat nichts getan.«

Lydia Nabers Stimme klang weich. »Er hat Sie also angerufen und gesagt, dass er nichts getan hat. Wissen Sie auch, worauf sich das bezog?«

Dohmen nickte und sah zu Rieber. *Kein Anwalt ist teurer*

als ein Anwalt, lautete ein anderer Spruch, der ihm einfiel.

»Bernd sagte, er hätte der Frau nichts getan.«

»Mehr nicht?«, fragte Lydia.

»Nein.«

»Und seitdem ist er verschwunden?«

»Ja. Wir haben überall angerufen, alle Freunde, überall. Nichts. Sein Handy ist ausgeschalten. Er ist einfach verschwunden.«

»Wie alt ist Ihr Sohn?«

»Zweiundzwanzig.«

Lydia Naber schob den Notizblock über den Tisch. »Notieren Sie bitte alle Namen, Adressen, Telefonnummern, die in irgendeinem Bezug zu Ihrem Sohn stehen könnten. Wir brauchen das.«

Kurz darauf veranlassten sie die Ortung des Handys und die Überwachung der privaten Anschlüsse von Dohmen. Die Fahndung nach Bernd Dohmen war angelaufen, noch bevor sein Vater die Dienststelle mit langsamen, schweren Schritten verlassen hatte.

*

Wenzel saß lange im Lindauer Hof und war in der Vergangenheit unterwegs. Erlebnisse, Begegnungen, Gefühle – ja sogar Gerüche – kamen unvermittelt in sein Bewusstsein. Es waren Erinnerungen, von denen er gemeint hatte, sie könnten nicht mehr existieren. Ein Teil war auf natürliche Weise in die dunklen Kammern des Vergessens gesunken, ein anderer Teil war durch harte Arbeit, wache Nächte, erregte Gemütslagen und aktive Verdrängung dorthin verbannt worden. Nun war es, als hätte sich durch die Begegnung mit dem alten Zychner eine alte, knarrende Tür geöffnet. Zigmal durchlebte er die Sekunden vor und nach seiner Attacke auf Zychner, diesen undenkbaren Exzess, der alles verändert hatte und ihn heute noch schaudern ließ. Es war, als befände er sich wieder auf der Schulbank; das unbequem harte Holz und der Druck der Lehne im Rücken waren zu spüren, genau wie damals, als er aufgesprungen war. Dann der feste, raue Stoff von Zychners Anzug, wie ihn die Fingerspitzen gespeichert hatten. Und die Stille danach, im Klassenzimmer. Diese entsetzte Stille. Alle hatten gespürt, dass etwas geschehen würde. Keiner aber hatte eine solche Szene erwartet. Undenkbar.

Wenzel lachte bitter auf und kam dadurch zurück in die Gegenwart. Jetzt war jetzt, und er saß im Lindauer Hof. Viele Jahre waren vergangen, er war ein erwachsener Mann geworden und es ging ihm gut. Diese Prognose hatte damals keiner der Erwachsenen zu stellen gewagt. Der Direktor hatte mit ihm geredet, als wäre jeder Buchstabe, jedes Wort, ein Ding, das er zerbeißen müsste, dass es ja nicht heil, sondern zerbrochen und schon in Trümmer gerissen, die Ohren dieses gewalttätigen Kerls erreichte. Und zuhause sein Vater hatte gemacht, wozu er fähig gewesen war: geschrien, getobt, geflucht, von Schande geredet und gegeifert, ›es‹ schon immer gewusst zu haben. Dieses ›es‹ war wichtig für die Menschen, die sonst nicht viel wussten. Das ›es‹ kannten sie besser als alle anderen. Wenzel hatte die Szene damals bei allem Schock und Bitterkeit über das Geschehene auch genießen können, denn sein Alter hatte sein Spektakel in sicherer Entfernung zum Sohn vollzogen. Das Geschrei war ihm gleich gewesen. Seine Mutter – die hatte ihm leidgetan. Ihr hätte er es gerne erspart. Dieses Gefühl konnte er am deutlichsten nacherleben.

Er sah hinunter in den Hafen, direkt hinüber auf Löwe und Leuchtturm. Ein Ausflugsschiff wendete im Hafen und glitt bedacht durch die Hafeneinfahrt hinaus.

Seine Gedanken führten wieder zurück in die Vergangenheit. Das Verrückte an der Sache war ja, dass er diesen Zychner insgeheim bewundert hatte – gerade wegen seiner Schrulligkeit, seiner bitteren Strenge und Akkuratesse, wegen des Scheiterns in seiner Vergangenheit, von dem man munkelte. Er war kein Langweiler und hinter dem angstvollen Respekt war Raum für verschwiegene Achtung. Hatte Zychner selbst das nie gemerkt?

Wenzel verspürte nur geringe Lust zurück zur Dienststelle zu gehen. Sollte er hinübergehen zum Bootsschuppen? Nein, was sollte er dort. Das Boot lief nicht davon und schwang gut gesichert im trägen Takt der Wellen. Im Hotel musste noch ermittelt werden. Es gab noch einige Angestellte, die noch nicht befragt worden waren, weil deren verrückter Dienstplan es nicht zugelassen hatte. Und ein wenig Herumfragen hatte auch noch nie geschadet. Er zahlte, wollte die paar Meter durch den Hafen gehen und sein Glück versuchen.

Die Sous-Chefin des Hotels schickte ihn hinüber in die Ludwigstraße. Vor der Einfahrt zur Tiefgarage stand eine Gruppe Angestellter und rauchte. Er stellte sich kurz vor. Auf den Fall selbst brauchte er nicht einzugehen – er war in den letzten zwei Tagen ausführlich diskutiert worden. Halblaut, hinter vorgehaltener Hand, dezent, wie es die Umgebung erforderte, und doch von Neugierde und Entsetzenslust beseelt, wie an allen anderen Orten.

Ein Zimmermädchen mit herrlich ungarischem Akzent sah ihn mit großen dunklen Augen an und druckste etwas herum. Er verstand, dass sie im Beisein der anderen nicht reden wollte und wartete. Bald waren die letzten Züge getan und die Runde löste sich auf, der Service im Hotel wartete. Im Weggehen sah er auffordernd zu der hübschen Ungarin. »Und?«

»Diese eine Frau, mit dem Namen, wo sie gesagt haben …
eine von den Psycho …«

»Ja?«

»Ich mache den Zimmer.«

»Mhm, ich weiß. Und was war da … mit dem Zimmer?«

»Als ich am Samstag in Zimmer gekommen bin, war
nichts zu tun.«

Er legte etwas den Kopf fragend zur Seite, was es erüb-
rigte eine Frage auszusprechen.

»Es war niemand im Zimmer gewest, meine ich.«

»Meinen Sie das nur, dass in der Nacht niemand in dem
Zimmer geschlafen hat, oder wissen Sie es?«

»Im Bett hat niemand geschlafen, das Bett und alles andere war so, wie ich es am Freitag gemacht hatte.«

»Sind Sie da sicher. Es könnte nicht gewesen sein, dass der
Hotelgast das selbst gemacht hat?«

»Unmeglich. Ich mache immer kleine Extra mit Betten-
faltung. Ist schön zu gucken und kann kein Kollegin und
Hotelgast schon gar nicht. Man muss alles machen krumm,
damit es ausschaut wie gerade.«

»Soso, kleine Extra, krumm gemacht wird gerade. Fast
wie im richtigen Leben«, knurrte Wenzel, notierte die Zim-
mernummer, um alles genau festzuhalten, und nahm dann
noch die Personalien der Zeugin auf.

Sie ließ ihn über den hinteren Zugang mit ins Hotel. Er
streifte ein wenig durch die Gänge und landete in der Bar.
Ein trauriger Ort, mitten am Tag, und um vieles trauriger,
diejenigen, die es nötig hatten hier zu dieser Stunde zu ver-
weilen.

Hinter der Bar klapperte eine gepflegte Erscheinung mit
Gläsern und Geschirr. Wenzel hockte sich auf einen der hohen Hocker und wartete auf einen geeigneten Augenblick
den Herrn anzusprechen. Dessen arbeitsame Nichtbeach-

tung legte nahe, dass Wenzel als nicht dem Hotel zugehörig identifiziert war. Dem spröden Anfang nach entwickelte sich doch zunehmend ein Gespräch, das zutage brachte, dass Wenzel schnell als Polizist erkannt worden war. Das machte die Sache einfacher. Er stellte die Fragen, wie sie von seinem Gesprächspartner erwartet, und wie sie der Sache nach auch gestellt werden mussten. Grohm war in der Bar bekannt. Nicht etwaiger häufiger Aufenthalte wegen, sondern als von dem Mordgeschehen Betroffener. Am Donnerstagabend war er in der Bar gewesen. Nicht zusammen mit den beiden Frauen, wie Wenzel auf Nachfrage erfuhr, sondern zusammen mit einem Mann. Gleiches Alter. Der Fremde war es, der eine Flasche Wein bestellt hatte, die dem Barkeeper in Erinnerung geblieben war. 1989er Clerc Milon. Schöner Jahrgang, guter Tropfen. »Wissen Sie, es ist ja recht einfach auf der Weinkarte den teuersten Wein zu bestellen, und es klingt ja auch noch schön, diese Namen auszusprechen, weil sich so viel damit verbindet: Château Mouton Rothschild, Clos Vougeot, Latour, Margaux, Haut-Brion. Die wahren Kenner aber unterscheidet man, wie sicher sie sich jenseits der ganz großen Namen bewegen.«

Wenzel bestätigte mit einem Bonmot: »Die charaktervollsten Weine finden sich oft in Kellern, deren Eigentümern genau diese Eigenschaft abgeht.«

Man war sich einig.

»Und mit diesem Mann hat Herr Grohm den Abend verbracht?«

»Es war schon sehr spät. Die beiden haben da hinten in der Ecke gesessen, am kleinen runden Tisch, und haben die Flasche Wein zusammen getrunken.«

»War was besonders daran?«

»Im Grunde genommen nichts.«

»Also bitte! Hier sitzen so viele Leute. Was war also das Auffällige?«

»Es schien eine sehr ernste Unterhaltung gewesen zu sein. Und – der andere, er hat eine Narbe gehabt. Direkt unter dem rechten Auge … und hat nicht so recht zu unserem Gast gepasst. Ein etwas herber Typ, fast ein wenig heruntergekommen.«

*

Als Wenzel einige Zeit später auf der Dienststelle eintraf, saßen die anderen im Besprechungszimmer beisammen. Dohmen und Anwalt Rieber befanden sich bereits auf dem Weg nach Hause. Jasmin Gangbacher war kurz zuvor von Ravensburg zurückgekehrt und hatte von ihrer Begegnung mit der verstörten Frau Dohmen berichtet. Das Foto mit den vier Männern, das sie in den Unterlagen von Agnes Mahler gefunden hatte, ließ sie herumgehen. Alle, die Helmut Grohm gesehen hatten, deuteten auf den jungen Kerl, den Zweiten von rechts. Wenzel setzte sich still in die Runde und Lydia Naber flüsterte ihm die Neuigkeiten zu, die der Nachmittag gebracht hatte. Dohmens Sohn Bernd war schon am Freitag mit dem Motorboot in die Schweiz gefahren. Angeblich, um dort Freunde zu besuchen. Am Samstagmorgen hatte er angeblich völlig aufgelöst zu Hause angerufen und gesagt, dass er »der Frau nichts getan habe«. Seither war er unauffindbar.

Wenzel war ähnlich ratlos wie die anderen. Was sollte man damit anfangen. Konnte man eine solche Story überhaupt glauben?

Jasmin Gangbacher verließ die Runde, um die Unterlagen zu sichern, die sie fotografiert hatte.

Kimmel fragte in Richtung Schielin: »Die Fahndung nach

diesem Sohn da... die läuft doch schon. Das scheint mir doch die heißeste Spur zu sein – flüchtig. Besser geht es ja gar nicht.

Schielin stand auf. »Läuft alles.«

Wenzel tippte ihn an und meinte: »Einen Hinweis noch, bevor du gehst. Ich habe mich vorhin noch mal im Hotel umgehört. Eines der Mädchen dort hat mir erzählt, dass das Zimmer zwovierundzwanzig am Samstagmorgen völlig unberührt gewesen war. Es hätte da niemand im Bett gelegen in der Nacht auf Samstag.«

Lydia Naber drehte sich ihm zu. » Zimmer zweihundertvierundzwanzig? Ist das nicht das Zimmer von Melanie Schirr?«

Wenzel schaute der Sicherheit halber auf seinem Notizblock nach. »Nein. Das ist das Zimmer von Claire Wilms.«

»Dann hat die uns doch glatt angelogen«, sagte sie erschrocken zu Schielin, der stehen geblieben war und enttäuscht schnaufte. »Verlogen wie eine deutsche Bahnhofsuhr! Das gibt es doch nicht! Immer wieder Überraschungen in diesem Job. Gerade von ihr hätte ich das nicht erwartet. Sie war also gar nicht in ihrem Zimmer.«

Funk lachte. »Ja, Conrad. Früher war die Frage, wann denn der Fünfuhrzug führe als Witz und rein rhetorisch gemeint, heute ist diese Frage mehr als berechtigt.«

»Taugt diese Zeugin, dieses Zimmermädchen was?«, wollte Schielin wissen.

»Ich habe da schon nachgehakt. Es kommt schon manchmal vor, dass Gäste ihr Bett selbst machen – ist so eine psychische Sache bei manchen. Aber in diesem Fall ist es eindeutig nicht so. Sie hat mir erklärt, dass sie als Einzige im Hotel so ein spezielles Faltenkunstwerk vollführt, das so niemand nachmachen kann. Bett und Zimmer waren unberührt. Ich schätze sie als durchaus belastbare Zeugin ein. Sie wird auch noch die ganze Saison über im Hotel bleiben. Ist also kein Wandervögelchen. Für uns gilt: Diese Claire Wilms war definitiv nicht in ihrem Hotelzimmer in der betreffenden Nacht.«

Lydia stöhnte: »Du hast gerade ein Händchen für Zeugen, mein Lieber. Was ist das eigentlich für einer, der da am Dach oben rumhängt, in der Früh? Hat der nicht vielleicht ein wenig mehr gesehen von da oben in seinem Ausguck? Als wir am Samstag an der Mole zur Spurensicherung waren, habe ich ja rübergesehen zum Brettermarkt. Ein entzückendes Häuschen ... und das Türmchen erst ... anmutig. Wer wohnt denn da?«

Wenzel versuchte ungeschickt der Frage auszuweichen. »Ist schon etwas älter, der Zeuge.«

Robert Funks Neugier war geweckt. »Das gelbe Haus direkt am Segelhafen, oder? Neben dem *Forum am See*? Schönes Haus. Wer ist denn da der Zeuge? Vom Zahnarzt jemand?«

Wenzel rückte den Namen heraus. »Zychner, ein gewisser Doktor Zychner.«

Für einen Moment wurde es still. Selbst der Kühlschrank stellte das Rattern und Zischen augenblicklich ein. Zychner! Mit diesem Namen schien jeder im Raum eine Verbindung, eine Erinnerung herstellen zu können. Robert Funk fragte nach. »*Der* Doktor Zychner, der Lehrer? Der lebt noch?!«

Schielin hatte sich wieder zu Wenzel umgedreht und fragte zweifelnd. »Du warst bei dem alten Zychner? Das ist der Zeuge?«

Wenzels Unbehagen wurde sichtbar.

Kimmel fragte: »Wie alt ist der denn inzwischen? Dass der noch lebt? Mei, hat der mein Töchterchen gequält. Der war ja grausam. Da war ich ja selbst aufgeregt, wenn der seine Launen hatte.«

»Man wird lange suchen müssen, jemanden zu finden, den der nicht gequält hat«, bestätigte Schielin und holte lang Vergessenes aus seiner Erinnerung. »Und jetzt ist der Zeuge in unserem Fall. Nur gut, dass du da dran bist, Wenzel. Ich hätte keine Lust ihm zu begegnen.«

Wenzel grinste ohne Herz und dachte, dass auch er keine große Lust gehabt hatte, ausgerechnet auf Zychner zu treffen.

Erich Gommert stöhnte. »Ach ja, Lehrer. Des ist schon auch ein Traumjob. Am Vormittag stundenlang recht haben, nachmittags frei und zwischendurch Ferien.«

»Latein, oder?«, warf Kimmel in den Raum.

Robert Funk überlegte kurz. »Nein. Nicht Latein. Der Zychner, das war doch auch ein Musiker. Klavier, soweit ich mich erinnere. Der hat doch irgendwie eine große Karriere verpasst. Irgendwas war da gewesen. Meine Tante hat davon erzählt.«

»Mathematik und Musik«, klärte Wenzel auf, in der Hoffnung das Thema damit beenden können.

Schielin arbeitete sich durch die Herumstehenden. Er musste nach Hause. Aber an Zychner hatte er auch so seine Erinnerungen. »Genau. Mathematik und Musik. Und er hat Musik unterrichtet, dass es sich wie Mathematik angefühlt hat.«

Mit seinem energischen Aufbruch hob er die Runde endgültig auf und sagte in der Tür zum Abschied: »Egal, lange her. Ich muss heim zum Skypen. Gab's damals noch nicht.«

Wenzel hielt ihn abermals zurück. »Noch was. Dieser Grohm hat sich am Donnerstagabend mit einem Mann in der Hotelbar getroffen, war recht spät. Sie haben zusammen eine gute Flasche Bordeaux getrunken. Der, mit dem er sich getroffen hat, war mit Sicherheit kein Hotelgast, und das Gespräch der beiden soll auffällig ernst verlaufen sein. Es war zumindest so außergewöhnlich, um dem Barkeeper in Erinnerung geblieben zu sein. Dieser Fremde, der hatte ein Narbe unter dem rechten Auge. Ich will trotzdem die Namen der Hotels unten im Hafen durchgehen. Haben wir die Namenslisten schon hier?«

»So ziemlich. Liegt bei Jasmin am Schreibtisch. Der Rest sollte spätestens morgen da sein«, sagte Lydia.

»Ich glaube, das kannst du sein lassen. Grohm hat uns davon erzählt. Er hat sich am Donnerstagabend mit einem Studienfreund getroffen. Frederic Gahde. Ich habe das schon überprüft. Er ist am Donnerstag angekommen, hat im Hotel Helvetia eine Nacht verbracht und ist am Freitagvormittag wieder abgereist.«

Schielin eilte sich nun, endlich heimzukommen. Es gab nichts weiter zu bereden. Alle wussten, was sie zu tun hatten.

»Schkeipen?«, krähte Gommi, »was ist jetzt das schon wieder. Gerade erst Nordic Walking überstanden, kommt schon das nächste Zeug daher und man muss elend teures Zeug dafür kaufen.«

Robert Funk lachte gehässig. »Das letzte elend teure Zeug, das du gekauft hast, waren doch die Sommerhandschuhe bei Tchibo.«

Gommi kam nicht dazu eine Verteidigung loszuwerden, denn Lydia Naber erläuterte bereits, dass Schielin mit Laura, seiner Ältesten, übers Internet telefonierte, jeden Abend um acht, und dass dies so war, seit Laura in der USA war.

»Telefonieren heißt jetzt also *schkeipen*, soso«, murmelte Erich Gommert und wendete sich dann Kimmel zu, »ich nehme morgen jedenfalls niemanden fest. Ich habe frei. Morgen wird nämlich des Hundle erzogen.«

Kimmel war es egal. Hier machte inzwischen sowieso jeder was er wollte.

Lydia Naber sprang zur Tür, um Schielin abzufangen, der gerade mit dem Rad durch den Hof fuhr. »Sollen wir uns die Claire Wilms heute noch vornehmen?«

Er winkte ab. »Wir schlafen eine Nacht drüber – und sie auch.«

*

Schon in den Klamotten für die Weide, saß Schielin vor der Webcam. Laura grinste, als sie das karierte Hemd sah.

Noch bevor es dunkel wurde, wollte er eine Runde mit Ronsard gehen, der immer noch ungehalten darüber war, die Weide mit zwei zusätzlichen Rössern teilen zu müssen. Nachbar Albin Derdes stand drüben an den Weidezäunen und rüttelte an einem Pfahl. Im Mundwinkel hing eine Zigarette und das rechte Auge hatte er zugekniffen, weil der Qualm an der Backe emporstieg und das Auge umsäuselte. »Du musst den Zaun ausbessern, Conrad«, lautete seine Begrüßung. Er rüttelte wieder an dem Pfahl. »Morsch, garantiert morsch.«

Schielin wackelte auch einmal. Es war ein wenig Spiel zu spüren. »Ausbessern? Der tut es noch gut. Im Herbst kommt erst mal das Dach dran und ein neues Auto muss auch her.«

Albin Derdes machte eine zustimmende Miene. »Scheißteuer, das Leben, gell.« Er lehnte sich auf den Zaun und nahm geräuschvoll einen Zug. »Wie lange bleiben die zwei Kaltblüter da? Dem Ronsard gefällt das gar nicht.«

»Weil es ein elender, verwöhnter Bockel ist«, schimpfte Schielin.

Ronsard stand abseits der Friesen und Kaltblüter an seinem Lieblingsplatz unter dem Birnbaum.

»Aber ist schon schön, so ein Eselchen«, sprach Albin Derdes und grinste in Richtung Birnbaum. »Ich wäre ja fast schwach geworden vor gut drei Wochen, in Bad Wöris-hofen droben.«

»Ach, warst du beim Pfingst-Eselmarkt? War viel los?«

Derdes lachte und klatschte in die Hände. »Jesus und Maria, man kann es gar nicht glauben. Fast wie früher. Ich wollt gleich gar nicht mehr heim. Da kriegst ja alles, was nütz und unnütz ist.«

»Ein richtiger Markt eben.«

»Ja, und so schöne Tierle. So ein kleines braunes ... ich sag dir. Wenn meine Erna nicht dabei gewesen wäre ... ich hätt's glatt gekauft.«

»Ja und wohin damit?«, fragte Schielin.

»Ah komm, des wär doch gut gangen hier.«

Schielin verzog den Mund.

»Wer war jetzt des mit der Psycho vom Segelhafen, hm? Habt's den Kerl schon. Ist ja gar net gut, wenn die ganzen Nobelpreisträger da sind, am End noch die Königin Silvia, und so ein Killer da rumläuft«, wechselte Albin Derdes abrupt das Thema.

»Bist wieder mal gut informiert. Stellst deine Lauscher beinahe schon so auf wie mein Esel.«

»Das war doch nur zufällig«, meinte Derdes ein wenig beleidigt, »weil am Samstagabend doch die Geburtstags-feier drunten im Aeschacher Hof war. Und von der Erna ... ihr jüngster Bruder seine Schwägerin, deren Tante ihr Bub, von dem die ...«

Schielin stöhnte. Er wusste von keiner Geburtstagsfeier. »Also wer nun, Albin?!«

»So ein komischer Kauz hat's erzählt. Ein Junggeselle; wohnt mit der Mutter auf dem Hof in Oberreitnau und transportiert mit seinem alten Traktor die Boote – Segelha-fen, Kleiner See, Wasserburg, Nonnenhorn, und so. Der hat des erzählt, von der Psycho, die sie erschlagen haben, ja.«

»Dieser komische Kauz scheint viel mitzukriegen, oder? War der denn am Samstag im Segelhafen unterwegs?«

»Ja, ich denke schon. Woher hätt er es sonst auch so genau wissen sollen. Es war ja noch nix in der Zeitung gestanden. Ich sag dir, des ist schon ein komischer Kerle. Sonst war der immer so verdruckt umanandergehockt und desmal hat der schon nach einer halben Stunde rote Bäckle gehabt – vom schnäpseln. Seiner Mutter war des ja gar net recht, dass er so aufspricht. Hat mer schon gemerkt. Aber ... wie es halt so ist, gell.«

»Wie heißt er denn?«

»Ludolf.«

»Mhm. Ludolf. Und mit Vornamen?«

»Des ist der Vorname«, mokierte sich Albin Derdes und zündete eine neue Zigarette an.

»Dann eben der Nachname.«

»Butsch.«

»Der Ludolf Butsch also. Na, vielleicht werden wir den mal befragen, wenn der so interessante Sachen rumzuerzählen weiß.«

Albin Derdes wurde hektisch. »Aber du, gell, kein Ton von mir, gell. Weil mit der Mutter von dem, mei, ich sage dir ... da bin ich nicht ganz so speziell.«

Schielin tätschelte Ronsard, der seinen Schädel aufdringlich über den Weidezaun schob und neugierig herumschnupperte. Vor der Dunkelheit musste er keine Sorge haben. Es waren die längsten Tage im Jahr. Zu spät wollte er jedoch nicht von seiner Eseltour zurückkommen. Morgen wartete wieder ein anstrengender Tag und er brauchte Schlaf, dringend. Sein linkes Augenlid hatte schon den Tag über nervös gezuckt, und er kannte seinen Körper inzwischen gut genug, um zu wissen, dass er übermüdet war. Als Nächstes würde das rechte Ohr anfangen Meldungen abzugeben.

Nicht dass er Stimmen hörte. Nein. Es begann mit einem trockenen, rhythmischen Knarren. Sozusagen der letzte Aufruf seines Körpers, für Entspannung und Ruhe zu sorgen. Würde das nicht erfolgen, ging das dumpfe Knarren binnen weniger Tage in einen hohen Pfeifton über – der Teufelskreis wäre perfekt. Um dieses Pfeifen und Singen wieder loszuwerden, wären Ruhe und Schlaf erforderlich, doch wie sollte man entspannen oder gar schlafen, wenn einen dieses feine Geräusch die letzten Nerven raubte. Er wollte gar nicht daran denken und stieg den Pfad nach links hinunter in den Motzacher Tobel. Seine Schritte bekamen jenes wechselhafte Gleichmaß, das für eine innere Ausgeglichenheit erforderlich war. Es war wie mit dem Herzen: ein metronomenhafter Takt war Ausdruck von Anspannung, Belastung und Unruhe. Die Seele aber baumelte nur in den sanft wechselnden Tempi des Herzens.

Schielin wurde durch ein Geräusch aus seinen Gedanken gerissen und stoppte. Ronsard schien schon eine Stufe weiter auf der Entspannungsleiter geklettert zu sein. Er lenkte seinen Kopf zwar an Schielins Schulter vorbei, mit lautem Schnauben. Die Schulter schob seinen Herrn jedoch ein Stück weiter. Ungehalten zischte der dem Esel ins Ohr. »Psst. Still.« Er ging ein Stück weiter und drehte den Kopf, horchte in das dichte, frische Grün. Ganz von fern waren Motorengeräusche zu hören. Autos, die den Schönbühl hochfuhren. Es war gleichmäßig und klang vertraut und heimelig, wie es so aus der Ferne warm surrend ans Ohr gelangte. Dieses Gebrumm war es jedoch nicht, was Schielin hatte stoppen lassen. In einem ersten Schreck hatte er gedacht, sein Ohr würde das Gehörte selbst produzieren – ein schrilles Klirren, wie aus der Ferne. Jetzt konnte er die Quelle lokalisieren. Es kam von unten und wurde lauter, kam in seine Richtung. Ein Geräusch, nerviger als Tinnitus und Motorenklang: Nordic Walker – unterwegs im deut-schen Wald. In wenigen Jahrzehnten, wenn die wissen-schaftlichen Methoden es möglich machten, würde man feststellen, dass das Buchen- und Eichensterben auf die hochfrequenten Klangmuster dieser Gehhilfen zurückzu-führen wäre. Auf jene Stöcke, die gesunde Menschen beim Gehen in die Hände nahmen, um sie laut kratzend und scheppernd über den Boden schlurfen zu lassen. Keine Grasmücke, kein Stieglitz, Buchfink oder Grauspötter hatte mit seinem Abendlied eine Chance gegen ein Gruppe sport-licher Naturliebhaber. Ein Falkenschrei schaffte es noch bis an Schielins Ohr. Was tun? Von weiter hinten war eine wei-tere Lärmquelle zu vernehmen – zwei Gruppen also. Vorne die schnellen, hinten die langsamen – beide gleichlärmend. Er entschied sich für Rückzug. Ronsard streckte ebenfalls die Ohren nach vorne – lauschte, horchte, und drehte die Ohren dabei mit einer solchen Fertigkeit und Anmut, die allen seinen anderen motorischen Vorgängen abhold war. Ohne Muckser folgte er Schielin und drehte auf dem engen Pfad. Wieder an der Straße angelangt, ging es weiter in Rich-tung Weißensberg. Ein paar Autos fuhren vorbei, dazu Radler, Roller, Mopeds. Kein Problem, wunderbarer Sound.

In Weißensberg querten sie ein weites Stück Wiese, zum Einstieg in den Bösenreutiner Tobel hin. Ein ganzes Stück von einem jungen, aufgeregten Hofhund verfolgt, der sich an den Anblick und Geruch schon noch gewöhnen würde. Mit der weiten Streuobstwiese ließen sie auch das matte Licht des Sommerabends hinter sich, und den Geruch fri-schen Grases. Es wurde duster unter dem Blätterdach und steil führte der Weg hinunter. Die Stufen kannte Ronsard und zierte sich nicht mehr. Wie ein Schleier legte sich die Einsamkeit des Tobels auf sie. Nun war nur noch das Schla-gen der eigenen Schritte zu hören, der eigene Atem, dazwi-

schen das Gurgeln des Baches und mattes Vogelgezwit-
scher. Für die Nachtigall war es noch zu früh. Zwei Wochen
zuvor war Schielin mit Marja und Lena in der Nacht hierhergekommen, um dem Konzert zu lauschen. Er dachte daran, und Agnes Mahler fiel ihm ein. Was mochte sie in jenem
Augenblick gedacht und erlebt haben. Schielin wünschte
sich, dass es etwas ähnlich Wunderbares gewesen sein möge.
Er unterlief vorsichtig die Eisenbrücke, die das Wasser hoch
überspannte und auf die Wiese oberhalb von Streitelsfingen
leitete. Er kraxelte hoch zum Weg und trabte Richtung Süden. Er wollte oberhalb der Bäuerlinshalde erst wieder aus
der vorweggenommenen Dämmerung hervorsteigen. Die
Führungsleine schwenkte locker in seiner rechten Hand.
Ronsard benahm sich heute geradezu musterschülerhaft.
Vor einigen Tagen hatte das gar nicht so gut geklappt. Es
war, als die Kaltblüter auf die Weide gestellt worden waren.
Es war so weit gekommen, dass Schielin die Führungsleine
nicht nur zum Führen einsetzen und seinem Esel wieder
einmal die Geschichte von der ungarischen Salami erzählen
musste. Dieser autoritären Maßnahme war offensichtlich
eine gewisse Nachhaltigkeit eigen. Nachhaltigkeit – ein schönes, modisches Wort, wie er fand. Wer es geschickt verwendete, war unweigerlich auf der moralisch richtigen Seite.

»Nichts passt, mein Lieber. Nichts«, sprach Schielin zu
Ronsard, der von den Gedanken seines Herrn unbeeindruckt blieb und mit hängendem und wippendem Kopf ne-
benhertrottete. Eine Weile wartete Schielin und verfolgte
den Trott seines Esels, so als ob Ronsard eine Antwort auf
die Fragen geben könne. Ronsard war und blieb beleidigt.
Am Rande des Weges lockten frische, hochgewachsene Gras-
büschel sanft wippend und wiegend, in herrlichstem Grün.
Doch Ronsard blieb stur und wie auf Schienen in seiner
selbst verordneten Tretmühle. Kein Stoppen, kein Ausfall

zur Seite hin, nicht das leiseste Rupfen an der Leine. Erschreckend beinahe, diese ungewohnte Fügsamkeit.

Die zusammengesunkene Gestalt an der Brüstung des Clubhauses kam ihm in Erinnerung. Mit welchem Täter hatte er zu tun, der einer Frau feige und hinterrücks ein Messer in den Rücken stieß. Und worin konnte der Grund für eine solche Tat liegen. Schielin war der Überzeugung, dass sie nichts geahnt hatte, dass sie nicht gewusst hatte, dass da jemand lauerte. Er musste schon am Ort gewesen sein, denn niemals hätte sie so entspannt an der Stelle verweilt, wenn sie von jemandem gewusst hätte. Nicht an dieser einsamen Stelle und zu dieser Zeit.

Konnte es sein, dass der kleine Dohmen dort gelauert hatte? Aber warum und woher hätte er wissen sollen, dass sie auf der Mole der Sonne entgegenwartete? Dieses Wissen hatten aber die drei Kollegen gehabt.

Ronsard schnaubte laut und schüttelte den Kopf. Eine verfrühte Wespe tanzte hysterisch um seine Ohren.

Schielin versuchte sich nacheinander Melanie Schirr, Grohm und Claire Wilms bei der Tatausführung vorzustellen. Diese drei gaben sich vermeintlich offen und kooperativ und verbargen doch Geheimnisse. Grohm war gerade noch rechtzeitig mit seinem Morgenspaziergang rausgerückt. Ein fieser Typ. Claire Wilms hatte sie mit ihrer Aussage bewusst belogen. Blieb diese Melanie Schirr, ein Mensch, den er nicht einschätzen konnte. Was war ihr Geheimnis? Es blieb vorerst dieser Dohmen. Wenn sie ihn erst einmal hätten, dann wäre es nur eine Frage der Zeit, bis sie die Verbindung zu Agnes Mahler ans Tageslicht brächten – falls es eine gab. Doch dazu mussten sie ihn erst einmal kriegen. Er war zur Tatzeit am Tatort gewesen und flüchtig. Das reichte. Die Frage nach dem Motiv war im Moment zweitrangig.

Schielins Weg führte aus dem Tobel heraus und in einem sanften Bogen, durch Obstgärten und Wiesen, zur Bäuerlinshalde. Der Blick hinunter auf die Stadt und den See beruhigte ihn. Erste Lichter glitzerten und die Schiffe schnitten glatte Rinnen in die Wasseroberfläche.

Hundeschule

Als er am nächsten Tag auf die Dienststelle kam, fühlte er sich ausgeschlafen und fit. Lydia Naber hingegen hatte eine unruhige Nacht hinter sich und am frühen Morgen ihre nutzlosen Einschlafversuche beendet. Dem Filiermesser war es gelungen, bis in ihre Träume zu schleichen. Eine ausgiebige Dusche hatte den scheinbar vorhandenen Belag belastender Illusionen von der Haut fortgewaschen, und als sie losgefahren war, herrschte draußen immer noch Dunkelheit. An diesem Dienstagmorgen war sie die Erste auf der Dienststelle, und damit auch die Erste, die das Blatt aus dem Faxgerät nahm und las. Ab diesem Zeitpunkt hatte sie aufgeregt im Büro gesessen, war im Gang auf und ab gegangen und hatte immer wieder hinaus in den Hof gesehen, wann Schielin denn endlich auftauchen würde.

Nun saß er ihr gegenüber im Sessel und tippte seine Benutzerdaten in den Computer. Dabei durfte man ihn nicht stören. Sie war ruhig geworden und wartete, bis er fragte. Sie sah ihm an, dass er ausgeruht war. Nachdem er laut auf die Returntaste geschlagen hatte, kam das gewohnte »Und?«.

Sie tat auffällig unbeteiligt. »Mhm, och. Na ja.«

Er sah auf und legte die Stirn in Falten. »Also was?«

Sie wedelte mit dem Fax herum. »Nur eine Info vom Landeskriminalamt.«

»Ich höre.«

»Betrifft Agnes Mahler.«

»Ach was du nicht sagst. Betrifft also Agnes Mahler. Na, da wäre ich gar nicht draufgekommen. War sie vielleicht Agentin?«

Lydia Naber überging seine gespielte Gereiztheit. »Nö. Agentin war sie nicht. Aber sie hat heute Nacht mit ihrem Handy telefoniert.«

Schielin brauchte einige Sekunden.

»Du meinst ...«

»Genau das meine ich. Heute Nacht hat sich ihr Handy ins Netz eingeloggt. Die Zellauswertung liegt auch schon vor – Bereich südliches Aeschach und Insel.«

»Mensch, das ist ja ein Hammer.«

»Allerdings. Zwei Minuten und vierundvierzig Sekunden war das Handy am Netz. Dann hat derjenige, der es in den Händen hielt, wieder ausgeschaltet. Eine Leitung wurde nicht aufgebaut, weder für ein Gespräch, noch für Daten- übertragung.«

»Zwei Minuten und vierundvierzig Sekunden ...« wie- derholte Schielin, »das ist nicht lange. Aber lange genug, um etwas nachzusehen. Und wenn es der Täter war, dann hat er aber lange gewartet.«

»Er hat etwas gesucht«, meinte Lydia, »er hat nach einer Information gesucht, die in ihrer Tasche nicht zu finden war. Sonst wäre er niemals das Risiko eingegangen das Handy einzuschalten. Dass es nur so kurz eingeloggt war, bedeutet doch, er wusste, welches Risiko er damit einging. Und er hat drei lange Tage darauf verzichtet.«

Schielin rieb nachdenklich mit den Fingerkuppen über seinen Mund. »Ja, das hat er. Er muss unter Druck sein. In drei Tagen hat er es nicht geschafft, das Ding aus dem Um- feld des Tatortes wegzubringen. Was kann er nur gesucht haben, um ein solches Risiko einzugehen?«

Lydia blätterte in den Unterlagen, rollte dann mit den Augen und sah zur Decke. »Ein iPhone. Da kann man nach allem Möglichen und Unmöglichen suchen: Kontakte, Fo- tos, Filme, Dokumente ...«

Schielin presste die Lippen aufeinander und zischte. »Aeschach und Insel. Da ist jemand unterwegs, der hat ihre Tasche und ihr Handy, geht das Risiko ein, dieses kleine, böse Ding zu starten ... eine ätzende Vorstellung!«

»Und wie suchen wir nun weiter?«, fragte Lydia.

Schielin griff nach dem Fax und betrachtete es, als stünde dort die Antwort auf die an ihn gerichtete Frage. Ohne den Blick vom grau schimmernden Papier zu nehmen erklärte er die Fahndung nach Bernd Dohmen als vorrangig. Der Kerl musste her. Dringend.

*

Jasmin Gangbacher war mit Grohm befasst. Der war, seinen morgendlichen Spaziergang betreffend, sowieso noch mal dran. Wenzel sollte erneut mit dem alten Zychner reden. Zu dem wollte eh keiner von den anderen gehen – schlechte Erinnerungen. Und diese Claire Wilms musste ihnen erklären, wo sie die Nacht verbracht hatte.

»Da will ich nicht dabei sein«, sagte Lydia Naber.

»Bei der Vernehmung von der Wilms?«, fragte Schielin überrascht nach.

»Mhm. Sie ist mir zu sympathisch und ich kann nicht so ungezwungen bösartig mit ihr umspringen. Außerdem wäre ich enttäuscht.«

»Wie soll ich das verstehen?«

»Na ja, wenn sie in der Sache wirklich drinhinge.«

»Traust du es ihr denn zu?«

Lydia Naber verzog den Mund. »Heute Nacht in meinem Traum – da hat sie es getan. Und aus welchem Grund sollte sie uns in einer so wichtigen Angelegenheit belügen. Ich habe kein sonderlich gutes Gefühl.«

*

Auch Wenzel hatte kaum Schlaf gefunden. Der Verschlag, in den er seine Erinnerungen um Zychner gepfercht hatte, stand sperrangelweit offen. Um drei Uhr am Morgen hatte er leise das Bett verlassen und saß eine gute Stunde später auf einem Klapphocker unter dem leuchtenden Sternenzelt hinter dem alten Clubhaus im Segelhafen. Seine Sinne waren hellwach und er wartete, ohne zu wissen auf wen oder was. Körper und Geist konnte der mangelnde Schlaf im Moment nichts anhaben. Es ging ihm gut, so einsam und allein. Drüben, am jenseitigen Ufer des Segelhafens, war es noch dunkel hinter den Fenstern. Es war erfrischend kühl. Ein leichter Wind ließ Leinen und Seile schwingen. Da und dort war ein ungleichmäßiges Klacken und Klirren zu hören. Markant hoben sich die Konturen der Dächer gegen den dunkelblauen Himmel ab. Die Oberfläche des Sees lag dämmrig und war durch die leichte Brise fein gekräuselt. Eine halbe Stunde mochte es gewesen sein, dass er dasaß. Dann sah er den Schatten, der oben am Giebel auftauchte, sich langsam am eisernen Umlauf entlangtastete – Zychner. Er öffnete den Zugang zum Turm und hockte sich hinter die Glasscheiben, die ihn vor Wind und Wetter schützten. Wenzel wartete einen Augenblick, griff dann zu der Tasche, die neben ihm auf dem Boden lag. Dann begann er mit seiner Show.

*

Erich Gommert hatte sich für einen frühen Termin entschieden. Bei vielen hatte er sich Rat geholt. Die Hundeführer hatte er einen nach dem anderen gefragt, in Bekanntschaft und Verwandtschaft beiläufig die Frage nach Hundeschulen eingestreut. Die Recherchelage im Internet war nachgerade erschlagend unübersichtlich und hatte sein Vorhaben nicht befördert. Letztlich häuften sich doch die Hinweise auf die Adresse in Bregenz. Einige Hundeführer hatten unabhängig voneinander den Namen genannt und ein Hundebesitzer in der Verwandtschaft, ein Typ, den er zwar nicht mochte, aber für vertrauenswürdig hielt, hatte auch den Namen erwähnt. Er hatte angerufen und schon am Telefon war es recht zielführend zugegangen. Sie hatte ein paar Fragen gestellt, er gab die Antworten. Das erste Treffen sollte ihrem Willen nach nicht in der Stadt geschehen. Wie sie es ausdrückte, wollte sie sich die Mensch-Tier-Situation zunächst ohne Umgebungsstress ansehen. *Umgebungsstress.* Das Wort hatte Gommert gefallen und ihn sogleich an seine Dienststelle erinnert. Das war es, was so an ihm zehrte – der Umgebungsstress. Eine Hundetrainerin musste ihn darauf bringen. Da sie vormittags in einem Andelsbucher Geschäft aushalf, hatten sie sich in der Nähe verabredet – vor dem Trachtengeschäft. Erich Gommert war voller Erwartung und Hundle spürte seine positive Angespanntheit.

»Ja, schau nur noch so lustig drein, Hundle«, sprach er unter den Tisch, »des wird bald ein End haben mit dem faulen Leben, au weh!«

Sie war Ende dreißig, hatte eine sehnige Gestalt und kurze schwarze Haare, die von tiefgründig roten Strähnen durchwildert waren. Die enge schwarze Lederhose spannte über die Lederstiefel. In den Taschen ihres Parkas mussten allerhand Sachen stecken, wie es von außen schien. Sie stand bereits vor dem Bodenbrunnen und verfolgte, wie Erich Gommert und Hundle aus dem Auto ausstiegen. Im Mundwinkel steckte ein Zahnstocher, der, ohne von außen ersichtlichen Grund, in die andere Ecke wanderte. Erich Gommert kam freudig strahlend auf sie zu und grüßte herzlich. Sie stellte sich als Hilde vor. »Hilde, ohne Ypsilon«, sagte sie ernst. Erich Gommert schwieg. So sahen also heutzutage Frauen aus, die Hilde hießen.

»Wie heißt sie denn?«, fragte sie knapp.

»Hundle«, antwortete Erich Gommert beflissen, und verkniff sich eine Replik. Hundle, ohne X. Das hätte ihm auf den Lippen gelegen.

Sie verzog keine Miene. »Mhm. Interessant.«

Ein Spaziergang durch die Weiden war ihr Vorschlag. Weg von der Straße, zum ersten Kennenlernen und Einschätzen des Gemütes von Tier und Halter. Mit einem Fingerschnipp holte sie ihre beiden Hunde zu sich, die bisher aufmerksam im Schatten des Gemeindehauses gelegen hatten. Ein Beauceron und Spaniel kamen eilfertig zu ihrer Chefin und setzten sich erwartungsvoll vor sie hin.

»Do schau, Hundle, schau nur. So geht des«, kommentierte Erich Gommert das Schauspiel und schnippte auch mit den Fingern. Hilde lächelte hintergründig.

Die Hunde beschnupperten einander und liefen anschließend neben den beiden her. Als Hundle etwas zurückgeblieben war, forderte Hilde Erich Gommert auf, ihn zu rufen. Das tat Erich Gommert umgehend. Er drehte sich Hundle zu, ging halb in die Hocke, wedelte mit den Armen und rief: »Hundle, ja braves Hundle, ja komm zum Herrchen, ja komm, Hundle! Gibt es auch was Feines, ja braves Hundle, komm! Ja komm, komm schon her. Do schaut er schon, des Hundle, gell, ja komm! Komm! Komm zum Herrchen! Na! Hundle, feines, ja komme zum Herrle. Do ist es Herrle, komm.«

Hilde stand abseits und verfolgte das Ereignis. Hundle hatte zwischendurch zweimal aufgesehen, dann aber weiter in der Wiese geschnuppert. Die beiden anderen Hunde saßen neben ihrer Herrin und sahen Erich Gommerts Vorstellung zu. Der Beauceron legte den Kopf schräg, als verstünde er nicht, worum es ging.

»Ja Hundle!«, rief Gommert am Ende erschöpft und enttäuscht, »machst du mir eine solche Schand. Ja kommst net
gleich aber sofort auch daher. Da gibt's keine Wurst nicht,
wenn du net gleich ganz schnell daherkommst.« Resigniert
gab er auf und wendete sich Hilde zu. »Vielleicht ist es, weil
er fremd ist.«

»Eher nicht«, lautete ihr trockener Kommentar, »lassen
Sie nur. Gehen wir einfach weiter.«

Nach einer Weile fragte sie: »Was haben Sie da gerade gemacht?«

»Ich?«, fragte Gommi konsterniert.

Sie ging nicht auf seine Gegenfrage ein. Schließlich hatte
sie sich verständlich geäußert.

»Ja, ich sollte doch es Hundle rufen«, meinte Erich Gommert.

»Und Sie sind der Meinung, dass Sie genau das gemacht
haben?«

»Ja, aber Sie waren doch daneben gestanden.«

»Das schon. Ich habe auch gehört, was Sie sagten und gesehen wie Sie gewunken haben, und ich habe verstanden,
was Sie wollten. Ich bezweifle aber, das Hundle wusste, worum es ging.«

Erich Gommert sah sie verständnislos an.

»Machen Sie es sich und Ihrem Hund leichter und geben
Sie einfache Befehle. Egal, wie die lauten – komm, hier,
stopp, bleib, lauf, Gabel, Tasse, Löffel, hurra … ganz egal
was, einfach und kurz sollte es sein. Sie aber erzählen ganze
Geschichten. Ihr Hund nimmt das nicht als Aufforderung
wahr. Vielleicht kommt er dann und wann … vielleicht auch
nicht. Das ist Glücksspiel. Und Glücksspiel geht mit Hunden nicht. Nicht mit den kleinen und mit so einem großen
Hund schon gar nicht.«

»Mit einem Wort?«, fragte Erich Gommert ungläubig.

»Ja. Wir werden das jetzt üben. Wie soll der Befehl lauten, dass der Hund zu Ihnen kommt?«

Erich Gommert überlegte. »Hierher Hundle?«

»Okay. Wir machen es noch kürzer: hier!«

»Hier«, echote es ungläubig.

Sie blieb stehen und forderte ihn auf. »Also los. Ein Wort.«

»Ja und wenn es Hundle nicht kommt?«

»Dann haben Sie wenigstens viel Energie gespart. Wenn er dann aber kommt, dann müssen Sie ihn loben. Er wird irgendwann genau wissen, was die Befehle bedeuten, aber es ist noch ein gutes Stück Arbeit. Ach ja, und noch was. Wann wurde zuletzt gefüttert?«

»Ja vorhin.«

»Mhm. Das lassen wir zukünftig sein. Hundle soll ruhig etwas Hunger haben, wenn Sie mit ihm kommen, und ab sofort Handfütterung.«

»Um Gottes willen, was!?«, rief Erich Gommert erschrocken.

Sie verzog keine Miene. »Das bedeutet, dass Hundle ab sofort sein Futter nicht mehr in der Schüssel hingestellt bekommt, sondern das Futter aus Ihrer oder der Hand Ihrer Frau. Und zwar immer nur dann, wenn er einen Befehl ausgeführt hat. Verstehen Sie. Der Hund muss Sie akzeptieren – und zwar als Chef.«

»Ja, aber ...«

»Es gibt kein *Ja, aber*,«, unterbrach sie ihn, »die Hunde halten das aus. Nur die Menschen sind bedauerlicherweise oft zu schwach. Er wird unter Umständen ein wenig abmagern.« Sie zuckte mit den Schultern und sah Erich Gommert streng an. Der nickte ihr zu.

»Also los dann!«, gab sie den Befehl.

Fast zwei Stunden kreuzten und querten sie die Wege und Weiden um Andelsbuch. Hilde hatte Erich Gommert immer im Blick, kritisierte, lobte, trieb an, bremste, forderte, bestätigte. Als sie wieder in Richtung Auto liefen, sollte Hundle an die Leine genommen werden, was auch geschah. Hundle zerrte so stark, dass Erich Gommert sich kaum mit Hilde unterhalten konnte. Sie fragte unbeeindruckt: »Gefällt Ihnen das?«

»Was?«

»Ja, wie der Hund Sie an der Leine ausführt.«

»Hat halt noch Energie«, lachte Erich Gommert gequält.

»Der Hund schon noch«, kam es trocken. »Was meinen Sie, aus welchem Grund der Hund so zieht?«

»No, er will zum Auto.«

»Soll er das wollen?«

»Ja, da wollen wir doch hin.«

»Wir schon. Aber hat der Hund vielleicht zu entscheiden, wo er in welcher Geschwindigkeit hinwill!?«

»Mhm«, Erich Gommert wusste mit der Frage nichts anzufangen. Sie half ihm. »Kehren Sie um!«

»Was?«

»Laufen Sie in die entgegengesetzte Richtung. Ihr Hund zieht sie nach vorne, weil er Richtung und Geschwindigkeit bestimmen will. Lassen Sie ihn erkennen, dass Sie es sind, der bestimmt, wie schnell es in welche Richtung geht! Seien Sie dominant! Jedes Mal, wenn Hundle in die Leine zieht, kehren Sie um. Das ist eine weitere Aufgabe, die Sie zur Erziehung Ihres Hundes zu erfüllen haben. Sie werden feststellen, bald wird die Leine locker bleiben und Hundle wird Blickkontakt mit Ihnen aufnehmen: Wohin will er denn, mein Herrchen? Dann loben Sie ihn. Nicht überschwänglich, aber – loben.«

Erich Gommert kehrte um. Prompt zog Hundle wieder in die Leine. Er ging einige Schritte und kehrte wieder um.

»Des ist aber schon ein wenig deppert, oder?«, meinte er, »was sollen denn die Leute denken, wenn die des sehen?«

»Es geht entschieden nicht darum, was *die Leute* denken. Die Frage wundert mich überhaupt. Sie sind doch Polizist, wie Sie sagten. Da muss einem doch von Berufs wegen schon gleich sein, was die Leute denken, oder täusche ich mich da? Wenn Sie so wollen, befinden wir uns im Moment eben noch am Idiotenhügel der Hundeausbildung.« Sie sagte es, ohne dass Erich Gommert sich beleidigt fühlen musste. Ein weiteres Treffen in der relativen Einsamkeit um Andelsbuch wurde vereinbart.

Endlich wieder am Auto angekommen, war er völlig erschöpft. Er lockte Hundle, der Hilde freudig wedelnd nachsah, ins Auto und ging die paar Meter vor zur Kirche. Nicht, um für die weiteren Termine um göttlichen Beistand zu bitten, sondern um gegenüber im Käsehaus einen milden und einen würzigen Käse mitzunehmen.

*

Wenzel war nach der Showeinlage auf der Mole umgehend zur Dienststelle gefahren und froh gewesen, dort auf Lydia zu treffen. Die später folgende Besprechung war bündig und jeder schnell wieder bei der Arbeit. Wenzels erster Auftrag brachte ihn auf die Insel zurück, wo er im Bayerischen Hof Claire Wilms suchte. Viele Gäste frühstückten noch, darunter auch sie. Es wunderte ihn, sie alleine am Tisch vorzufinden, denn er hätte zumindest Melanie Schirr bei ihr erwartet, und diesen Grohm eigentlich auch. Unaufgefordert setzte er sich für einen Moment an ihren Tisch. Er wollte kein Aufsehen erregen und teilte ihr mit, sich gleich nach dem Frühstück auf der Dienststelle einzufinden. Es gäbe wichtige Fragen zu erörtern. Auf ihre Frage, ob man mit den Ermittlungen schon weitergekommen sei, blieb er stumm.

Er war gar nicht in dem Maße aufgeregt, wie er es erwartet hatte, als er kurz darauf an Zychners Wohnung klingelte. Nach der knappen, förmlichen Begrüßung nahmen beide die Sitzposition des Vortages ein. Zychner im Sessel an der Wand, Wenzel auf dem Stuhl am Tisch.

»Schön, dass Sie selbst gekommen sind. Ich hatte gedacht, dass vielleicht jemand anders weitermachen würde.«

Diese Möglichkeit war Wenzel überhaupt nicht in den Sinn gekommen. Erst jetzt wurde ihm klar, dass es für ihn gar nicht anders möglich, gar nicht anders denkbar gewesen wäre, als selbst zu kommen. Er hätte es als feige, als Flucht empfunden, sich diesem Zychner nicht zu stellen.

»Was haben Sie heute Morgen drunten im Segelhafen gesehen?«, fragte Wenzel streng.

»Ich habe gestern eine alte Aufnahme gehört. Es gibt da von Gilels die lyrischen Stücke von Grieg. Gerade recht gewesen an so einem Sommerabend ...«

Wenzel war nicht in lyrischer Stimmung. »Wir sind gerade auch mit einer Art lyrischem Stück befasst ... also, heute Morgen im Segelhafen, was haben Sie da gesehen?«

»Jaja«, sprach Zychner begütigend, »ich erzähle es Ihnen schon noch ... aber, diese Aufnahme. Sie kam in jener Zeit damals heraus«, er wies mit der Hand nach hinten, »wenn ich an das Regal gehe und eine dieser alten Platten herausnehme und auflege, ist es so, als reiste ich damit auch in die Vergangenheit. Ich wusste, dass es mein Versagen war. Mit Ihrem Vater habe ich darüber gesprochen, doch mit Ihnen, einem Schüler, das war nicht möglich. Es war nicht möglich auf gleicher Augenhöhe über die Angelegenheit zu reden.

Ich empfand es als Verlust, denn Sie waren ja sehr an Musik interessiert – und dann das.«

Wenzel legte seine Handflächen auf die Oberschenkel und ließ die Hüfte nach hinten rutschen. Das entspannte, war aber nicht gut für die Lendenwirbel. Egal, man musste immer abwägen im Leben. Zychner hatte damals also mit seinem Alten gesprochen. Schade – da wär er gerne dabei gewesen. Und seither hatte er sich von Klassik ferngehalten. Lange Zeit hatte er immer Zychner vor sich gesehen, wenn er klassische Musik hörte. Chopin ging gar nicht.

»Ich hoffe, Sie haben die Freude an der Musik nicht verloren«, sagte Zychner, als könne er Gedanken lesen, und erschreckte Wenzel damit.

»Ich habe die Freude an der Klassik nicht verloren«, antwortete Wenzel.

Zychner bewegte sich in seinem Sessel. »Schön, sehr schön. Was hören Sie denn?«

»Ich habe mehr einen Hang zum Symphonischen ...«

Zychner unterbrach ihn. »Das ist es doch gerade – Motiv, Konzept, Gliederung in Sätze, Modulation ... «

Wenzel fuhr fort. »Ja, genau. Von daher natürlich Pink Floyd, deren psychedelische Epen einen, sobald die ersten überraschenden Momente überwunden sind, zutiefst berühren können. Dann natürlich die alten Zappa-Scheiben, Pavlos Dog, Dire Straits, und letzte Woche erst wieder *Made in Japan*. Deep Purple – herrlich. Es geht mir genau wie Ihnen. Wenn ich diese Musik höre, gleicht das auch einer rückwärtsgewandten Zeitreise.«

»Mhm.«

Wenzel sog laut und lange Luft ein und atmete anschließend laut aus, dass man hätte meinen können, er sei eine große Last damit losgeworden; so als würde das bisher Gesprochene damit aus der Welt sein. Die Frage klang frei, unbelastet und fordernd: »Was war nun heute Morgen?«

Zychner antwortete sofort und fließend. Wie ein artiger Schüler. »Es war noch dunkel. Ein Mann mit einer Tasche in der rechten Hand kam vom Römerbad her, blieb kurz vor den Mülltonnen stehen und ging dann zum Clubhaus. Für eine Weile war er verschwunden. Dann schlich er, in einen Umhang gehüllt, entlang der Mauern des kleinen Gebäudes. Einmal nach links herum, dann rechts herum. Schließlich hopste er ganz nach vorne, schaute affig auffällig hinüber nach Bregenz, wo es nichts zu sehen gab – kein Boot, gar nichts. Kurz vor Sonnenaufgang ist er zwischen Römerbad und Segelschule verschwunden. Ich habe schon damit gerechnet, dass Sie mich danach fragen würden. Es war zu offensichtlich, dieser Zinnober, und im Grunde genommen sollte ich ein wenig beleidigt sein, dass Sie sich trauen, auf so expressive Weise meinen Sinnes- und Geisteszustand zu überprüfen. Sie waren das doch!«

Wenzel war überhaupt nicht mehr überrascht. »Das stimmt. Aber Sie sind doch erst in das Türmchen gegangen, als ich schon hinter dem Clubhaus war. Wie konnten Sie sehen, von wo ich gekommen bin?«

»Ich stand auf dem Umlauf, im Freien. Die Luft war so erfreulich belebend. Erst als der Wind auffrischte, bin ich hinter die Glasscheiben getreten. Der Wind – das ist der ärgste Feind des Alters, glauben Sie mir. Ich spüre ihn schon, wenn er noch drüben im Rheintal ist, oder bei Immenstaad.«

»Wir waren gestern bei dem Boot stehen geblieben. Sie sollten inzwischen, was Ihre Erschöpfung und Müdigkeit angeht, ausreichend erholt sein. Sie berichteten von dem Motorboot, von der männlichen Gestalt und davon, dass das Boot auf halber Länge der Mole, an der Metallleiter angelegt hatte. Was war noch zu beobachten? Sie haben einen freien Blick von da oben. Ich will mir das übrigens später einmal selbst ansehen.«

Zychner schwieg. Die knochigen Finger seiner rechten Hand fuhren immer wieder über den linken Unterarm. »Ich bin kurz nach vier Uhr am Morgen nach oben gegangen und war zu den Sechsuhrnachrichten im Radio wieder hier. Vielleicht zehn Minuten davor. Genauer geht es nicht. Aber nun zu diesem Motorboot. Das hat mich schon interessiert und ich habe da eine ganze Weile hinuntergesehen. Es war aber so, dass ich nichts erkannt habe, in der Dunkelheit. Der Himmel, ja der Himmel war schon tiefblau, aber über dem Wasser, da ist dann noch Schwärze. Man sieht Umrisse, Schatten, Schemenhaftes. Ich wollte mich den Bergen zuwenden, weil ich es immer wieder aufs Neue faszinierend finde zu beobachten, wie sich dieser schmale, feine, dann zunehmend gleißend vom Rötlichen ins Helle wandernde Schein bildet. Da erkennt man mit bloßem Auge auf Kilometer die Umrisse von Bäumen, so scharf, wie man sie nicht sehen kann, stünde man nur wenige Meter vor ihnen. Es ist doch eine interessante Wahrnehmung, nicht? Dass man manche Dinge unter gewissen Bedingungen viel deutlicher erkennen kann, wenn der Abstand zu ihnen größer ist. Landläufige Meinung ist ja, die Dinge besser zu sehen, je näher man ihnen ist.«

Wenzel vermied es auf diese These einzugehen. »Das Boot«, kam es nüchtern und sanft drängend.

»Ja, das Boot. Ich wollte schon den Blick zu den Bergen wenden, wenn da nicht der Schatten gewesen wäre.«

»Welcher Schatten denn nun auf einmal?«

»Kommt man vom Römerbad her, führt der Weg zu diesem neuen Restaurant, das mit der kriminell schönen Terrasse, an einer Reihe mit großen Wertstoffbehältern vorbei.

Diese bunten Dinger, in die unmögliche Menschen auch nachts und am Sonntag ihre Flaschen werfen. Manchmal, ich sage es Ihnen, wünsche ich mir droben auf der Galerie zu stehen mit einem Gewehr – doch keine Angst, es ist nur eine Fantasie. Unter diesen Plastikdingern befindet sich ein großer weißer. Ich habe aus den Augenwinkeln wahrgenommen, wie sich vor diesem hellen Hintergrund etwas bewegt hat. Da schaut man dann genauer hin.«

»Und? Was sieht man, wenn man genauer hinschaut?«

»Eine Frau«, antwortete Zychner gleichgültig.

»Eine Frau? Sie haben sie erkannt?«, wiederholte Wenzel aufgeregt.

»Nein. Ich habe sie nicht erkannt. Aber von der Gestalt her, dieser Schatten … es ist schwer zu beschreiben. Von der Bewegung her … eindeutig eine Frau.«

»Beschreiben Sie so genau wie möglich. Hatte sie zum Beispiel etwas dabei, hat sie vielleicht etwas getragen?«

»Nein. Jedenfalls habe ich nicht erkennen können, ob sie etwas bei sich trug. Sie ging zwar langsam, doch so, wie sie ging, war eine gewisse Zielstrebigkeit zu erkennen. Ich folgte diesem Schatten auch nur nebenbei. Die Frauengestalt passierte dieses moderne Clubhaus und ging auf die äußere Mole hinaus.«

»Dort war immer noch das Boot«, stellte Wenzel fest, der seinen Ärger zügeln musste, denn das hätte ihm der Alte schon gestern sagen können.

»Sicher, ja. Auf halbem Wege dort hinaus, da ist diese Frau stehen geblieben, so als hätte sie über etwas gestutzt; sie ist dann aber weitergegangen. Allerdings mit eher zögernden Schritten, wie ich meine.«

»Meine?«

Zychner hob den Kopf, so wie er es früher getan hatte. Wenzel unterdrückte das Lächeln.

»Ja, wie ich meine! Wenn ich gewusst hätte, dass dort unten ein so schreckliches Verbrechen geschieht, hätte ich mich anders verhalten. Ich bezog das Zögern in ihrem weiteren Fortschreiten jedoch darauf, dass da ja ein Boot lag. Ist doch eine natürliche Sache, nicht wahr.«

»Sicher, sicher«, beruhigte Wenzel, »also weiter, was geschah dann?«

»Vom Boot stieg ein Mann die Leiter empor und tauchte auf der Mole auf. Er eilte die paar Meter hin zum alten Clubhaus.«

»Wie bitte?!«, entfuhr er Wenzel.

»Ja. Bitte fragen Sie mich nun nicht, ob er etwas in den Händen hielt – ich konnte es nicht erkennen.«

»Überlassen Sie es mir, was ich Sie frage und was nicht«, giftete Wenzel und befahl: »Erzählen Sie weiter. Wo befand sich die Frau zu diesem Zeitpunkt?«

»Ich gehe davon aus, dass sie den Mann nicht sehen konnte. Die Mole knickt in ihrem Lauf leicht auf die Insel zu. Das alte Clubhaus verdeckt die Sicht. Aber zu Ihrer Frage: Die Frau verschwand im Schatten der Wände. Ich habe nichts mehr erkennen können. Sie werden mir glauben, wenn Sie später oben stehen.«

»Jaja. Ich glaube Ihnen schon«, sagte Wenzel nachdenklich. Er konstruierte gerade die Geschehnisse. Er sprach halblaut vor sich hin. »Dann könnte es sein, dass dieser Mann vom Boot Agnes Mahler, als sie hinten am Clubhaus aufeinandergetroffen sind, erstochen hat. Das Boot ist dann von der Mauer aus abgetrieben worden. So könnte es gewesen sein.«

»Nein. So war es mit Sicherheit nicht«, sagte Zychner mit bestimmtem, Wenzels Vorstellungswelt zerstörendem Ton, »so kann es nicht gewesen sein.«

»Haben Sie mir etwas verschwiegen?«

»Sie lassen mich nicht ausreden und entfalten Ihre Gedanken, ohne im Besitz aller Informationen zu sein.«

Wenzel machte eine etwas überspitzte, auffordernde Bewegung mit der Hand, dass Zychner doch weiterreden solle.

»Diese Frau, die die Mole entlanggegangen war, ist nicht ermordet worden.«

Wenzel verzog sein Gesicht zu einer ungläubigen Miene. »Ach.«

»Ja, ach. Sie ist nicht ermordet worden, weil sie nach kurzer Zeit wieder aus dem Schatten auftauchte und zur Insel hin weglief. Sie werden mir darin zustimmen, dass dies nicht gegangen wäre, hätte der Mann vom Boot sie zuvor ermordet, nicht wahr? Dieser ist ja fast im selben Augenblick auch wieder aufgetaucht, kurz nach der Frau. Er ist zurück, die Leiter hinuntergeklettert und mit seinem Boot verschwunden.«

Wenzel brauchte eine Weile, um das Gehörte zu verarbeiten. »Diese beiden … sie haben sich also am Clubhaus getroffen?«

»Davon kann man ausgehen«, konstatierte Zychner.

»War ihren Bewegungen etwas anzumerken, als sie, jeder in eine andere Richtung, wieder gegangen sind?«

»Mhm. Die Bewegungen waren jedenfalls nicht von solchem Ausdruck, dass sie mir an jenem Morgen als besonders aufgefallen wären. Vielleicht, dass der Mann sich noch ein-, zweimal umgedreht hat. Die Frau ist recht schnell verschwunden. Nur – das Boot, das ist ziemlich flott weggefahren. Aber, wie schon gesagt. Ich habe den Details nichts beimessen können, was mir verdächtig hätte erscheinen sollen. Es war ein so völlig gewöhnlicher Morgen. Ein Boot kommt, ein Mann geht die Mole entlang, eine Frau läuft ihm entgegen – die beiden treffen sich für einen kurzen Moment und gehen wieder ihrer Wege.«

»Wie lange könnte der kurze Moment gewesen sein?«, fragte Wenzel.

»Es war ein kurzer Moment. Verlangen Sie aber nicht von mir, ihn in Sekunden und Minuten zu benennen. Lange genug, sich in die Augen zu sehen, sich zu küssen, sich zu beschimpfen, sich wieder zu trennen.« Er richtete sich in seinem Sessel auf. »Sie hatten Ihre Fragen, jetzt habe ich meine?«

Wenzel sah ihn überrascht an. »Ich bin noch nicht am Ende mit meinen Fragen. Es ist auch nicht so, dass ich hierhergekommen bin, um mich mit Ihnen über mein Leben zu unterhalten. Wir haben einen Mordfall zu klären.«

Zychner überging es und fragte hastig: »Wie geht es Ihnen mit Ihrem Leben? Sind Sie damit zufrieden?«

Wenzel schüttelte den Kopf. »Was soll diese Frage?«

»Sagen Sie schon. Es ist von gewisser Bedeutung für mich.«

Wenzel überlegte. Wer wusste schon, was Zychner noch alles gesehen hatte und sein Job erforderte es Informationen zu gewinnen. Er musste Zychner also bei Laune halten und sagte: »Ich möchte jedenfalls kein anderes.«

»Auch keine andere Vergangenheit?«, fragte Zychner schnell.

»Die Antwort habe ich Ihnen doch schon gegeben.«

Zychner verzog den Mund und rückte den Krawattenknoten zurecht.

Wenzel fasste zusammen. »Sie sahen also ein Motorboot von Westen der Insel herkommen. Es legte bei der Eisentreppe an der Mole an. Ein Mann stieg aus, ging zum alten Clubhaus. Zu gleicher Zeit kam vom Römerbad her eine Frau, die ebenfalls in Richtung altes Clubhaus lief. Beide kamen kurz darauf wieder hinter den Mauern hervor. Und das Ganze dauerte keine drei Minuten.«

»Korrekt.«

Wenzel rief umgehend auf der Dienststelle an und gab die neuen Informationen weiter. Lydia informierte ihn ihrerseits über Neuigkeiten. Die Ravensburger Kollegen hatten Dohmens Auto in Langenargen, nicht weit entfernt vom Gemeindehafen, entdeckt. Es war versperrt und der Staubschicht auf Motorhaube und Dach nach zu urteilen, seit einigen Tagen nicht verwendet worden.

»Wie halten Sie das aus?«, fragte Zychner. Es klang wie von weit weg kommend.

Wenzel ordnete die Falten seines Jacketts. »Was meinen Sie damit, dass ich mit dem Tod zu tun habe?«

»Nein. Das ist doch nichts Belastendes. Ich meine, wie halten Sie es aus, immerzu mit Menschen zu tun zu haben. Fortwährend mit neuen, fremden Menschen. Sie müssen mit ihnen reden, ihnen Fragen stellen, die ihr privatestes Leben angehen, Sie müssen ihnen nahekommen und diesen Fremden auf bestimmte Weise auch gestatten, ihnen selbst nahezukommen. Wie hält man das aus?«

Wenzel verschränkte die Arme. Er verstand nicht so recht, was Zychner meinte. Der sprach mit schnarrendem Ton weiter, so, als hätte er nie eine Antwort erwartet. »Ich habe die Menschen nie gemocht. Aus diesem Grund habe ich es auch nicht vermocht für sie Musik zu spielen, sie teilhaben zu lassen an dem, wozu mein Geist und Körper fähig gewesen wären. Nun – es war somit nicht möglich eine Karriere zu erleben, wie meine Begabungen sie zugelassen hätten. Ich erinnere mich noch genau an diese erste Zeit, als ich begann öffentlich zu konzertieren. Ich stand hinter dem Vorhang und spitzte hinaus. Manche der Leute, die da im Publikum saßen, kannte ich ja, kannte ihre Leben und viele Details davon. Ach Gott. Ich empfand es als anmaßend, dass da diese und andere Leute in einem Saal saßen, mir im

Grunde fremde Menschen, mit all ihren Unzulänglichkeiten, Mangelhaftigkeiten ... und gerade diesen Menschen hätte ich etwas geben sollen, etwas verraten sollen von meinem Leben. Nein, wirklich nicht! Sie hatten es nicht verdient.«

»Aber genau darum geht es doch«, entgegnete Wenzel, »kein Mensch besucht doch ein Konzert, gibt Geld dafür aus, um Töne zu hören, gespielte Noten, mechanische, seelenlose Musik. Es sind die Emotionen, das Erleben von durch Musik ausgedrückten Emotionen – darum geht es! Das ist doch das Wesen der Interpretation.«

Zychner reagierte aufgebracht. »Emotionen ... Emotionen! Und am Ende der Emotionen liegt dann eine tote Frau im Segelhafen.«

Wenzel hatte für diese Verteidigung nur ein dünnes Lächeln übrig. Er sah hinüber zum Sessel, wo dieser alte Mann saß, korrekt gekleidet im grauen Anzug, hellen Hemd, mit dunkler Krawatte, dunkelbraunen Lederschuhen. Vor ihm hatten ganze Schülergenerationen gezittert. Er sah die dürre Gestalt, die eine gewisse Zähigkeit vermittelte, vor der Wand seiner musikalischen Sammlung hocken, als suche er dort Schutz. Unzählige Beethoven-Einspielungen, Brahms-Ausgaben, Schubert-Sondereditionen und Bach, Bach, Bach. Eine schöne wunderbare Welt – für Wenzel allerdings nicht die ganze Welt. Es regte sich etwas in ihm. Ein verhuschtes Gefühl, das sich nicht recht traute an die Oberfläche zu treten: Mitleid. Er empfand plötzlich Mitleid mit dem alten Veteranen, dem sich die ganze Welt der Musik nicht erschloss, weil er keinen Zugang zu den Menschen fand. Der gefangen blieb in den Mauern einer Form von Klassik, die nichts weiter war als ein goldener, enger Käfig, in dem sich die eigene Unzulänglichkeit der Menschenangst im Kleid gebildeter Arroganz und Ablehnung gut ausleben ließ. Die Freude eines Blasmusikabends im Bierzelt auf der Steig war ihm ebenso fremd, wie die Gefühle der Erlösung in den harmonischen Kadenzen Pink Floyds, die einen froh machten und erfüllt zurückließen, nach rauschhaft dunklen Tunneln und Tälern; die Bregenzer Festspiele hatte er entweder nie besucht und falls doch, dann war ihm vermutlich zu viel Freude begegnet, was er schwer aushalten konnte. Wenzel nahm den Blick nach oben und fuhr die Regalreihen entlang. Er vermutete sie gefüllt mit Beethoven, Beethoven, Beethoven und Schiller. Das würde zu dem Alten passen – Moral als Konzept. Die Sinneslust, Lebens- und Menschenfreude, die Triebhaftigkeit eines Mozart und eines Wolfgang von Goethe hingegen, die müsste ihm im Innersten seines Wesens zuwider sein. Für ihn waren alle Klänge jenseits eines Streichquartetts oder einer Sinfonie musikalische Amöben.

Wenzel zwang sich, die Gedanken, die ihn in die Vergangenheit führen wollten, zurückzudrängen. Er hatte in Erfahrung zu bringen, was noch alles geschehen war an jenem Morgen? Zychner musste es erzählen. Mit einer dahingesagten Phrase versuchte er seinen Gedanken zu entkommen. »Bequem haben Sie es hier.«

»Bequem?«, schnarrte es sofort vom Sessel her, »Bequem – ein schlimmes Wort. Bequemlichkeit! Bequemlichkeit. Das ist das Himmelreich der Mittelmäßigen. Sie wollen die Umstände, die sie umgeben, ihr Leben, einfach alles, zuallererst und überall bequem einrichten und es ist ihnen dabei völlig egal, ob das anderen bequem ist, oder nicht. Ich mochte das Wort nie. Man kann es hier gut aushalten mit dem Blick über den See, mit der Stille einer Wohnung in den oberen Geschossen ... ich will nicht klagen. Es ist angemessen, zweckdienlich, sachgerecht ...«

Wenzel fand den Faden wieder. »Wann haben Sie den Platz oben am Dach verlassen?«

»Kurz nachdem die Sonne aufgegangen war. Was danach kommt, ist langweilig, so wie das ewige, gleichförmige Wiederholen eines Motivs in einer Sinfonie. Sie als Symphoniker müssen das doch verstehen. Keine Änderung des Tongeschlechts, keine Spiegelung des Motivs, kein Krebs – das rückwärts gespielte Motiv... nein, die Sonne geht ihren Weg, und Punkt.«

Wenzel ließ sich nicht in eine Diskussion locken. »Nachdem die beiden Personen, ich meine den Mann mit dem Motorboot und diese ominöse Frau, nachdem die wieder verschwunden waren, ist da noch etwas geschehen?«

Zychner überlegte. »Nein.«

»Mhm. Gut.«

»Ja, doch, halt!«, rief Zychner, »das Boot.«

»Das Boot? Das hatten wir doch schon.«

»Nein, das kleine Boot«, er schwang fordernd mit seiner rechten Hand, »mir fällt der Name nicht ein.«

Wenzel überlegte und dieser Zeuge fiel ihm ein. Zenger. Natürlich musste Zychner dieses Kajak gesehen haben. Er sagte: »Kajak?«

Zychner klang ein wenig enttäuscht und seine Stimme wurde leiser. »Genau. Das Kajak. Sie wissen doch alles schon. Aus welchem Grund fragen Sie mich aus. Es strengt mich an. Werden Sie erst einmal so alt wie ich, das ist für sich genommen schon eine Leistung, da wissen Sie dann, wie schnell die Energie verloren geht und in welch überraschender Plötzlichkeit eine tiefe Müdigkeit den Körper heimsucht.«

Wenzel reagierte ungehalten. »Ach was – es strengt Sie an!? Sie wissen doch: Es gibt Fragen, die die Vernunft weder abweisen noch beantworten kann. Betrachten Sie meine

Fragen als Kant'sche Übung, dann ertragen Sie sie leichter. In der Schulbank sitzen ist auch anstrengend, als junger Mensch. Und das mit der plötzlichen Müdigkeit kenne ich schon jetzt. Was war also mit dem Kajak?«

»Es ist gleich unten im Hafenbecken unter dem Haus gewesen. Ich habe es erst gesehen, nur ganz kurz, als ich aufgestanden war, um nach unten zu gehen.«

Wenzel überlegte. »Sie haben nicht gesehen, von wo es gekommen ist?«

»Nein. Es lag da unten. Es saß auch jemand drinnen und hielt das Paddel. Ein durchgängiges Paddel, nicht wie bei den anderen Booten ... Kanu, so heißen die dann. Ja, es war ein Kajak.«

»Sie sind gegangen, als die Sonne gerade aufgegangen war und haben nichts weiter erkannt? Farbe und so?«

»Nein! Was meinen Sie denn, wie lange die Schlagschatten am Morgen sind!? Dieses Kajak im Dunkeln nahe der Mauer. Ich habe es auch nur erkannt, weil sich das Paddel bewegte und ein kleiner Lichtblitz aufschien. Ich glaube, es ist in Richtung Spielbank davongefahren, aber genau kann ich dazu nichts sagen. Ich habe dem Ganzen keine Bedeutung beigemessen.«

Wenzel machte Notizen. Sobald er zurück war, musste er lesen, was in der Vernehmungsniederschrift von Walter Zenger stand. Wann er in welchem Teil des Hafenbeckens gewesen war.

*

Jasmin Gangbacher hatte entgegen der sonstigen Gewohnheiten und Sitten die Türe zum Büro geschlossen. Erich Gommert hatte frei und somit war auch Hundle nicht da, den geschlossene Türen in seiner Bewegungsfreiheit eingeschränkt hätten. Sie wollte von den anderen Vorgängen draußen am Gang auch nichts mitbekommen, um sich ganz ihren Unterlagen zu widmen. Schielin und Robert Funk waren mit der Frau befasst, die bei ihrer ersten Vernehmung gelogen hatte. Und Kimmel strich herum. Wenzel hatte sie heute noch gar nicht gesehen. Von drei der vier Personen auf dem Foto hatte sie bereits die Namen ermitteln können: Grohm, Sebald, Gahde. Letzterer war der ernst dreinblickende mit dem Paddel. Sebald hatte zunächst Biologie studiert, und dann zu Jura gewechselt. Eine seltsame Kombination, wie sie fand. Überraschend war auch, dass Grohm einen ähnlichen Weg genommen hatte. Er war von Biologie auf Psychologie umgestiegen und nach einigen Semestern in der Schweiz verschwunden, wo er vermutlich sein Studium abgeschlossen hatte. In Deutschland tauchte er wieder auf, als er zusammen mit Sebald die Kanzlei eröffnete. Der war bis zum Abschluss seiner Doktorarbeit in Konstanz geblieben. Ebenso dieser Frederic Gahde, der Pharmakologe war. Da ihr nichts Besseres einfiel, begann sie, die jeweiligen Wegmarken im Lebenslauf der drei ihr bekannten Männer zu erfassen und tabellarisch gegenüberzustellen. Es musste ja einen Grund gegeben haben, dass sich Agnes Mahler mit der Vergangenheit Grohms beschäftigt hatte. Sie saß ein wenig frustriert am Tisch und gab die Namen nur mit der Rechten ziellos in das Fahndungssystem ein. Bei Gahde meldete das Fahndungssystem einen Treffer. Nichts Aktuelles. Aber Körperverletzung, Betrug, Nötigung, Zeugenbeeinflussung und ein Verstoß gegen das Arzneimittelgesetz waren aufgelistet. Sie klickte alle Informationen herbei, die sie über den Sachverhalt erhalten konnte. Telefonierte lange mit der Aktensammlung der Würzburger Kripo, um noch mehr Erkenntnisse zu bekommen. Danach fütterte sie Google mit den Daten. Jetzt wurde aus der Ta-

belle mit Bezugsdaten zu jeder Person, die sie zuvor angelegt hatte, etwas Sinnvolles und Brauchbares. Ohne es zu
merken, geriet sie wie in ein Fieber, tippte, telefonierte, las
und stellte einen Bericht zusammen, der vom Umfang her
eher einem Dossier glich und der über den Namen Gahde
wieder zu Grohm führte. Und tatsächlich stieß sie nun,
nachdem sie sich erneut mit Grohm befasste, auf einen inte-
ressanten Widerspruch in dessen Vergangenheit.

So intensiv sie auch suchte und telefonierte, die Unge-
reimtheit blieb. Mehrmals prüfte sie ihre Ergebnisse. Sie
lehnte sich zurück und entspannte sich. Die anderen würden Augen machen.

*

Claire Wilms hatte darauf verzichtet, ein Taxi kommen zu
lassen. Sie wollte das gute Wetter nutzen, um die sommer-
lich gelassene Stimmung zu genießen, die am Vormittag
eines Wochentags bedächtiger und entspannter daherkam.
Der Mangturm, mit seinem expressionistisch anmutenden
Zackenmuster in Gelb, Grün und Rot, hob sich geradezu
überspannt vom tiefblauen Himmel ab. Nur wenige Tische
in den Cafés waren besetzt und selbst das heisere Geschrei
der Möwen klang heute dezenter. Alle Bewegungen glichen
dem sanften Gleiten eines Segelbootes bei leichter Brise.

Sie verließ den Hafenbereich und erreichte über die enge,
dunkle Kronengasse und geradewegs weiter über Bindergasse eines der Herzen der Altstadt. Als sie das Auktionshaus Zeller passierte, wo sie wenige Tage zuvor das Gemälde
ersteigert hatte, wurden ihre Gedanken leichter. Das kleine
Bild war gedacht, sie an die Tage hier am See zu erinnern; es
sollte dieses Gefühl der Unbeschwertheit, das sie anfangs
hier ergriffen hatte, reproduzieren. Jetzt würde es sie daran

erinnern, wie dramatisch sich die Dinge entwickelt hatten. In einer Weise, die sie nicht beabsichtigt und gewollt hatte. Was sollte sie nun mit diesem Stillleben anfangen? Was mit ihrem zukünftigen Leben? Die weiten Schaufenster von *Erath* hielten sie wenige Meter später auf. Sie blieb stehen, ließ ihre Blicke über glänzendes Geschirr, Gläser und Besteck gleiten. Schöne Dinge, von denen sie sich unter anderen Umständen in den Laden hätte locken lassen. Sie wendete ihren Blick nach Westen, folgte den mittelalterlichen Fassadenlinien und angedeuteten Arkaden. An einer Hauswand blieben ihre Augen an einem Spruch hängen:

Durch Eintracht werden kleine Dinge groß
Durch Zwietracht wird man große Dinge los

Die Menschen, die ihr begegneten, kamen ihr um so viel glücklicher und zufriedener vor als sie selbst es war. Es war verrückt. Noch vor wenigen Tagen hatte sie sich gefreut, ihr Leben zu einer erfüllenden Wendung zu bringen, und schon schwenkte das Schicksal auf die dunklen Wege ein.

Mit Grohm und Melanie Schirr hatte sie seit dem Sonntag nur wenig gesprochen. Ganz von allein fanden sie sich nicht mehr zum gemeinsamen Essen zusammen, und völlig ohne aktives, bewusstes Zutun geschah es, dass sie sich nicht einmal mehr begegneten.

Sie hatte nicht gewusst, was sie hatte sagen sollen, als sie zufällig auf Grohm getroffen war, der ihr offenbarte, dass er Melanie Schirr am Samstagmorgen in der Nähe des Segelhafens gesehen habe. Er berichtete, wie schwer es ihm gefallen war, der Polizei dies zu verschweigen und stattdessen sich selbst zu belasten, indem er von seinen morgendlichen Spaziergängen berichtete. Dass ihn dies verdächtig machen würde, er aber keine Befürchtungen haben müsse.

Sie hatte dazu geschwiegen und den Schwindel, der sie erfasst hatte, gut überstanden. Melanie Schirr war also an jenem Morgen auch unterwegs gewesen.

Als sie die Seebrücke überquert und das Festland erreicht hatte, war es ihr beinahe so, als wäre die Polizeidienststelle ein Ort, an dem sie sich wohler fühlen konnte als unten am Hafen. Die blonde Polizistin war ihr sympathisch. Sicher hatte sie ein glückliches Leben. Sicher. Und all die anderen Menschen auch, die ihr begegneten.

Ein etwas knorriger, älterer Mann hatte sie empfangen und etwas umständlich auf einen Stuhl im Gang bugsiert. Es war der Leiter der Dienststelle, wie sie schnell mitbekam.

Kurze Zeit darauf war er zurückgekommen und hatte sie in diesen kargen Raum gebracht, wo sie wartete und eine Weile mit ihren Gedanken alleine sein konnte, ohne von idyllischen Zuständen und zauberhaften Landschaften an einer sachlichen Reflexion ihrer Situation gehindert werden zu können. Ein flaues Gefühl im Magen steigerte sich zu einem Taumel. Obwohl sie saß, musste sie beide Hände auf die Tischplatte legen, um das Gefühl von Gleichgewicht erzeugen zu können.

Robert Funk trat bald darauf in den Raum, grüßte ernst, breitete seine Unterlagen aus und nahm das Aufzeichnungsgerät in Betrieb. Die Türe hatte er offen gelassen. Da er schweigend in den Papieren blätterte, musste also noch jemand kommen.

Sie hoffte auf die Blonde. Wie war noch mal ihr Name gewesen?

Schielin betrat den Raum und schloss die Türe.

Ihre Hände fassten die Tischkante fester. Das Atmen fiel schwerer wegen der Enge.

Draußen am Gang schlich Lydia Naber mit schlechtem Gewissen an der Türe zum Vernehmungszimmer vorbei. Wäre es vielleicht nicht doch besser gewesen, wenn sie bei der Vernehmung mit dabei gewesen wäre? Ohne Ziel ging sie den Gang nach vorne. Gommi hatte frei, Hundle war weg, Jasmin Gangbacher hatte die Türe geschlossen. Schade. Wenzel war noch unterwegs und Kimmel gänzlich ungeeignet für ein Gespräch. Lydia Naber ging in den Keller und suchte im Spurenlabor nach einer Beschäftigung, die geeignet war sie abzulenken.

*

Schielin hatte nach kurzer Begrüßung und noch im Stehen mit einer feststellenden Frage begonnen. »Sie sind seit gut einem Jahr in der Kanzlei Grohm & Sebald.«

Das hatte Claire Wilms aus ihrer schwindelnden Angst zurück in eine zwar triste Umgebung, aber doch in die Gegenwart geholt. Mit einem Mal war die Flauheit verschwunden. Die gegen den Himmel leuchtenden Farben des Mangturms erschienen ihr im Geiste, das Getön der Möwen und das Zischen des Wassers, wie es durch die Schiffspropeller entstand, wenn die großen Ausflugsdampfer den Hafen verließen. Sie traute ihrer Stimme noch nicht ganz und verzichtete darauf, die Frage zu beantworten. Stattdessen wartete sie ab, bis Schielin saß, und bestätigte mit einer kleinen Geste ihrer Hand und fast unmerklichem Senken des Kopfes.

»War es schwierig für Sie dort Fuß zu fassen?«

Sie hatte keine Vorstellung davon, wo diese Frage hinführen sollte und sagte: »Nein.«

»Sie sind also gut zurechtgekommen?«

»Ja. Das sagte ich ja bereits Ihrer Kollegin.«

Robert Funk schaltete sich mit einem unangenehm zweideutigen Ton ein. »Wir kennen Ihre bisherigen Aussagen.«

Claire Wilms war von der latenten Aggressivität irritiert. Sie unterließ es darauf zu reagieren und wartete auf Fragen. Das sparte Kraft.

Schielin fragte: »Wie würden Sie Ihr Verhältnis zu Frau Mahler beschreiben?«

»Wie ich schon sagte....«

Robert Funk unterbrach sie. »Beantworten Sie nur unsere Fragen. Vielleicht verstehen Sie es besser, wenn wir anders formulieren: Von welchen Empfindungen war Ihr Verhältnis zu Agnes Mahler geprägt?«

»Kollegialität«, lautete die zurückhaltende Antwort.

»Es gibt ein anderes Wort, das auch mit dem Buchstaben K beginnt: Konkurrenz«, sagte Schielin. »War es nicht vielleicht auch Konkurrenz? Empfanden Sie Agnes Mahler nicht als Konkurrentin?«

Claire Wilms Augen wurden eng und sie senkte ihren Kopf. »Konkurrentin um was, um wen? Werden Sie bitte konkreter.«

»Als Konkurrentin Ihre Rolle in der Kanzlei betreffend, vielleicht auch Konkurrentin im Kampf um Grohms Gunst, Zuneigung – Liebe.«

»Na, also das Letztere können Sie getrost vergessen ...«

»Ersteres also nicht«, kam es sofort von Funk.

»Nein ... ja ... ich meine damit ...«

»... sie war also Konkurrentin für Sie!«

»Nein! Das war Agnes Mahler für mich nicht. Konnte sie auch gar nicht sein, weil wir in völlig unterschiedlichen, klar voneinander abgegrenzten Bereichen tätig waren. Was Sie hier versuchen zu konstruieren, ist doch völlig verrückt!«

»Finden Sie!?«, warf Funk ein, »es erscheint mir gar nicht so unwahrscheinlich. Sie sind sehr ehrgeizig.«

Claire Wilms schüttelte den Kopf und verzog ihren Mund zu einem trostlosen Lächeln. »Ehrgeizig ... also das können Sie mir schon glauben, Agnes Mahler war niemals eine Konkurrentin für mich. Weder was meine berufliche Stellung anging noch im Verhältnis zu Grohm.«

Schielin ließ seinen Oberkörper nach vorne fallen und bremste mit den Armen ab, die auf die Tischplatte fielen. »Wieso – wieso sollten wir einer Lügnerin glauben!?« Seine Augen trafen auf die von Claire Wilms, deren Lippen sich stumm bewegten, als wiederholte sie die letzten Worte. Sie schluckte. »Lügnerin?«

»Ja. Lügnerin. Es gibt ja unterschiedliche Begriffe. Flunkern, schwindeln, entstellen, die Wahrheit aktiv verschweigen, lügen. Ich wähle das gute alte Wort *lügen*.«

Robert Funk fuhr dazwischen: »Wo haben Sie die Nacht von Freitag auf Samstag verbracht?«

Sie blickte kurz zur Seite. »Freitag auf Samstag?«

»Ja.«

»Im Hotel natürlich.«

»Ach, natürlich. In welchem Hotel denn?«

Wieder hob sich ihr Kehlkopf. Sie dachte nach. Die beiden Polizisten schwiegen, was die Zeit dichter machte und den Druck größer. Schweigen kann furchtbar sein für Menschen, die es nicht aushalten. Claire Wilms hielt es aus. Sie wusste inzwischen auf was das Gespräch hinauslief.

»In dem Hotel, in welchem ich mein Zimmer habe.«

»Sie sprechen von jenem Zimmer, in welchem Sie nicht die Nacht verbracht haben«, ergänzte Schielin.

Claire Wilms sah ihn ausdruckslos an.

»Wo waren Sie in dieser Nacht? Wo waren Sie in der Zeit zwischen fünf Uhr morgens und sieben Uhr?«

Damit hatte sie nicht gerechnet. Sie überlegte, ob es Sinn

machen konnte der Behauptung zu widersprechen und kam schnell zu dem Ergebnis, es sein zu lassen.

Robert Funkt meinte: »Eine Affäre vielleicht? Dann hätten Sie ja jemanden, der Ihr Alibi bestätigen könnte.«

Sie klang gefasst. »Ich befürchte, ich habe kein verwertbares Alibi für diese Nacht, denn die Person, die mir dies geben könnte, wird dazu nicht bereit sein.«

Schielin hatte eine dunkle, sehr dunkle Ahnung, was sie damit meinen konnte. »Es gibt demnach eine Person, mit der Sie in der fraglichen Zeit zusammen waren?«

Sie bestätigte.

»Diese Person ... sie hat doch sicher einen Namen, nicht wahr«, kam es von Funk, der schlagartig auf einen besänftigenden Ton umgeschaltet hatte und seine Worte eher verständnisvoll als sarkastisch klingen ließ, »wissen Sie ... es besteht durchaus die Möglichkeit, Dinge sehr diskret zu behandeln.«

Von Claire Wilms war ein lautes, trostloses Lachen zu hören.

*

Zu Hause bei Dohmen surrte das Telefon. Brachmann war dran. Schon in der gepressten, bündigen Weise, in der er sich mit Namen meldete, wurden seine Aufregung und Nervosität offenbar und kaum dass Dohmen seine tiefe, ruhige Stimme hören ließ, legte Brachmann aufgebracht und gehetzt los. »Die Polizei war bei mir. Sie haben mich nach Freitagnacht gefragt!«

Dohmen blickte angewidert zur Wand. »Und was hast du ihnen erzählt?«, fragte er distanziert. Er ahnte, worauf das Gespräch hinauslaufen würde und hielt den vorauseilenden Zorn zurück.

Brachmann war von Dohmens Frage irritiert. Sie brachte ihn aus seinem in Aufgeregtheit erdachten Konzept und zwang ihn dazu nachzudenken, aus welchem Grund dies so war. Was hatte er erwartet, sollte Dohmen sagen? Weshalb rief er ihn überhaupt an? Seine Unsicherheit und die Selbstzweifel erbosten ihn. Gerne wäre er gewesen wie Dohmen. Er giftete: »Ja, was hätte ich denn sagen sollen? Dass ich mit dir auf der Jagd war natürlich. Das habe ich gesagt.«

Dohmen provozierte ihn. »Was ist los mit dir, Doktor Brachmann? Sagst du denn so selten die Wahrheit, dass es dich gleich derart aufregt?«

Brachmann ließ ein heiseres Quieken hören. »Was!? Was sagst du da!? Ich habe keine Lust von dir in irgendwelche kriminellen Machenschaften hineingezogen zu werden. Und unter diesen Umständen ist es mir ganz unmöglich weiterhin mit dir zusammenzuarbeiten. Zumindest halte ich es für geboten Distanz zu dir zu halten, verstehst du. Am Ende käme ich noch in den Ruch …«

»Halt das Maul!«, fuhr Dohmen brutal dazwischen. »In welchen Ruch solltest du denn kommen? Vielleicht in den, dass du als Jagdgast jedes Jahr ein oder zwei Wildsauen aus meinem Jagdrevier schießt und ein Reh zu Weihnachten? In den Ruch, im Besitz zweier Gewehre zu sein, die ein Geschenk von mir sind!? In den Ruch, die letzten Jahre immer wieder mit meinem Motorboot ein paar Tage *Seetour* gemacht zu haben!? Vom ein oder anderen *Betriebsausflug* wollen wir gar nicht reden, auch nicht vom Dom Perignon und die hübschen Kistchen vom Aufricht aus Hagnau! Falls dir diese *Gerüche* entgangen sein sollten, schicke ich dir gerne Fotos, Rechnungs- und Lieferscheinkopien und kleine Videofilmchen. Haben wir uns verstanden, Herr Doktor Brachmann! Und jetzt setze dich an deinen edlen Behördenleiterschreibtisch und mach was aus den Plänen. Ich habe mir nicht umsonst so viel Arbeit damit gemacht.«

Dohmen legte auf. Seine Frau trat von hinten an ihn heran. Sie war immer noch blass. »Es wird der letzte Auftrag sein, den du von ihm bekommst.«

Dohmen dachte da anders. Brachmann war so korrupt wie ängstlich, so brutal wie sentimental. Ein Mensch ohne Haltung. Promoviertes Mittelmaß, das in einem Beamtendasein Unterschlupf gefunden hatte. Allein der Kontakt mit der Polizei hatte sein schlechtes Gewissen aufgescheucht und ließ ihn um das unrechtmäßig Zusammengekratzte fürchten, das seine Existenz ausmachte. Sobald die Weinreserven aufgebraucht sein würden und das Jagdfieber sich meldete, war wieder mit ihm zu rechnen. Die nächste Sau, das schwor sich Dohmen, würde ihn richtig teuer kommen. Er sprach in ruhiger Stimme zu seiner Frau: »Wir haben jetzt ganz andere Probleme. Was hat der dumme Bub da nur angestellt.«

»Nichts. Nichts hat er angestellt. Ich kann das nicht glauben. Bernd doch nicht. Du kennst ihn doch. Er kann damit nichts zu tun haben. Völlig ausgeschlossen.«

Dohmen versuchte zu lächeln und spürte, wie es misslang. Er wollte es ja auch glauben, und es war für ihn unvorstellbar, dass sein Sohn einen Menschen erstochen haben sollte. Es war jedoch auch dieser kleine Zweifel in seinem Herzen, dieser klitzekleine Zweifel, der ihm zu schaffen machte und schmerzte wie kaum etwas anderes. Es tat richtig weh, dass er nicht völlig reinen Herzens von der Unschuld seines Sohnes überzeugt sein konnte.

*

Kimmel fluchte laut. Schielin hatte ihn über die Ergebnisse der Vernehmung mit Claire Wilms informiert. Als er sich wieder beruhigt hatte, zog er Schielin zu sich ins Büro und schloss die Türe. »Was denkst du, wie schaut es aus … kommen wir mit dem Fall überhaupt weiter oder stecken wir nun total fest?«

Schielin sah ihn verblüfft an. »Wir sind gerade mal drei Tage dran und die Sachlage stellt sich wirklich schwierig dar. Sicher, wir haben keine aussagekräftige Spurenlage, aber von feststecken kann man nicht reden … noch nicht.«

Kimmel winkte ab und sprach leise, fast verschwörerisch weiter. »Ist schon gut, ist gut, Conrad, weißt du … wenn du nachdenken musst … ist kein Problem. Nimm deinen Esel und geh wandern. Mach nur. Ich weiß doch, dass du über alles besser nachdenken kannst, wenn du mit deinem Esel unterwegs bist – also …«

Schielin kniff die Augen zusammen. »Dienstliches Eselwandern?«

»Für mich wäre es Dienstsport – rein abrechnungstechnisch, verstehst du. Wenn du da also besser nachdenken kannst, ist doch prima, dann auf und los. Echt kein Problem.«

»Sag mal, was ist eigentlich los?«, fragte Schielin.

Kimmel druckste herum, bevor er antwortete. »Die aus Kempten haben nachgefragt, ob wir Unterstützung gebrauchen könnten.«

Schielin hustete gekünstelt. »Hilfe? Aus Kempten?«

Kimmel kniff die Lippen zusammen. »Genau. Und jetzt noch diese Politikersache mit der Wilms. Was muss die auch mit so einem rummachen, Mensch. Das macht es uns wirklich nicht einfacher.«

»Politiker hin oder her. Wir werden ihn einvernehmen müssen wie jeden anderen auch. Scheint doch ein menschenfreundlicher, offener, kommunikativer und engagierter Mensch zu sein.«

Kimmel redete mehr mit sich selbst. »Genau. Du sagst es. Ein Lump eben. Tut jetzt blöd rum. Wenn's wenigstens ein Grüner wär, das tät nichts machen, wär ganz normal – irgendwie. Aber muss der Säckel auch grad noch in der Regierung hocken, he! Ahhh. Auf der anderen Seite können sie uns den Fall auch nicht wegnehmen, denn dann wäre es möglich, dass sein Name ins Spiel kommt. Irgendwie ist er nun auf uns angewiesen. Ach, es ist ein Elend. Ich hoffe jedenfalls nur, der Dohmen geht uns bald ins Netz. Dann haben wir erst mal Ruhe. Ich glaube auf den läuft es raus, mhm, nicht, oder?«

Schielin ließ sich nicht zu einer Antwort bewegen. Er war sich über gar nichts sicher. Beide gingen in den Besprechungsraum, wo die anderen schon warteten.

Jasmin Gangbacher gab sich locker, obwohl sie aufgeregt war.

Kimmel fasste die Ermittlungslage auf bissige Art und Weise zusammen: Sie hatten eine ermordete Frau, keine vernünftigen Spuren und eine laue Auswahl an Verdächtigen: Grohm, Wilms, Bernd Dohmen. Gegen die beiden Ersteren reichten die Beweise nicht für einen Haftbefehl, den Letzteren hatte man überhaupt nicht verfügbar. Wenigstens wusste man inzwischen einiges mehr über die tiefere Bedeutung von Kornrade, Jungfer im Grünen, Seidelbast und Augentrost.

Lydia Naber presste die Lippen fest aufeinander, um nicht belehrend einzugreifen. Seidelbast war wirklich kein Schabab-Kraut.

»Was hat denn die Befragung der Leute im Segelhafen ergeben?«, fragte Kimmel nach seiner Ansprache in die Runde.

Robert Funk hatte sich darum gekümmert, räusperte sich

und nahm keine Rücksicht auf Kimmels schlechte Laune. Provozierend gelangweilt sagte er: »Na ja. Die Windverhältnisse am See haben sich doch sehr verändert in den letzten Jahren. Der ehemals beständige Schönwetterwest ist inzwischen alles andere als konstant. Manchmal zeigt er sich nur noch für eine halbe Stunde, um die Erinnerung wachzuhalten, um gleich wieder zu verschwinden. Die Nord- und Nordostwindlagen haben dagegen an Bedeutung gewonnen. Von der Bregenzer Bucht her kommt jetzt viel mehr Wind. Das gab es früher nicht. Auch der typische Rheintäler, der Südwind in der Bregenzer Bucht, taucht nur noch selten auf.«

Kimmel knurrte in sich hinein. »Gut, wissen wir auch das noch. Der Schönwetterwest ist also instabil und Augentrost macht Gewitter. Tolle Ermittlungsergebnisse. Da freut man sich in Kempten, wenn man so was zu einer Mordermittlung liest. Vielleicht schicke ich der Staatsanwaltschaft keine Ermittlungsakte, sondern ein Blumensträußchen mit Gewitterblümchen, dass da der Blitz einschlägt und wir Ruhe haben. Ja, das mache ich!«

Mit jedem weiteren Wort taumelte Kimmels Stimmung weiter einem dunklen Abgrund zu. Der Grund dafür war nicht, dass er mit seinen Leuten unzufrieden gewesen wäre. Nein. Diese Kemptener Avance lag ihm schwer im Magen. Überhaupt war es so, dass in letzter Zeit alles, was aus Kempten kam, sein Gemüt verfinsterte – selbst wenn einmal etwas Vernünftiges dabei war.

Wenzel kannte seinen Chef und wusste, dass es wenig Grund zur Hoffnung gab. Wie die Stimme klang, was die Körpersprache ausdrückte, kündigte sich ein Stimmungstief an – und Gommi hatte ausgerechnet heute frei. Immer wenn Kimmel seine schwermütigen Anfälle bekam, war es gut, wenn Gommi da war. Der wurde dann ein bisschen drangsaliert und schnell war der Spuk vorbei.

Wenzel hatte bisher noch keine Zeit gehabt, die anderen von der Aussage Zychners zu unterrichten. Schielin, Lydia und Funk waren beschäftigt gewesen, Kimmel ungenießbar und die Tür zu Jasmins Büro geschlossen. Er hatte also in Ruhe seinen Bericht geschrieben und auf die Besprechung gewartet. Das war ihm auch von daher recht, die wichtigen Dinge dann nur einmal erzählen zu müssen. Gerade als er ansetzen wollte, raschelte Jasmin Gangbacher mit ihren Unterlagen und zog den zornigen Blick Kimmels auf sich.

»Ich denke, ich hätte da etwas«, meinte sie gar nicht schüchtern, was Kimmel auch wieder nicht recht war, da ihm danach war, noch ein wenig Unmut zu verbreiten. Eine für Nichteingeweihte kaum wahrnehmbare Bewegung seines Schädels gab ihr die Erlaubnis zu reden.

»In der Biografie von Grohm finden sich Ungereimtheiten.«

Der Beginn war gut gewählt, denn es riss nicht nur Kimmel aus seiner Starre.

Der Aufmerksamkeit aller sicher, sprach sie weiter: »Die Unterlagen, die Agnes Mahler zusammengetragen hatte, betrafen allesamt die Vergangenheit von Sebald, Grohm und Gahde.«

»Ein Studienkollege«, warf Schielin für die ein, die es noch nicht wussten, »er hat sich mit Grohm am letzten Donnerstag im Bayerischen Hof getroffen.«

»Zu Gahde komme ich noch. Jedenfalls habe ich die Lebensdaten dieser Leute gegenübergestellt, tabellarisch. Wer wann wo war, und so – Schule, Studium, Auslandsaufenthalte, Publikationen, Promotionen, Geburtstage, Heirat, Firmenwechsel, Scheidung, Kinder. Ihr kennt ja diese Tabellen. Und da bin ich auf etwas Seltsames gestoßen.« Sie unterbrach. Kimmel nickte ihr aufmunternd zu.

»Ich habe nirgends etwas über Grohms Doktorarbeit finden können. Die existiert nicht. Es hätte mich ja wirklich interessiert, worüber er gearbeitet hat, aber die existiert nicht.«

Es trat Stille ein. Schielin stellte nach einem langen Augenblick fest: »Du bist dir sicher?«

»Ja.« Sie schob ihre Unterlagen über den Tisch.

»Und Agnes Mahler wusste das?«, fragte Lydia Naber.

»Ich habe nichts finden können, woraus das hervorginge. Sie hat aber die Vergangenheit ihres Onkels und seiner Freunde intensiv durchforscht.«

Lydia sah Schielin an. »Na, da hätten wir aber ein ansehnliches Motiv für einen Mord.«

Schielins Gedanken waren bei einer anderen Szene. Die, als Grohm auf die Professur angesprochen wurde. Darin könnte also der Grund für Grohms Ablehnung liegen. Gar nicht daran zu denken, was eine solche Information für die Kanzlei bedeutet hätte – das Aus. Definitiv. Er nahm den Aktenstoß, den Jasmin Gangbacher über den Tisch geschoben hatte, und blätterte darin. Um ihn herum begann eine rege Diskussion darüber, wie man weiter vorgehen solle, könne, müsse. Kimmel schwitzte.

Nach einer Weile fragte Schielin: »Diese Unterlagen hier beschäftigen sich in gleichem Maße mit Sebald und diesem Gahde wie mit Grohm. Hast du eine Vorstellung darüber, aus welchem Grund das so ist?«

Jasmin Gangbacher schnitt eine Grimasse. Dasselbe hatte sie sich auch schon gefragt. »Ist schon seltsam, ja. Dieser Gahde, der ...«

»... Körperverletzung, Nötigung, Betrug«, führte Schielin ihren Satz weiter, »ich weiß. Ich habe den Namen überprüft, als ich seinen Namen bekommen habe. Aber diese Einträge stammen aus einem Vorgang, der schon Jahre zurückliegt. Sieht auf den ersten Blick schlimmer aus als es wirklich ist. Außerdem ist Gahde aus dem Rennen. Er hat das Helvetia am Freitagmorgen verlassen und nirgends in Lindau neu eingecheckt.«

Jasmin Gangbacher zuckte mit den Schultern.

Wenzel meldete sich nun zu Wort. »Bevor sich alle auf Grohm stürzen, habe ich noch eine Aussage vom Zeugen Zychner. Ich war heute noch mal bei ihm und habe auch ihn überprüft. Auf das, was er sagt, kann man sich verlassen. Was er sagt, das hat er auch gesehen. Für sein Alter hat er Augen wie ein Adler. Das Gehör lässt allerdings nach. Was er mir heute berichtet hat, wird die Angelegenheit vielleicht komplizieren.«

Wenzel erläuterte nochmals Zychners Aussage. Von dem Motorboot, das er hatte kommen sehen, von der Frauengestalt, die auf der Mole nach draußen gegangen war, von der Begegnung hinter dem Clubhaus. Und davon, dass diese Frau den Ort definitiv wieder verlassen hatte.

Lydia sah verwirrt zu Wenzel. »Wir haben das schon diskutiert. Wilde Story. Und das will der also gesehen haben? Klingt ziemlich abgefahren und passt so gar nicht zu der Version, die ich mir gerade über unseren Doktor Freud zurechtgelegt habe. Hast du diesen Zychner mal gefragt, was er so an Medikamenten nimmt?«

»Natürlich nicht«, kam es trocken von Wenzel.

»Also nicht«, frohlockte Lydia.

Wenzel stoppte Lydias Schadenfreude: »Ich habe seinen Apotheker gefragt, Hirschapotheke, ganz im Vertrauen. Ganz niedrige Dosis Betablocker, Simvastatin und Aspirin einhundert. Nichts, was Träume und Halluzinationen verursachen würde – ganz im Gegenteil. Er hat noch etwas ge-

sehen da oben aus seinem Türmchen heraus ...«, Wenzel
unterbrach für einen Moment, »da hockt der tatsächlich wie
ein Wächter.«

»Der Inselwächter«, lachte Robert Funk in die Runde, »ja
gehört der vielleicht zu dere Truppe do.«

»Welche Truppe?«, fragte Wenzel.

»Ja, die sich auf der Legende gegründet haben ... da wo
vor ein paar Hundert Jahr welche im Pulverturm versoffen
sind. Die rufen: *Inselwächter – wach auf!* Da war doch der
Bericht in der Lindauer vom Häsabstauben ...«

Kimmel ließ seine Hand energisch durch die Luft fahren.
»Was hat der jetzt noch gesehen, der Zychner?«

»Ein Kajak, unten im Segelhafen, im nördlichen Becken,
direkt an der Uferseite, im Schatten der Segelboote.«

»Zenger, dieser Zenger«, sagte Robert Funk, »er hat die
Tote ja gefunden und ist mit dem Kajak vom Pulverturm
hergekommen – Inselrunde nennen die das. Klingt schon so
romantisch.«

Wenzel wendete den Blick nicht von Schielin. »An Zenger dachte ich auch. Aber es gibt da ein Problem: Zychner
hat kein Kajak vom Hafen herkommen sehen. Ich habe
nochmals die Berichte dazu durchgelesen. Zenger hat angegeben die Mole passiert zu haben, als die Sonne schon ganz
über den Bergen gestanden hat. Zychner war zu diesem
Zeitpunkt schon von seinem Ausguck am Dach verschwunden. Das Kajak war also schon vorher da gewesen.«

»Ja was, Kajak. Hat auch wer dringesessen?«, kam es ungehalten von Kimmel. Von vorne im Geschäftszimmer drang
das Läuten des Telefons. Jasmin Gangbacher ging hinaus. Sie
hatte vergessen auf den Besprechungsraum umzuleiten.

Wenzel antwortete genervt, weil die Frage unsinnig war:
»Ja natürlich! Seiner Meinung nach ist das Kajak langsam in

Richtung Spielbank weggefahren. Die Sache mit dem Motorboot und der Frau – die war da schon gelaufen.«

»Also ein zweites Kajak im Segelhafen«, stellte Schielin nüchtern fest.

»Genau. Es gab ein zweites Kajak«, wiederholte Wenzel, »und damit eine unbekannte Person.«

Lydia fasste zusammen: »Wir haben also einen Doktor, der keiner ist, einen Mann – vermutlich Bernd Dohmen –, und eine unbekannte Frau, die sich am Tatort zur Tatzeit treffen und einen unbekannten Kajakfahrer ein paar Meter entfernt. Dazu ein Blumenstrauß, der keiner ist.«

Schielin hatte schon eine ungefähre Vorstellung entwickelt, wie das hatte geschehen können. Vom Gang her waren die eiligen Schritte von Jasmin Gangbacher zu vernehmen. In der Tür angekommen sagte sie: »Der junge Dohmen hat sich per Handy gemeldet. Er ist auf der Handynummer seines Vaters aufgelaufen. Das Gespräch hat dreieinhalb Minuten gedauert, dann ist das Handy wieder aus dem Netz verschwunden.«

»Ja und ... Standort?«, fragte Lydia, schon im Aufstehen begriffen.

»Der Zellauswertung nach müsste er im Zug sitzen. Die Kollegen meinten, es ist der Intercity von Ulm in Richtung Augsburg. Ich habe schon im Ziegelhaus draußen angerufen. Die hätten gerade eine Streife auf der A96 bei Buchloe.«

Kimmel hatte genug gehört. Mit einem Ruck stand er und übernahm. Zuerst rief er gegenüber bei der Polizeiinspektion an, um nach einer Streife zu fragen, die hätte unterstützen können. Das war keine gute Idee, wie die Pause belegte, die nach seiner Frage entstand. Schnell sprach er entschuldigend in das Schweigen: »Ist schlecht, oder?«

»Sehr schlecht, sehr schlecht«, kam es übellaunig, »auf der Insel hat sich ein Holländer mit Wohnwagen in der Bindergasse verkeilt, in der Nobelstraße liegt eine leblose Person auf der Straße rum, und seit einer halben Stunde rufen ständig Leute an, die melden, dass draußen am Taubenberg so ein Durchgeknallter mit einem Hund unterwegs ist und zwanzig Meter in die eine Richtung rennt, dann wieder umdreht, um wieder in die andere Richtung zu tappen. Das soll schon eine ganze Weile so gehen.«

Kimmel sah die Szenen förmlich vor sich. »Mein Gott, mein Gott. Deppen gibt's auf dieser Welt, es ist nicht zu glauben.«

Der Kollege bestätigte. »Rechte Deppen. Die Streifen sind alle beschäftigt und der Hundstratzer kommt von Hergensweiler her und fährt den Taubenberg an. Schaut also schlecht aus mit Unterstützung.«

Nach einigen weiteren Telefonaten stand Kimmels Entscheidung fest. Er selbst würde mit Lydia Naber nach Augsburg fahren, um diesen Dohmen, wenn man ihn kriegen würde, nach Lindau zu bringen. Schielin und die anderen sollten sich um die Dinge kümmern, die inzwischen aufgeworfen waren. Kimmel eilte in sein Büro und holte die Dienstwaffe. Das abgegriffene Lederholster schnallte er am schmalen Gürtel seiner Hose fest. Dann stürmte er hinaus, holte den BMW. Das Gewicht der Knarre zog die Hose straff in Richtung Erdboden. Immer wieder musste er deshalb auf seinem eiligen Weg über den Hof den Fetzen nach oben ziehen. Eine Streifenbesatzung der Polizeiinspektion war gerade in den Hof gefahren und zwei junge Burschen in Uniform entstiegen dem Audi. Sie folgten Kimmels aufgeregtem Weg mit neugierigen Blicken. Wann schon sah man den Kripochef derart ungestüm über den Hof rennen.

Auch Kimmel nahm die beiden aus den Augenwinkeln wahr und meinte ein hämisches Grinsen bei mindestens einem festgestellt zu haben.

Beim Anfahren würgte er den BMW ab. Er war Automatik gewohnt. Elende Kupplung, elendes Ding. Kupplung! Dieses Wort hasste er seit seiner Schulzeit. Da hatte er irgendwann im Diktat *Kuhplung* geschrieben, weil er an eine Kuh gedacht hatte. In diesem elenden Diktat war es um einen Wagen gegangen, der gezogen werden sollte. Mit seinem Großvater in Scheidegg war er immer mit einem Kuhgespann unterwegs gewesen und in seiner Verträumtheit während des Diktats schien es ihm logisch, dass dieses Wort von Kuh kommen musste.

Der Lehrer hatte es später laut vorgelesen, sich über Kühe lustig gemacht, ihn an den dünnen Haaren direkt hinter dem Ohr gezogen und war meckernd und schimpfend weitergehumpelt, mit seinem Bein, das man ihm im Krieg in Fetzen geschossen hatte, weswegen er verächtlich *Humpel* genannt wurde. Verächtlich, nicht weil er humpelte, sondern weil er den Hader über sein Schicksal an ihnen ausließ, die sie in den Bänken saßen und *Kuhplung* schrieben statt Kupplung und anderes falsches Zeug. Aber Kimmel hatte es ihm bald darauf heimgezahlt. In einer Nacht, die ihm sicher schien, war er zu dem Häuschen in Aeschach geschlichen. Dort hatte er ihm einen schönen Kuhfladen auf das Podest vor dem Eingang gelegt, Zeitungspapier darübergebreitet, anschließend angezündet und schnell geklingelt. Tatsächlich war *Humpel* selbst an die Tür gekommen, wie er es gehofft hatte, und nicht seine blasse kleine Frau, die alle bemitleideten, mit einem solchen Mann verheiratet zu sein. Oder gar seine missgünstig dreinschauende Tochter mit den tief liegenden Augen und der flachen Brust.

Brav hatte *Humpel*, noch leise fluchend, das Feuer ausgetreten und endlich, endlich, als er gemerkt hatte, worum es bei dem Feuerchen wirklich ging, voller Wut und Verbitterung in die Nacht gebrüllt. Kimmel hatte im Gebüsch gelegen, weit genug entfernt, um nicht vor Angst bewusstlos zu werden, und er hatte Genugtuung verspürt.

Die anschließenden Verhöre in der Schule und zu Hause hatte er überlebt, wie alle anderen Verdächtigen auch. Man fahndete nach einem *Straftäter*, nach einem missratenen Produkt der Gesellschaft. Er hielt stand. Sein Vater hatte ihm eine geknallt, als er die Frage, ob er es gewesen sei, mit *Nein* beantwortet hatte. Damit war die Sache erledigt.

Er hatte schon deshalb kein Sterbenswörtchen darüber verlieren können, weil es seine Freunde auf ähnliche Art und Weise wie ihn erwischt hatte. Einer von ihnen sprach von Kollektivstrafe. Ein Wort, das er irgendwo aufgeschnappt hatte, und das Kimmel bis dahin noch nie gehört hatte. Von da an mochte er neben dem Wort *Kupplung* auch das Wort *Kollektiv* nicht mehr. Später war *Kaserne* noch dazugekommen. Jedenfalls hatte er die Kuh gerächt und jetzt hockte er hier in dieser Kiste, in heimtückischer Weise beobachtet von den zwei Affen da drüben, die immer noch am Streifenfahrzeug herumdrucksten – und er war Kripochef. Vom missratenen Produkt der Gesellschaft zum Kripochef – welche Möglichkeiten einem das Leben doch bot, trotz Lehrer.

Ohne den beiden Uniformierten einen direkten Blick zuzuwenden, sagte ihm seine Intuition doch, dass sie ihn beobachteten. Sie hatten zuvor bereits genüsslich zugesehen, wie er gegen den Sicherheitsgurt hatte kämpfen müssen, den er nicht zum Einrasten brachte, weil das verfluchte Lederholster der Knarre sich genau zwischen Mittelkonsole und Sicherheitsgurt verklemmte.

Dazu kam diese lähmende Hitze in der Kiste, die wieder einmal nicht im Schatten abgestellt worden war, wie er das immer wieder ansprach, sondern im hellen Schein der Sommersonne stand. Seine Hand zitterte vor Anstrengung, Eile und Ärger, als er nach dem Schalter tastete, um die Seitenscheibe herunterzubringen. Nach zwei, drei Versuchen gelang es. Wenigstens blieb es ihm erspart aus Versehen zu hupen, oder die Scheibenwischer über die trockene Scheibe knarzen zu lassen. Das Lenkrad musste man vorsichtig anfassen, so heiß war es. Als er den Karren nach dem Abwürgen wieder gestartet hatte und mit etwas zu viel Gas an den beiden vorbeifuhr, fragte der Dünnere betont nüchtern: »Alles in Ordnung?«

Kimmel hätte am liebsten ins Lenkrad gebissen. Ein kleines Stück weiter, meinte er von dem anderen das Wort »Spezialspezialisten« gehört zu haben. Er sah in den Außenspiegel, um die Gesichter der beiden nochmals zu memorieren. Sie würden ihm schon irgendwann mal vor die Flinte kommen.

Jetzt war schon alles egal. Er hielt vor der Einfahrt erneut an. Lydia stand schon in der Tür. Er eilte an ihr vorbei und kam gleich darauf wieder aus dem Gebäude geschossen – ein Kissen unter dem Arm. Lydias fragenden Blick beantwortete er mit zwei harten Worten: »Sportsitze ... Hüfte.« Dann fuhr er los. Die Reifen quietschten, als er in die Ludwig-Kick-Straße einbog. Die zwei Gesichter hatte er sich gemerkt. Man traf sich immer zweimal im Leben. Und von wegen ausgebucht, keine Streife. Auch das würde noch mal zur Sprache kommen.

Lydia Naber schwieg. Es war kein über die Maße ausgeprägtes Einfühlungsvermögen vonnöten, um die von Kimmel ausgehende Anspannung zu registrieren. Ein schneller Blick genügte: verdichteter Blick, beide Hände fest um das Lenkrad geschlungen, die Arme starr, den Rücken nicht an der Lehne. Es sah verspannt aus. Bis Wangen-Nord ging das so. Die kurzen Gespräche, die krächzend vom Funkgerät freigesetzt wurden, blieben die einzige und magere Unterhaltung. Erst kurz vor Leutkirch entspannte Kimmel. Als sie Memmingen entlang der Autobahn in weitem Bogen umfuhren, wanderten Lydia Nabers Gedanken zu der toten Frau, die gar nicht weit von ihnen entfernt in einem Kühlfach lag. Kurz vor Mindelheim erreichte sie die Nachricht, dass Fahndung und Bundespolizei den Zug in Augsburg rechtzeitig erwischt hatten. Und sie hatten einen jungen Kerl, auf den die Beschreibung passte. Er hatte keinen Ausweis dabei, sah heruntergekommen aus und wollte nicht mit ihnen reden.

*

Schielin saß immer noch im Besprechungsraum. Wenzel leistete ihm schweigend Gesellschaft. Beide hingen ihren Gedanken nach und waren allein, denn Funk und Jasmin Gangbacher hatten sich auf den Weg zur Insel gemacht, wo sie Grohm auftreiben sollten. Schielin kam die Dienststelle verwaist und fremdartig vor, wenn Gommi nicht da war. Es genügte allein das Wissen darum, dass er in seinem Büro saß und die Mails beschimpfte, die aus Kempten kamen, oder über sonst etwas jammerte und lamentierte. Wieso nur hatte ihm Kimmel freigegeben, mitten in einer so drängenden Ermittlung?

Wenzel sagte unvermittelt: »Sie hat ganz sicher schon an der Brüstung gestanden, als dieser Dohmen und die mysteriöse Frau auf der Mole waren.«

Schielin hatte seine Fantasie auch in den Segelhafen entsandt. Er nickte.

»Aber was ist da geschehen?«, fragte Wenzel, »so wie der Zychner das geschildert hat, war es ja nur ein kurzer Moment, dass die beiden sich an dieser Stelle befanden. Ich kann mir das nicht so richtig vorstellen – sie treffen zu dritt hinter dem Clubhaus aufeinander, einer sticht auf die Frau ein und dann verschwinden sie. Mit welcher Frau hätte dieser Dohmen sich denn da treffen wollen? Und diese Agnes Mahler hätte sich doch auch umgedreht, wenn von zwei Seiten Leute kommen – zu dieser Zeit, als es noch dunkel war. Aber die Situation, die wir am Tatort vorgefunden haben, sagt uns doch etwas völlig anderes.«

»Gar nichts passt da«, antwortete Schielin, »gar nichts.«

Robert Funk und Jasmin Gangbacher kamen nach einiger Zeit wieder von der Insel zurück. Grohm war nicht im Hotel und dort konnte niemand sagen, wo er sich aufhielt. Sie hatten erfahren, dass er auch nicht im Hotel zu Abend essen würde.

Es dauerte noch über zwei Stunden, bis Kimmel und Lydia von Augsburg zurückkamen. Sie hatten ein schmales blondes Bürschchen dabei, der ihnen brav nachlief und mit gesenktem Kopf ständig die Handschellen zu studieren schien. Sie entschieden, mit der Vernehmung bis zum Morgen zu warten. Sie wollten ausgeruht und frisch sein. Und auch Dohmen sollte nicht im Zustand der Erschöpfung mit ihnen reden. Immer noch hatten sie keine gesicherten Personalien von ihm, denn der Kleine war erstaunlich fest in seinem Schweigen. Jasmin Gangbacher war sicher, dass es sich um Bernd Dohmen handelte, denn sie erkannte in den feinen Gesichtszügen eindeutig die der Mutter. Er wurde versorgt und mit dem Auftrag in die Zelle gehockt, sich Gedanken zu machen. Ein überflüssiger Satz, den Lydia Naber da gesprochen hatte. Sie merkte es gleich. Der Kerl da war zu gar nichts anderem mehr fähig, als sich Gedanken zu machen.

Spät am Abend besuchte ihn Jasmin Gangbacher in der Zelle. Robert Funk, der sie begleitete, hielt sich im Hintergrund.

Sie stellte ihm einen Plastikbecher hin und erzählte dabei, dass sie den Garten in Ravensburg so bewundert hätte. All diese wunderbaren Rosen. Sie sagte, es müsse schön sein dort zu wohnen. Und dann die auffallend große Musiksammlung. Wie nebenbei fragte sie, ob er an deren Zusammenstellung beteiligt war. Er war ihren langsamen Bewegungen zwar gefolgt. Sein stummes Nicken jedoch wirkte abwesend. Ohne ihm den Blick zuzuwenden fragte sie, ob es nicht besser sei, wenn sie seine Eltern informieren würde. Erst als eine kleine Weile vergangen war, sah sie ihn an. Wieder nickte er.

»Morgen früh dann«, sagte sie.

Lydia und Schielin nahmen die Information gelassen auf. Sie tippte Berichte und das ungleichmäßige Klacken von Schielins Tastatur sagte ihr, dass er nicht gerade schnell mit dem Schreiben vorankam. Außerdem hatte er sich bisher kaum für Dohmen interessiert. »Was brütest du aus?«, fragte sie forschend.

Schielin tippte wieder Worte und ließ sich auch nicht von ihrer Frage unterbrechen. »Mhm, im Grunde genommen weiß ich es selbst noch nicht so genau. Das mit Grohm und seinem Doktortitel lässt mir keine Ruhe.«

Es war schon dunkel, als er die Dienststelle als Letzter verließ. Er war nicht so recht in Stimmung für Familienkonversation, und was Marja ihm aus dem Gemeindebrief vorlas, ärgerte ihn. Er nahm ein Glas Rotwein und setzte sich unter die Obstbäume. Die Sterne hingen leuchtend am Himmel und in der klaren Nachtluft waren die markanten Duftwolken, die von der Weide herkamen, angenehm zu riechen. Später sah er im Fernsehen eine Reportage über die besonderen Fähigkeiten von Hunden. Gommis Hundle fiel ihm ein. Na ja.

Kanuclub

Auch in dieser Nacht waren keine Wolken aufgezogen. Die Wärme fühlte sich von Tag zu Tag trockener an und bald würde die Natur Regen benötigen. Schielin hatte Lydia davon verständigt, dass er ein wenig später kommen wollte. Dohmen musste sowieso noch erkennungsdienstlich behandelt werden – Fingerabdrücke, Speichelprobe, messen, beschreiben. Das dauerte seine Zeit.

Bevor Schielin sich aufs Rad setzte, war er zur Weide gegangen, um nach dem Rechten zu sehen. Ronsard hatte sein bockiges und beleidigtes Verhalten aufgegeben und sich dazu entschieden, die Weidegäste zu ignorieren. Noch als Schielin ein Stück entfernt war, hatte er seinen Stammplatz unter dem Birnbaum verlassen und war mit staksigen Schritten an den Zaun gekommen. Schielin rieb ihm den festen Nasenrücken und sein Esel genoss es. Es war an der Zeit, wieder mal auf eine längere Tour zu gehen.

Schielin rollte hinunter in die Reutiner Straße. Der Dienststellenbetrieb hatte bereits Fahrt aufgenommen. Am Gang begegnete ihm Dohmen in Begleitung von Wenzel und Lydia, die mit den Formalitäten fertig waren. Ein paar Stunden Schlaf, selbst wenn sie unruhig gewesen waren, hatten aus dem nervösen Kerl von gestern wieder einen halbwegs vernünftigen Menschen gemacht. Kimmel war nicht in seinem Büro, wie Schielins kurzer Kontrollblick erbrachte, und auf dem Weg nach hinten geriet er in eine Wolke Kaffeedunst. Gommi war also wieder da.

Im Besprechungsraum traf er die anderen. Kimmel knetete schon so früh seine Hände. Gommert jammerte laut und ließ sich von Schielins Eintreten nicht unterbrechen. »Ich hab nur gemacht, was die Trainerin mir gesagt hat und für des Hundle war des gar nicht schlimm. Im Gegenteil – ich hab sogar gemeint, dass es ihm recht Spaß macht«, er wendete sich Schielin zu, der einen Stuhl zurechtrückte, »aber des ist doch ein Wahnsinn, oder? Die Polizei anzurufen deswegen, ja wo leben wir denn inzwischen!? Schweinefleisch für zwei Euro das Kilo in sich reinstopfen, aber seine Tierliebe entdecken wollen, wenn einer seinen Hund erzieht!«

Schielin grinste. Er hatte am Gang schon von Gommis Pech gehört. Kimmel meinte abwehrend: »Ja, so ist das halt bei uns.«

»Ja, genau! So ist des bei uns. Lauter Aufpasser. Man fühlt sich ja gar nicht mehr frei. Im Bregenzer Wald drüben, da kann man stundenlang mit seinem Hund herumlaufen und erziehen, sogar mit einer Frau in Lederhose und kurzen roten Haaren. Da ruft keiner die Polizei. So weit ist es schon gekommen, dass man nach Österreich muss, wenn man sich frei fühlen will.«

Kimmel machte mit einer verlorenen Handbewegung deutlich, dass er dieses Thema nicht diskutieren wollte. Gleich nach Gommis letztem Klagen sprach er Schielin an. »Jasmin und Robert holen den Grohm. Sie müssten bald da sein und der kleine Dohmen ist auch schon fertig. Seine Eltern wissen Bescheid und werden einen Anwalt schicken.«

Schielin wollte, dass Jasmin Gangbacher sich zuerst mit Dohmen befasste. Er reagierte auf sie und vielleicht konnte sie ihn dazu bewegen, noch vor Eintreffen des Anwalts etwas zu sagen. Kimmel stimmte zu und verzog sich in sein Büro. Kurze Zeit später kamen Robert Funk und Jasmin Gangbacher mit Grohm, der jeglichen Blickkontakt vermied und bei Gommi im Büro geparkt wurde. Schielin wollte ihn eine Weile schmoren lassen.

*

Jasmin Gangbacher saß Bernd Dohmen gegenüber. Robert Funk hatte einen Stuhl vom Tisch weggerückt und seitlich hinter Dohmen Platz genommen, der meinen sollte, mit der jungen Kollegin alleine zu sein. Das Aufnahmegerät hatten sie nur deswegen zuvor eingeschaltet, damit Jasmin ihr Gespräch später durch das explizite Ausschalten des Gerätes auf eine sichtbar persönlichere Ebene stellen konnte. Bernd Dohmen hatte am Morgen, nach einem Becher Kaffee, seine Personalien angegeben und war darüber informiert worden, dass seine Eltern einen Anwalt für ihn bestellt hatten. Ab diesem Augenblick schwieg er beharrlich. Inzwischen hatten sie auch erfahren, dass er Musik studierte; Hauptfach Komposition.

Jasmin Gangbacher fing die Sache geschickt an. Nachdem sie das Aufnahmegerät ausgeschaltet hatte, begann sie zu erzählen. Zuerst von sich. Weshalb sie zur Polizei gegangen war, dass sie am Bodensee sozusagen hängen geblieben war, dies und das. Geplätscher. Bernd Dohmen hörte aufmerksam zu, denn es war ihm angenehm ihr zuzuhören und es lenkte ihn von seiner Situation ab. Aus Krimis wusste er, dass man in einer solchen Situation befragt wurde. In den Filmen strahlten Scheinwerfer, die Polizisten trugen Hosenträger und waren genauso verschwitzt wie die Verdächtigen, die irgendwann weinend zusammenbrachen und gestanden. So ein Krimi musste ja auch nach eineinhalb Stunden zu Ende sein. Hier war alles anders. Er hatte alle Zeit der Welt, weil sein Leben seit fünf Tagen ein anderes, neues war, und diese schwarzhaarige Polizistin stellte keine Fragen, sondern sie erzählte. Von sich und von der Frau im Segelhafen, die man erstochen aufgefunden hatte. Wie ihr Name lautete, was sie von Beruf gewesen war, von wo sie stammte und dass sie die Sonnenaufgänge am Bodensee immer sehr genossen habe.

Als die Erzählung zur Frau kam, senkte er den Kopf und wollte weghören, aber es war so, als spräche die Polizistin gar nicht zu ihm, sondern nur so in den Raum hinein. Und – es interessierte ihn. Es interessierte ihn, endlich zu erfahren, was das für eine Frau gewesen war und was für ein Leben sie gehabt hatte. Eine Frage riss ihn aus seiner düsteren Gedankenwelt.

»Kannten Sie die Frau?«

»Nein«, kam es ganz automatisch, obwohl er doch schweigen wollte.

»Sie haben sich aber mit ihr getroffen, unten am alten Clubhaus.«

»Nein. Ich habe mich mit niemandem getroffen.«

»Aber Sie müssen sich doch begegnet sein. Ein Zeuge hat uns berichtet, dass Sie vom Boot hergekommen sind, und die Frau vom Festland her. Sie müssen einander doch begegnet sein.«

»Ach *diese* Frau meinen Sie … nein ich kannte sie nicht und habe mich auch nicht mit ihr getroffen … begegnet … wir sind uns begegnet.« Es klang abwesend, wie er sprach.

Jasmin Gangbacher wusste nicht so recht, wie sie weitermachen sollte und warf Robert Funk einen Blick zu. Der machte eine beruhigende Geste. Sie konnte also nicht viel falsch machen.

»Was ist denn geschehen an diesem Morgen?«

»Sie hat geschrien und ich bin weggelaufen. Ich hatte Angst.«

»Sie hatten Angst … wovor?«

»Vor dieser Frau.«

»Vor welcher der beiden?«

»Nicht vor der, die an der Brüstung lehnte.«

»Sie wussten, was passiert war?«

»Ja.«

»Es war noch sehr dunkel. Wie konnten Sie erkennen, was geschehen war?«

»Ich hatte eine Taschenlampe mitgenommen und wollte nach dieser Frau sehen. Sie hing da an der Brüstung und vom Boot aus hatte ich sie angesprochen … keine Antwort. An der Eisentreppe habe ich angelegt und bin zu ihr hingegangen. Als ich die Taschenlampe anmachte, habe ich das Messer gesehen … und gleich daneben stand diese Frau. Sie hat geschrien und ist weggerannt und ich auch.«

»Mhm. Und weshalb haben Sie nicht die Polizei verständigt?«

»Ich … ich habe das Messer angefasst … und dann war ja da diese Frau. Mir hätte doch niemand geglaubt. Verstehen Sie? Es war, als wäre ich in einem Traum unterwegs gewesen. Da hing diese Frau und ich leuchtete auf dieses Messer, das da in ihrem Rücken steckte. Wie magisch … ich war wie magisch von diesem hellen Schaft angezogen und musste hinlangen, so als könnte mich nur das davon überzeugen, dass es Wirklichkeit war, was ich erlebte. Verrückt. Und es ist wirklich und real. Seit Tagen überlege ich, ob es nicht vielleicht so enden könnte, dass ich aufwache. Einfach aufwache, so wie früher, und alles ist so unbelastet wie es einmal war.«

»Was hatten Sie denn vor, so früh am Morgen mit dem Boot. Was war Ihr Ziel?«

»Ich war auf dem Rückweg und wollte das Boot im Kleinen See lassen. Ein Freund aus Langenargen hat da einen Liegeplatz direkt an der Inselhalle – der ist frei zurzeit. Er ist gerade mit der Familie am Untersee, in Sipplingen.«

»Wir haben das Boot draußen am See gefunden. Wie ist das möglich gewesen?«

»Ich bin zuerst weggefahren … wollte zum Liegeplatz am Kleinen See … habe dann aber die Nerven verloren … ich weiß auch nicht. An der Spielbank vorne bin ich rangefahren und einfach davon. Ich wollte nur weg. Es war mir zu eng auf dem Boot und es hat mich überhaupt nicht mehr interessiert.«

*

Grohm saß bei Erich Gommert im Büro und wartete mit saurer Miene auf die Vernehmung. Er mochte es nicht, wenn man ihn warten ließ, hatte dies auch deutlich gezeigt und gesagt, doch niemanden hatten seine Worte interessiert.

Das entspannte, fast spielerische Verhalten, mit dem der Polizist im Büro zwischen Bildschirm und Tastatur agierte, ab und an eine Zahl, ein Wort leise kommentierte – dieses Verhalten, das innere Geborgenheit und Sicherheit ausdrückte, brachte Grohm innerlich auf. Und dann dieser Hund, der schlafend am Boden lag.

Grohm realisierte, wie sein Gemüt in finstere Schichten sank und suchte dies zu verhindern. Am besten mit einem belanglosen Gespräch. Das lenkte ab. Er fragte: »Woran arbeiten Sie denn so konzentriert?«

Erich Gommert und Hundle reagierten gleichzeitig. Ersterer unterbrach das Tippen und Murmeln und auch Hundle richtete sich halb auf und sah prüfend zu Grohm, dessen fremde Stimme plötzlich im Raum gestanden hatte.

»Statistik«, antwortete Erich Gommert und fügte hinzu, »die Anzahl der Fenster im Gebäude, Türen und Wasseranschlüsse. Unser Präsidium braucht dies für die Liegenschaftsverwaltung.«

Grohm ließ ein verständnisvolles Knurren hören und meinte dann: »Sie haben einen schönen Arbeitsplatz.«

»Ja. Es ist doch wirklich schön hier am See.«

»Ich meinte eher Ihr Büro hier – mit dem Hund. Aber Sie

246

haben schon recht mit dem, was Sie sagten. Wobei – gestern, da ging es ja richtig zu hier auf der Insel. Überall Musik.«

Erich Gommert strahlte. »Ja sicher, ist doch schön, wenn man feiern kann, nicht? Und die Menschen sind fröhlich und gut gelaunt, und singen ... und das Wetter.«

»Ja – vor allem singen«, stöhnte Grohm, »singen, singen, singen und humpatätärä. Je später, desto häufiger immer wieder dieses eine Lied, das von dieser Fischerin. Ich kenne es von früher, Konstanz. Aber da war man noch jung und hat das ein oder andere Mal auch mitgesungen, mitgegrölt.«

Erich Gommert nickte. »Ach ja. Des ist ja sozusagen die Bierzeltnationalhymne vom Bodensee«, er summte leise vor sich hin, »die Fischerin vom Bodensee ist eine schöne Maid, juchhe ... das geht einfach ins Blut, herrliche Melodie, schöner Text ...«

Grohms Gesichtszüge verfinsterten sich: »Eine Metapher.«

»Äh, was, eine ...?«, kam es von Gommert.

»Es ist eine Metapher – dieses Lied«, antwortete Grohm ernst.

Erich Gommert wusste nichts mit Grohms Aussage anzufangen. »Mhm. Es ist ein Heimatlied halt, es ist ein Volksoder Heimatlied.«

»Genau, ja. Metapher«, bestätigte Grohm finster, »eine junge Frau, ein weißer Schwan, ein Boot, das Wasser mit seiner unergründlichen Tiefe, in dem alles zu versinken, zu verschwinden droht, der alte Hecht ... Metapher.«

Erich Gommert sah entgeistert auf. »Na ja. Es ist doch eher fröhlich. Abendrot, Boot, Lieder klingen von der Höh, am schönen Bodensee. Doch eher fröhlich würde ich sagen.«

Grohm sah über seine Brille. »Nichts ist fröhlich daran. Das Wasser, der weiße Schwan ...«

»... ein Sinnbild der Unschuld und Liebe«, fiel Gommi ein.

Grohm schüttelte den Kopf und wiederholte: »Unschuld ... Liebe. Es ist ein Bild des Todes. Der Schwan ist ein Sinnbild des Todes und das Wasser ist das dunkle Reich des Todes, in welchem alles versinkt, der Kahn ist Sinnbild der Heimstatt des Menschen im Reich des Todes und die junge Frau, eine Fischerin, ringt dem Totenreich durch das Auslegen ihrer Netze letztlich ihr Recht auf Leben ab – Nahrung. In der Verkettung mit dem Schwan gibt dieses Bild in expliziter Weise die Unentrinnbarkeit des Menschen vom Tod wieder.«

Gommi hatte mit offenem Mund zugehört und musste schlucken. »Oh! So ... also so habe ich das noch nie gesehen. Es geht ja bei dem Lied denke ich eher um ...«

Grohm überging ihn. »Als Kyknos in einem Pappelhain am Ufer des Flusses Eridanus den Tod seines treuesten Freundes Phaëton laut klagend betrauerte, da hatten die Götter Mitleid mit ihm und verwandelten ihn in einen Schwan aus leuchtenden Sternen – das Sternbild, Sie wissen, ja ...«

Erich Gommert nickte beeindruckt und ahnungslos. Grohm machte weiter. »... bevor Kyknos aus Trauer über den geliebten Freund starb, sang er auf jene von keinem anderen Gesang an trauriger Schönheit übertroffene Weise – der letzte Gesang des Schwanes vor dem Tod, der Schwanengesang. Es geht also in diesem Lied um die fundamentale Darstellung von uns Menschen in der Welt, um eine uns umgebende, grundsätzlich feindlich gesonnene Natur, und es geht auch um den uns ständig verfolgenden ödipalen Konflikt – es ist Ausdruck einer einzigen Seelennot, dieses Lied, es ist ein Schwanengesang, ein Abgesang auf die Liebe und das Leben. Es ist ein in seinem innersten

Wesen ein uns Menschen depressiv, traurig stimmendes Stück.«

Erich Gommert war entsetzt. So war ihm das beim letzten Kinderfest in Aeschach überhaupt nicht vorgekommen.

✷

Lydia Naber betrat das Büro und holte Grohm ab. Erich Gommert stand auf und ging hinüber zu Robert Funk. Die beiden sollten das Hotelzimmer Grohms durchsuchen. Die Geschichte mit dem fehlenden Doktortitel reichte für einen Beschluss.

Im Vernehmungsraum warteten bereits Wenzel und Schielin. Der hatte Jasmin Gangbacher einen Stapel Unterlagen gegeben. Material, das er am Vorabend zusammengetragen hatte, und das sie nochmals recherchieren sollte.

Grohm trug eine leichte Sommerhose, ein hellgraues Hemd, dazu ein dunkelrotes Jackett. Seine dunklen Augen hoben sich heute vom ergrauten Haar besonders intensiv ab. Er atmete hörbar durch die Nase, um seinen Unmut und seine Gereiztheit zum Ausdruck zu bringen. »Schön, dass das dann doch noch geklappt hat«, formulierte er spitz, als er sich setzte.

Schielin startete das Aufnahmegerät, sprach ruhig und formell Zeitangaben, Namen der Anwesenden und Grohms Personalien auf das Band.

»Sie wissen, aus welchem Grund wir Sie nochmals haben kommen lassen?«

Grohm zuckte nur mit den Schultern und gab sich uninteressiert.

Lydia Naber hielt einen Stapel Papiere hoch und ließ die Blattkanten durch ihre Finger gleiten, dass es rasselte. »Das sind die Unterlagen, die wir über Sie zusammengetragen haben. Nicht wenig. Ein Dokument allerdings fehlt …«

Grohm grinste und reckte seinen Kopf gespielt amüsant nach vorne: »Welches denn? Vielleicht kann ich Ihnen ja behilflich sein?«

»Ich bezweifle, dass es Ihnen gelingen wird Ihre Promotionsurkunde irgendwo aufzutreiben. Die existiert nicht. Genauso wenig wie ein Verhältnis zwischen Ihnen und Frau Mahler bestanden hat, wie Sie es angedeutet hatten. Aus welchem Grund all die Lügen? Aus welchem Grund.«

Sie ließ sich ihre Enttäuschung über Grohms Reaktion nicht anmerken. Erst sank Grohms Oberkörper kaum merklich zusammen, um sich sofort wieder zu straffen. Immer behielt er dabei den Kopf gerade und fixierte Lydia Naber, als wolle er sie hypnotisieren. Sie hatte er als Gegnerin erkannt. Ein knappes, verächtliches Schnauben war alles, was er ihr zu entgegnen hatte.

Sie wartete. Schielin und Wenzel schwiegen. Lydia hatte die Initiative ergriffen.

»Mit Ihrem Schweigen werden Sie nicht weiterkommen. Sie waren zur infrage kommenden Tatzeit in der Nähe des Tatortes und – Sie hatten ein Motiv. Das Opfer wusste von Ihrem Betrug mit dem Doktortitel. Wann hat sie es Ihnen gesagt?«

Grohm tappte tatsächlich in die kleine Falle. »Wir wollten uns an diesem Wochenende darüber unterhalten.«

»Unterhalten«, wiederholte Lydia, »vielleicht im Segelhafen?«

Er reagierte gar nicht ungehalten. Es war, als überlegte er.

»Mit Schweigen werden Sie nicht weiterkommen.«

»Wenn ich schweigen wollte, wäre ich gar nicht hierhergekommen, sondern hätte meinen Anwalt geschickt. Das sollte Ihnen klar sein.«

Lydia schluckte ihren Zorn über seine unerschütterliche Arroganz hinunter. »Erzählen Sie ganz einfach. Und bleiben Sie bei der Wahrheit.«

Grohm sah weg. Als käme mit ihren Worten ein übler Geruch über den Tisch. »Ich bin damals in die Schweiz gegangen, hatte meine Doktorarbeit schon begonnen. Sebald war mit anderen Freunden in Konstanz geblieben. Ich habe mich in der Schweiz aber mehr mit naturwissenschaftlichen Studien befasst. Sebald und ich hatten vor, gemeinsam etwas auf die Beine zu stellen. Nach knapp zwei Jahren habe ich ein Erbe erhalten, Sebald kam sowieso aus einer wohlhabenden Familie. Er hat das Ganze in die Hände genommen und die Kanzlei in München eingerichtet. Als ich aus der Schweiz zurückkam, hing ein großes Messingschild vor dem Büro. Dr. Grohm & Dr. Sebald. Es war wie selbstverständlich. Wir hatten gar nicht darüber geredet. Anfangs hatte ich noch vor die Promotion abzuschließen. Doch dann... wie es eben so geht. Arbeit, viel Arbeit, Familie, Kinder – und niemand hat nach diesem blöden Ding gefragt, da ich ja keine universitäre Karriere anstrebte, und unsere Kunden... die interessiert das schon gar nicht. Ich halte das für keine große Sache; ein Kavaliersdelikt, mehr nicht. Niemals ein Grund einen Mord zu begehen, wie Sie das so gerne konstruieren möchten.«

»Hat Sebald das irgendwann erfahren?«

»Nein. Nie.«

»Agnes Mahler. Wie kam sie darauf?«

Grohm legte beide Arme auf den Tisch und beugte sich weit über den Tisch, um Lydia Naber so nahe wie möglich zu kommen. Er sprach leise und eindringlich. »Sie halten Agnes Mahler für eine Heilige – weil sie ein Opfer ist. Vielleicht müssen Sie so reagieren. Aber sie war eine sehr kühle, berechnende, ehrgeizige Frau.«

»Intelligent war sie sicher auch noch und hatte damit vielen kühlen, berechnenden, ehrgeizigen Männern schon etwas voraus. Von ihrem legal erworbenen Doktortitel wollen wir gar nicht erst reden.«

Grohm schluckte und zog sich angewidert zurück, sprach aber weiter. »Sebald hatte schon einmal den Plan gehabt, aus unserer Kanzlei ein Institut zu machen. Sie, also Agnes Mahler, hat das wieder aufgegriffen und war wie besessen von der Idee. Die Geschäfte, müssen Sie wissen, die Geschäfte liefen nicht mehr so gut in den letzten Jahren und es musste etwas geschehen«, er lachte bitter, »und um ein Institut zu gründen, braucht man einen Professor. Sie hat mich richtiggehend drangsaliert und konnte es überhaupt nicht verstehen, dass ich nicht die geringste Lust dazu verspürte. Ich weiß, was Sie denken, aber es lag nicht allein an dem fehlenden Doktortitel. Ich wollte wirklich nicht. Jedenfalls hat sie von dieser Sache nicht gelassen und diese Neue angeschleppt ...«

»... welche Neue?«

»Claire Wilms. Sie hat sie auf einer sogenannten Networking-Party kennengelernt. Soweit ich das mitbekommen habe, ist Frau Wilms das Betthäschen irgendeines Politikers. Und unsere liebe Agnes hat, eloquent wie sie war, sofort kombiniert: Um ein Institut zu gründen, bedarf es neben ordentlichen Professorentiteln – was immer man heutzutage darunter subsumieren mag – noch eines weiteren Elements von viel größerer Bedeutung: politische Beziehungen. Denn von dort kommen die Mittel, die finanziellen. Das war der Plan von Doktor Agnes Mahler. Als Claire Wilms zugesagt hatte zu uns zu kommen, hatte sie schon alles zusammengetragen, was für eine Professur erforderlich ist, weil sie wohl dachte, ich sei zu träge dazu und brauchte nur einen Anstoß. Dabei ist sie dann auf dieses kleine Problemchen mit dem Doktortitel gestoßen.« Er entspannte sichtlich und sah verächtlich in die Runde. »Das ist sie – die Wahrheit. Sie war ganz blass, als sie vor etwa zwei, drei Monaten zu mir ins Büro kam und mir ihre Erkenntnisse offenbarte. Ich habe sie ausgelacht, einfach ausgelacht.«

»Ich denke eher, Frau Wilms ist eingetreten, um Ihren Platz einzunehmen und Agnes Mahler hat Sie unter Druck gesetzt, die Kanzlei zu verlassen – und zwar ohne entsprechende finanzielle Abfindung. Ein geeignetes Werkzeug zur Repression hatte sie ja in Händen. Sie wären finanziell und gesellschaftlich erledigt gewesen.«

»Ersteres mit Sicherheit nicht – und gesellschaftlich? Interessiert mich überhaupt nicht. Vor wem sollte ich denn Befürchtungen haben? Vor den Leuten, die über die Jahre hinweg meine wissenschaftliche Arbeit gelobt, kopiert, zitiert und verwendet haben? Nein. Es gab nichts, womit Agnes Mahler mich hätte unter Druck setzen können. Sie selbst war unter Druck, denn es war ihr Konzept, das nicht funktionierte und vor dem Scheitern stand. Ich wollte einfach nicht und habe mich gerade nicht in Zwänge bringen lassen. Das habe ich nie. Nie.«

»Eine nette Geschichte haben Sie sich da zurechtgelegt. Es ist jedoch so, dass die Fakten dagegensprechen. Sie hatten ein Motiv, sie waren zur Tatzeit in der Nähe des Tatortes. So einfach, wie Sie es meinen, kommen Sie aus der Situation nicht heraus.«

»Ich will aus gar keiner Situation herauskommen. Sie hingegen sollten mit Vorwürfen vorsichtiger umgehen. Fakten? Welche Fakten denn? Wenn Sie auch nur einen vernünftigen Beweis hätten, säße ich doch schon in der Zelle. Ich sehe es Ihnen doch an, wie versessen Sie darauf sind, mich genau dahin zu bringen. Vielleicht leben Sie an mir Ihre nicht bewältigten Minderwertigkeits- und Vaterkomplexe aus. Sie kommen aus kleinbürgerlichen Verhältnissen und hatten einen sehr dominanten Vater, der Ihnen und Ihrer Mutter strikte Rollen zuwies, und nun sitzen Sie einem erfolgreichen, wohlhabenden Mann wie mir gegenüber und müssen Ihre Reflexe ausleben, die Sie sich Ihrem Vater gegenüber nie getraut hätten zu zeigen. Die Machtposition, die Sie durch Ihre Berufswahl erlangt haben, ist Ihr Vehikel, sich aus Ihrer inneren, ewig währenden Gefangenheit zu befreien. Es wird Ihnen nicht gelingen, auf diese Weise nicht, glauben Sie mir! Gleich, wie nun alles einander bedingen mag – Ihre originäre Arbeit hingegen sollten Sie besser erledigen. Fragen Sie doch Frau Schirr, wo sie am Samstagmorgen bei Sonnenaufgang unterwegs gewesen ist. Ich jedenfalls habe sie drüben in der Nähe des Segelhafens gesehen, an jenem Morgen, als ich zu meiner morgendlichen Spazierrunde aufgebrochen bin.«

Grohm hatte seinen Oberkörper wieder nach vorne über den Tisch geschoben während er sprach und sah Lydia Naber auffordernd und aggressiv an.

Lydia Nabers Gesicht verzog sich zu einem bemitleidenden Grinsen. Gerade noch hatte sie sich mit Mühe beherrschen müssen, um Grohms Arroganz professionell begegnen zu können und spürte die tiefe Abneigung, die sie diesem Menschen gegenüber und in nahezu physischer Weise empfand.

Seine verbale Entgleisung provozierte sie hingegen nicht. Vielmehr beruhigte es sie, dass er begann die Contenance zu verlieren, dass er dazu überging, sein Schneckenhaus zu verlassen und anzugreifen.

In einem lag er allerdings wirklich nicht daneben: Nichts hätte sie lieber getan, als ihm Handschellen anzulegen und in die Zelle zu stecken.

»Vielen Dank für diese Information, Herr Grohm«, hörte sie sich gelassen sagen, »Sie haben uns also auch noch eine wichtige Information zur Aufklärung des Falles vorenthalten. Waren Sie es nicht, die Frau Schirr am Samstagmorgen Medikamente verabreichte? Dürfen Sie dies überhaupt, mit Medikamenten umgehen? Wir werden das prüfen.«

Grohm zog sich zurück und sank still in den Stuhl zurück, als überfielen ihn plötzlich Magenbeschwerden. Seine Gesichtsfarbe glich sich den grauen Haaren an. Hatte er sich zu sehr aufgeregt?

Lydia Naber sah zu Schielin, der keine Frage stellte oder Anstalten machte einzugreifen. Etwas mehr Unterstützung hätte sie sich von ihm und Wenzel schon erwartet. Einen letzten Versuch wollte sie dennoch wagen. »Als wir Sie vor einigen Tagen anhörten, deuteten Sie ein Verhältnis zwischen Ihnen und Frau Mahler an. Das war entweder eine sehr geheime Angelegenheit oder diese Beziehung hat es nie gegeben. Ich halte letztere Variante für die realistischere. Bei Frau Mahler hatten Sie doch keine Chancen und in Ihrem Freundeskreis will niemand davon wissen noch an eine solche Beziehung glauben.«

Grohm unterließ es, auf ihre Frage überhaupt einzugehen. Er sah störrisch auf die Tischplatte.

Sie entschied sich schweren Herzens dazu, ihn gehen zu lassen. Sie hatten wirklich keinen einzigen Beweis, der geeignet war ihn in die Enge zu treiben. Wenzel begleitete ihn hinaus.

Lydia Naber atmete einige Male tief durch, dann ließ sie den Kopf stöhnend in die Hände sinken. Schielin schwieg.

»Du lieber Gott. Dieser elende Kotzbrocken, dieser miese Psychokeks – nicht annähernd zu packen. Ich könnte verrückt werden. Dabei hatte ich schon gedacht, die Sache mit dem Doktortitel würde ihn platt machen. So ein Mist!«

»Es waren die falschen Fragen«, konstatierte Schielin nüchtern.

Sie fuhr auf und giftete ihn an. »Ach! Ich habe also die falschen Fragen gestellt. Habe ich was an den Ohren gehabt, oder was? Wo waren denn deine Fragen, mein Lieber, wo waren die fantastischen Fragen der Herren Ermittler, he!?«

Schielin blieb gelassen. »Ich hätte die gleichen gestellt, wie du auch – die falschen Fragen. Wir haben nur im Moment keine anderen. Dennoch bin ich gar nicht so unzufrieden.«

»Soso – nicht unzufrieden! Und wieso musste ich die stellen und die Herren der Schöpfung halten sich fein raus, hocken hier rum und machen auf stilles Mäuschen, he!?«

»Weil Grohm Angst vor dir hat. Vor uns nicht. Er hat Angst vor dir, weil du ihm so gar keine Ehrfurcht entgegenbringst. Das ist schön anzusehen.«

»Ach …«

»Ja, ach. Denke doch mal, wie er sich in den paar Tagen verändert hat. Sein erster Auftritt – der große Zampano, der alles im Griff hat, der die Zügel in der Hand hält … so tut, als müsse er uns ertragen, wie schlechtes Wetter. Da sucht er zunächst zu verhindern, dass wir mit dieser Schirr vernünftig reden können, und jetzt – liefert er sie eiskalt ans Messer. Das macht er doch nur, weil er unter Druck ist, weil er mit dem Rücken zur Wand steht und sich Luft verschaffen will. Wir wissen nur noch nicht, wo sein wunder Punkt ist, aber ich bin davon überzeugt, dass es diese verwundbare Stelle gibt.«

Schielin tätschelte Lydia tröstend die Schulter und ging zum Telefon. Robert Funk und Gommi sollten Melanie Schirr auftreiben und deren Hotelzimmer durchsuchen.

Dohmen saß in der Zelle und wartete. Ein Gespräch mit seinem Anwalt hatte bereits stattgefunden.

✻

Schielin schnappte sich sein Fahrrad und radelte in Richtung der Aeschacher Kreisverkehre. Er kam schnell an der wartenden Autoschlange vorbei, die beide Zufahrten zum Edeka blockierte. Ein Stück weiter, bei der Metzgerei Schmieger, wurde er bei dem Gedanken an eine Leberkässemmel fast schwach. Doch er trat ein paar Mal kräftiger in die Pedale, bevor es steil hinabging zum Hasenweidweg und über den gefährlich holprigen Bahnsteig, der ein richtiger Felgenkiller war. Unten angekommen, folgte er dem Aeschacher Ufer bis kurz vor die Schranke am Bahndamm. Hier hatte Grohm seinen Morgenspaziergang durch einen kleinen Streit mit dem Schrankenwärter bereichert. Manchmal war es auch wirklich zum Verrücktwerden hier zu stehen und zu warten. Schielin hatte zwar ein anderes Ziel – den Kanuclub –, dennoch fuhr er die paar Meter bis zu den Gleisen. Links lag der Bahndamm und geradewegs ging es am Ufer entlang zur Giebelbachstraße. Von dort leuchteten die roten und weißen Blüten eines Rosenbusches, der in weitem Halbbogen über die Zufahrt zu einem der Schrebergärten geführt war, die den Bereich jenseits der Uferlinie füllten.

Schielin wendete und betrat das Gelände des Kanuclubs. Der innere Grundstücksraum war durch das lange Bootshaus vor neugierigen Blicken geschützt. Gleich auf der linken Seite standen zwei Zelte. Drumherum lagen Kajaks im Gras, Paddel und Bootsträger. Die zwei Pärchen, die vor dem Zelt frühstückten, sprachen einen fremden, froh singenden Dialekt: Kölner waren es. Die weite Rasenfläche lag einsam im Schatten der gewaltigen Linden. Ein versteckter Flecken voller Frieden. An der Ufermauer saß eine Frau unter einer der Linden und las. Hinter ihr, auf der weiten Rasenfläche, tobten, gleichsam lachend, stolpernd und fallend, einige Kinder mit einem Ball herum. Jenseits der alten, steinernen Ufermauer, auf dem Kleinen See, blubberten die Motoren der Boote, und, vom Fischerhaus im Winkel zum Bahndamm gedrängt, klang das Klirren von Bierflaschen. Am östlichen Nachbarsgrundstück schloss sich der Ruder-club an. Ein Vierer wurde gerade ins Wasser gesetzt und aus der Bootshalle dröhnte Musik.

Schielin wendete den Blick wieder zum Clubhaus. Die Tür stand offen. Es musste demnach jemand da sein, der ihm Auskunft geben konnte. Er war schon auf den großen Kerl mit Bart gefasst, dessen schonungslos hessischer Dia-lekt sich auch nach Jahrzehnten hier am See nicht im Ge-ringsten abgeschliffen hatte. Er traf auf Hermann, einen alten Bekannten aus Reutin, der nach dem Rechten sah. Schielin blieb im Ungefähren, seine Fragen betreffend. Es ging um das Kajak, von dem Zychner gesprochen hatte. Sicher gab es hier Aufzeichnungen über die Boote, die ausgeliehen wurden.

Hermann hielt sich nicht mit langen Reden auf und führte Schielin zu dem Katheder im Bootshaus, wo das Fahrten-buch auflag. Seine Positionierung und Größe ließ es wie ein sakrales Hilfsmittel anmuten. Wer vom Club aus mit einem Kajak oder Kanu startete, musste Namen, Bootsnummer, beabsichtigte Fahrtstrecke, Abfahrtszeit und nach der Rück-kehr die Ankunftszeit festhalten. Schielin blätterte in dem Register. Inselrunde, Wasserburg und Lochau – so lauteten die Favoriten unter den Zielen. Für den vergangenen Frei-tag und Samstag gab es gleich mehrere Seiten mit Einträgen; es war ziemlich viel los gewesen an diesem Wochenende, was angesichts des Wetters nicht verwundern konnte. Der letzte Rückkehrer hatte sich am Freitag um zweiundzwan-zig Uhr ausgetragen und am Samstag war das nächste Kajak nach Zenger laut Fahrtenbuch um sieben Uhr unterwegs gewesen. Ein Ehepaar, mit dem Ziel Wasserburg. Schielin hatte nicht wirklich etwas anderes erwartet, spürte aber trotzdem Enttäuschung. Hermann meinte, dass es ja auch jede Menge privater Boote gäbe, die am See unterwegs waren und nicht am Kanuclub einsetzten.

Ja – das war Schielin auch in den Sinn gekommen, doch irgendwo musste er anfangen.

»Und die Zelte da vorne?«, fragte er in Richtung der Kölner.

»Wir betreiben ja keinen Zeltplatz hier, aber Leuten, die am See auf Tour sind, und Mitgliedern anderer Vereine, denen bieten wir schon die Möglichkeit hier ein paar Tage zu verbringen, um diese Seite des Bodensees zu entdecken – ist ja auch ein herrlicher Ort.«

Schielin erfuhr weiter, dass die Gäste sich nicht im Fahrtenbuch eintragen konnten, solange keiner der Verantwortlichen das Bootshaus geöffnet hatte. Es gab für sie nur Schlüssel zu den Sanitäranlagen. Hermann kramte die Gästeliste hervor.

Drei Einträge: ein Ravensburger Mann mit Wohnwagen, ein Sachse mit Zelt und ein Hesse.

Er notierte Namen und Autokennzeichen.

*

Robert Funk und Erich Gommert hatten auf der Insel erfahren, dass Melanie Schirr einen Ausflug nach Wasserburg unternommen hatte. Sie war zu Fuß unterwegs und wollte mit dem Schiff zurückkehren, wie eine Hotelangestellte angeben konnte. Die Insel füllte sich mit den ersten Gästen der Nobelpreisträgertagung, und das gewohnt internationale Gesicht der Stadt erfuhr noch eine sichtbare Steigerung. Es waren vor allem Studenten, die neugierig durch die Gassen liefen, in Gruppen beieinanderstanden und die ersten Stunden hier am See schon jetzt genossen. In der Maximilian-straße verdichteten sich die Menschen zu einer zähen, kaum noch beweglichen Masse, die zwischen Sünfzen und Rathaus völlig zum Erliegen kam. Es bedurfte Körperkontakts, um zum Stiftsplatz oder in die Bindergasse zu gelangen. Ein fröhliches Summen aus englischen, chinesischen, französischen und schwäbischen Lauten schallte zwischen den mittelalterlichen Fassaden. Hinter der Inselhalle, am Ufer des Kleinen Sees, standen schon die hell in der Sonne glänzenden Zelte für Presse und Catering. Auf den Stufen zum Wasser hin saß die junge Wissenschaftlerwelt mit Smartphone und Netbook und surfte auf digitalen Wellen. Schwäne, Enten und Möwen sammelten sich rundherum in gieriger Erwartung. In den Cafés am Hafen weilten die Erfahrenen. Kein Stuhl war mehr frei und vor den Ausflugsdampfern bildeten sich Menschentrauben. Alle Fahnenmasten waren aufgezogen und eine leichte Brise wischte über die Stoffe. Die Stadt heizte sich allmählich auf.

Die Durchsuchung der beiden Hotelzimmer hatte nichts Neues erbracht. Trotzdem lag eine Plastiktüte mit Kleidungsstücken in Schielins Büro. Grohm hatte gewütet – gegen die Polizisten, gegen die Hotelangestellten, wer immer ihm begegnete, wurde Adressat seines Zorns. Von dem gelassen-arrogant reagierenden Dr. Helmut Grohm, so wie er in den ersten Gesprächen aufgetreten war, hatten die Aufregungen der letzten Tage nicht viel übrig gelassen. Schmerzlich wurde ihm deutlich, dass sich Melanie Schirr und Claire Wilms von ihm fernhielten. Er wusste nicht wohin mit seinem Grimm. Noch nie hatte ihn so etwas berührt.

*

Kimmel war, nachdem ihn Schielin über den stagnierenden Stand der Dinge informiert hatte, schweigend in Gommis Büro gegangen, hatte Hundle die Leine angelegt und war, ohne ein Wort zu verlieren, in Richtung Schloss Moos verschwunden. Die Besprechung musste warten. Jasmin Gangbacher war mit Schielins Auftrag zur Überprüfung seiner gestrigen Ermittlungen fertig und schon mit den Notizen befasst, die er im Kanuclub gemacht hatte. Sie wusste gar nicht wohin mit ihrer Aufregung, denn bei der Überprüfung eines der Autokennzeichen der Gäste war sie auf eine brennend heiße Verbindung zum Fall gestoßen. Die Besprechung konnte ihr nicht schnell genug beginnen.

Erich Gommert brühte Kaffee auf und jammerte etwas von ödipaler Seelennot.

Sie hatten noch genügend Zeit, bis das Schiff mit Melanie Schirr aus Wasserburg ankommen würde. Kimmel hatte der Spaziergang mit Hundle gutgetan. »Dohmen«, warf er in die Runde und sah ernst auf seinen Notizblock, »der Anwalt fordert die Freilassung.«

»Seine Aussage deckt sich mit dem, was unser Zeuge, dieser Zychner, angegeben hat. Wir werden ihn nicht länger festhalten können«, sagte Schielin.

»Super. Und wie geht es dann weiter?«

»Mit Grohm«, erklärte Schielin selbstsicher.

»Mit Grohm? Den habt ihr doch gerade wieder nach Hause geschickt. Gibt es da Neuigkeiten?«

Schielin deutete auf Jasmin Gangbacher, die auch sofort loslegte. »In den Unterlagen von Agnes Mahler befanden sich einige Dokumente, die mir nicht sonderlich interessant vorkamen, weil ich sie mit ihrer Tätigkeit in Zusammenhang brachte. Zum Beispiel war da eine aktuelle Sonderauswertung des Gesundheitsreports der Techniker Krankenkasse, die ergeben hat, dass sich das Volumen von Antidepressiva-

Verschreibungen für deutsche Berufstätige in den letzten zehn Jahren verdoppelt hat.«

Kimmel schnaufte laut. Er wurde nervös. Jasmin Gangbacher ließ ihn leiden. Er war es schließlich, der immer predigte, dass man in dem Job zuhören können muss. »Die Pharmahersteller – es sind auch viele kleine auf dem Markt unterwegs – stehen unter großem Druck, ihre Medikamente so rasch wie möglich auf den Markt zu bekommen. Und dazu sollte die Testphase für ein neues Medikament so effizient wie möglich sein – das heißt: kurz und billig. Für diese Testphasen werden oftmals Menschen als Probanden rekrutiert, die die Risiken gar nicht abschätzen können. Vor nicht langer Zeit hat zum Beispiel eine Firma SFBC International, die Millionen mit Auftragsforschung verdient, Medikamententests an illegal in die Staaten eingereisten Menschen durchgeführt. In einem alten, maroden Hotelkomplex in Florida wurden über dreihundert Patienten behandelt.«

Kimmel winkte Gommi zu, ihm Kaffee nachzuschenken.

»In Agnes Mahlers Unterlagen wird ein Fall beschrieben, bei dem es zu Suiziden kam. Ein 27-Jähriger tötete sich mit mehreren Messerstichen selbst, während er das Psychopharmakon *Seroquel* testete. Und eine 19-jährige Frau erhängte sich, während sie für den Konzern Eli Lilly an einer Testreihe für Antidepressiva teilnahm und in Großbritannien sind vor einigen Jahren sechs junge Männer nach der Einnahme des Präparates TGN 1412 der Würzburger TeGenero AG schwer erkrankt – zwei waren nach multiplem Organversagen sogar in Lebensgefahr. Das Medikament sollte gegen multiple Sklerose eingesetzt werden. Die betroffenen Probanden erhielten so um die zehntausend Euro Entschädigung. Weit größere Dimensionen hatte der Fall des Pharmariesen Pfizer. Die haben während einer Meningokokkenepidemie in Nigeria ein Antibiotikum an Hunderten Kindern getestet, ohne dass die Eltern ausreichend darüber informiert wurden. Elf Kinder starben, viele andere blieben dauerhaft geschädigt. Dabei gab es bereits zugelassene Medikamente. Doch Pfizer wollte beweisen, dass sein neues Mittel besser sei. Der Rechtsstreit dauerte Jahre. Vor zwei Jahren wurde Pfizer schließlich dazu verurteilt, fünfundsiebzig Millionen Dollar Schadenersatz zu leisten. Im Zuge der WikiLeaks-Veröffentlichungen kam nun ans Licht, dass Pfizer den nigerianischen Staatsanwalt unter Druck gesetzt haben soll, um hohen Strafzahlungen zu entgehen, denn diese fünfundsiebzig Millionen sind geradezu lächerlich. In den USA wären es Milliarden gewesen. Der Pharmakonzern soll Korruptionsvorwürfe gegen den Staatsanwalt ausgegraben haben, um ihn unter Druck zu setzen. Das Ganze steht in einem der WikiLeaks-Botschaftsprotokolle. Ein Manager hat es bei einer Cocktailparty zum Besten gegeben und ein Botschaftsangehöriger hat einen Bericht darüber gefertigt – fleißiges Kerlchen. Medikamententests spielen eine immer bedeutendere Rolle im Konkurrenz- und Marktkampf und entscheiden über Performance und Sein- oder Nichtsein eines Unternehmens und die weichen in Schwellenländer aus. Unter anderem auch deswegen, weil in Industrieländern bis zu siebzig Prozent der Studienteilnehmer wieder abspringen. In Indien halten hingegen bis zu neunzig Prozent bis zum Schluss durch. Und auf dem Markt geht es richtig rüde zu. Stellt euch vor – die Firma Sun Pharmaceuticals hat Frauen suchen lassen, die bisher vergeblich versucht hatten, schwanger zu werden. Vierhundert meldeten sich. Doch statt eines Fruchtbarkeitsmedikaments erhielten sie *Letrozol*, ein Arzneimittel gegen Krebs.«

»Und was hat das mit unserem Fall zu tun?«, fragte Kimmel.

Schielin antwortete: »Wir haben festgestellt, dass Grohm sehr viel Zeit für sein soziales Engagement aufwendet. Er ist Stiftungsratmitglied. Die Stiftung widmet sich der Unterstützung osteuropäischer Pflegeheime.«

»Das ist ja grundsätzlich etwas Lobenswertes«, warf Kimmel ein.

»Ein weiteres Stiftungsmitglied ist Frederic Gahde, ein Studienkollege Grohms. Er war letzte Woche hier in Lindau und hat sich mit Grohm getroffen. Gahde ist Geschäftsführer einer Firma namens PharmXpress GmbH. Diese Firma finanziert zu großen Teilen Grohms Stiftung. Sebald war früher auch im Stiftungsrat. PharmXpress ist ein sogenannter Dienstleister. Auf den ersten Blick könnte man meinen, die kümmern sich um Werbung, Presse, Public Relations, Kommunikationsberatung und so weiter. Doch die Kernkompetenz dieser Firma besteht darin, der Pharmaindustrie, und in diesem weiten Feld insbesondere den Herstellern von Psychopharmaka, Hilfestellung bei Neuentwicklungen zu geben – soll heißen: PharmXpress organisiert und leitet eigenständig und eigenverantwortlich Medikamententests. Das ist die Dienstleistung, die sie anbieten.«

»Und wie kommen wir nun zu unserem Fall Agnes Mahler?«, wollte Robert Funk wissen.

Es war Jasmin Gangbacher, die antwortete. »Die PharmXPres hieß früher *ZenoPam*, war in Würzburg beheimatet und ging nach einem Testunfall in Konkurs. Ihr Geschäftsführer Frederic Gahde gründete danach die PharmXpress mit Sitz im hübschen Taunusstädtchen Königstein. Am letzten Freitag befand sich ein Fahrzeug der PharmXpress in Lindau – ein gewisser Rolf Schmahlbach befand sich mit einem auf die Firma zugelassenen Mercedes Benz im Kanuclub Lindau. Und das ist doch nun wirklich kein Zufall.«

»Ich verstehe dich schon richtig, Conrad«, fragte Kimmel nach, »du bist der Meinung, Grohm ist unser Mann?«

»Ja.«

»Und diese Frau, diese Schirr, von der Grohm sagt, er hätte sie gesehen?«

»Wir müssen sie vernehmen, sicher. Ich möchte mich aber auf Grohm konzentrieren. Das ist ein Mensch, der sich gut im Griff hat. Das ist mir bei allen Begegnungen aufgefallen, und da stellt sich mir schon die Frage: Aus welchem Grund fängt so ein Mensch Streit mit einem Schrankenwärter an, nur weil er etwas länger an einer Schranke warten muss. Und das zu einer Zeit und Situation, in der man nicht in Eile ist, sondern es ein eher meditatives Unterwegssein sein sollte. Das habe ich nicht verstanden. Ich kann mich des Gefühls nicht erwehren, dass er entweder jemanden brauchte, der ihn zu dieser Zeit an diesem Ort gesehen hat, oder er war wirklich unter Zeitdruck, gehetzt, angespannt.«

Wenzel war skeptisch. »Aber das bringt ihm doch nichts. Die Angabe des Todeszeitraums ist zwar relativ eng – aber jeder der bisher Verdächtigen kann im betreffenden Zeitraum ohne Schwierigkeiten am Tatort gewesen sein. Wenn der Schrankenwärter ihn gesehen hat, ist doch nicht daraus zu folgern, dass Grohm nicht am Tatort gewesen sein könnte.«

»Das ist richtig so. Aber er hat einen Zeugen, der eine ihn im Grunde belastende Aussage bestätigen kann. Ich befürchte, Grohm ist gedanklich schon weiter als wir.«

»Wir haben keinen Beweis, keine objektive Spur, die wir zuordnen können. Nicht mal von diesem Bübchen Dohmen, der angegeben hat, das Messer berührt zu haben.«

»Ihre Handtasche fehlt und das Handy ist noch Tage nach dem Mord im relevanten Bereich eingeschalten worden – Aeschach und Insel. Da ist sich jemand sehr sicher, oder hat es nicht geschafft, dieses Beweismittel sicher entsorgen zu können. Einen Versuch ist es allemal wert, auf die Suche zu gehen. Ich treffe mich mit einem Hundeführer aus Kempten und ihr nehmt euch diese Schirr vor. Das mit Dohmen ziehen wir noch hin. Vielleicht brauchen wir ihn noch. Jemand muss auch den Anwalt hinhalten. Ich setze nicht auf Dohmen, sondern auf die Spur Grohm.«

Jasmin Gangbacher schaltete sich ein. »Der Kanuclub. Ich fahre dorthin und höre mich nach diesem Schmahlbach um. Wäre gut, wenn vielleicht noch jemand mitkäme.«

Robert Funk bot sich an.

»Was hast du mit dem Hundeführer vor?«, fragte Kimmel.

»Erst vor Kurzem habe ich eine Sendung über Hunde gesehen. Die können im Molekularbereich riechen. Selbst nach Tagen finden die Topexemplare von ihnen noch Spuren. Ich bin mir selbst noch nicht sicher … warte einfach ab. Wir müssen uns aber eilen. Die ganzen Tage seit Samstag war es relativ windstill und trocken und jetzt soll Regen kommen. Zudem wird es einige Zeit dauern, denn wie mir der Hundeführer sagte, ist das für die Tiere anstrengend und sie brauchen etwa alle zwanzig Minuten eine Pause.«

Gommi krähte lachend: »Sind halt richtige Polizeihundle, gell!«

Kimmel drehte sich ihm gefährlich langsam zu und brachte ihn mit seinem drohenden Blick augenblicklich zum Schweigen.

Robert Funk interessierte die Sache mit dem Hund auch. »Und für diese Hundenummer brauchst du die Schuhe, die Grohm am Samstag auf seinem Spaziergang getragen hat?«

»Mhm, aber warten wir ab«, entgegnete Schielin kryptisch, »mit dem Schrankenwärter … mit dem sollten wir auch noch mal reden.«

*

Melanie Schirr war fassungslos. Stumm wiederholte sie, was sie gerade gehört hatte. Endlich fragte sie: »Das hat er Ihnen gesagt, so?«

»Genau so hat er es gesagt«, bestätigte Wenzel, »Sie waren am Samstagmorgen am Segelhafen und er hat Sie da gesehen. Er belastet Sie mit dieser Aussage schwer.«

Melanie Schirr schwieg.

Wenzel pokerte. »Es gibt noch einen Zeugen, der Sie gesehen hat. Von einem Türmchen auf dem Dach gegenüber des Segelhafens aus. Sie sind vom Römerbad hergekommen, auf die Mole hinausgegangen und sind hinter dem alten Clubhaus auf Agnes Mahler getroffen …«

»Nein, das bin ich nicht. Ich bin nicht auf sie getroffen. Ich habe sie dort … vorgefunden.«

»Erzählen Sie! Was wollten Sie so früh dort unten?«, kam es fordernd von Lydia Naber.

»Immer wenn wir in Lindau waren, ist Agnes dort unten gewesen. Das hat ja jeder gewusst, nicht nur wir, sondern auch andere Kollegen. Manche haben schon Witze darüber gemacht. Bevor wir hierhergefahren sind, hat sie mir gegenüber Andeutungen unsere Kanzlei betreffend gemacht. Sie wollte etwas Neues beginnen und hat mir angeboten, dass sie mich da gerne dabeihätte.«

»Sie scheint Sie also geschätzt zu haben«, meinte Wenzel.

»Wir waren sehr unterschiedlich, aber wir haben uns respektiert, ja. Ich hatte ein sehr beklemmendes Gefühl, als wir hier angekommen sind. Sie hat ja keine Details berichtet – nur … es klang sehr entschlossen und hart. Sie wollte nichts mehr mit Grohm zu tun haben, so viel war klar. Aus diesem Grund bin ich am Freitag nochmals zu ihr ins Hotel und habe mit ihr geredet.«

»Dieser Streit in der Hotelhalle«, stellte Lydia fest.

»Ja, genau. Ich hätte es mir sparen können und habe mich

im Nachhinein geärgert über meine Worte an sie – ich sagte, sie sei ungerecht Grohm gegenüber und dürfte die historische Leistung nicht verachten, die er und Sebald erbracht hatten. Sie ist ärgerlich geworden, ein Wort gab das andere und schon streitet man, obwohl man genau das nicht will. Ich bin daher am Samstagmorgen in den Segelhafen gegangen, um noch mal mit ihr zu reden – bevor wir uns offiziell zusammensetzen wollten. Ich wollte nicht mit der Belastung dieser Auseinandersetzung in das Gespräch gehen.«

»Was fanden Sie vor?«

»Ja. Sie lehnte da in der Dunkelheit an der Brüstung. Ich habe schon gemerkt, dass etwas nicht in Ordnung ist und habe sie mehrfach angesprochen. In meinem Ohr hat es auf einmal derart gerauscht und plötzlich stand da dieser Kerl neben mir. Ich bin sehr erschrocken und auf und davon. Glauben Sie mir, ich war völlig neben mir. Ich bin schließlich auf der Insel herumgeirrt bis in den Morgen und habe mich dann erst wieder in den Hafen getraut. Und da stand dann der Leichenwagen …«

»Wieso haben Sie niemanden verständigt, die Polizei, oder wenigstens Ihre Kollegen?«

»Ich war dazu nicht in der Verfassung, das müssen Sie mir glauben. Und später … zuerst wollte ich es Grohm und Claire ja sagen. Doch dann hatte ich Angst, dieser Mann würde behaupten, ich wäre es gewesen. Schrecklich. Und als Sie dann kamen und so gar nichts wussten. Da habe ich eben geschwiegen.«

»Der Nachtportier hat nicht gesehen, dass Sie das Hotel verlassen haben.«

»Ich habe den Ausgang nach hinten genommen. Die Mädchen nehmen den immer, wenn sie zum Rauchen gehen. Man kommt kurz hinter dem Teeladen heraus.«

»Ah, ja, in der Ludwigstraße hinter dem Teebazar ist

das. Gut – und von dort aus sind Sie zum Segelhafen gegangen?«

»Ja.«

»Auf welchem Weg genau?«, fragte Wenzel.

»Ja, diese ... Ludwigstraße entlang bis zum Theater und dann ist man doch schon dort.«

»Wir wollen es schon genau wissen. Sind Sie vor dem Theater oder nach dem Theater nach rechts gegangen?«

»Vor dem Theater. Ich orientiere mich immer an Geschäften. Am Ende der Straße ist dieser Antiquitätenladen mit den großen Schaufenstern und dem alten Schmuck. Dort gehe ich immer nach rechts. Da kommt man direkt in den Hafen.«

»Das ist richtig, wenngleich eine umständliche Variante, wenn man im Bayerischen Hof logiert«, sagte Wenzel und fragte gleich, »und auf welchem Weg sind Sie zurückgegangen?«

»Ja, eben wieder zurück bis zum Antiquitätenladen, dort aber die Straße nach rechts weiter, vorbei an den beiden Kirchen und dem Teppichladen am Kreisverkehr. Man kommt dann zur Brücke. Ich bin rüber aufs Festland gelaufen und in Richtung Bregenz, zu diesem Seebad.«

»Eichwald«, meinte Lydia Naber und sah Wenzel an. Beiden war etwas aufgefallen. Wie war es dann möglich, dass Grohm Melanie Schirr hatte sehen können? Er hatte das Hotel in entgegengesetzter Richtung, zum Bahnhof hin, verlassen und war den Uferweg über Pulverturm und Bahndamm gegangen. Es war unmöglich von dort aus Melanie Schirr sehen zu können. Im Dunkeln und nur mit dem verlorenen Licht der wenigen Lampen, die zu dieser Zeit am Hafen trübe leuchteten.

*

Schielin traf sich mit dem Hundeführer an der Bahn-
schranke hinter dem Kanuclub. Er war überrascht, wie viel
heute los war und befürchtete angesichts der vielen Fußgänger, Radfahrer und Hunde wenig Erfolg für sein Vorhaben.

Der Hundeführer stellte den klapprigen VW-Bus vor
dem Zugang zu den Schrebergärten ab. Von dort kamen Lachen, Musik und von gegenüber das Klirren von Bierflaschen. Es wurde gemütlich zum Feierabend hin.

Ein mächtiger, schwarzer Schäferhund hüpfte aus der
Gitterbox im Heck des Fahrzeugs. Seine dunklen Augen
glühten. Schielin achtete darauf immer genügend Abstand
zu halten, denn in diesem Fell steckte schon ein anderer
Charakter als in seinem Hundle.

Der Hundeführer wiederholte nochmals das bereits erör-
terte Vorgehen, nahm die blaue Tüte entgegen und wischte
Schielins Bedenken mit einer Handbewegung weg. Bevor er
mit seiner Arbeit begann, holte er ein Spielzeug aus der
Tasche und regte damit den Spieltrieb seines Hundes an.
Schielin sollte sich im Hintergrund halten, was der gerne
tat. Er nutzte die Gelegenheit und nahm den Steg hinüber
zum Eingang des Aeschacher Bades. Ihm war eingefallen,
dass der Bademeister hier Tag und Nacht zugegen war und
unter Umständen konnte der etwas berichten – wenn er gerade in Stimmung war.

Hinter der Eingangstür empfing ihn eine andere Welt –
die des Wassers. Es waren nur wenige Meter, die das Bade-
haus vom Festland trennten, doch die von dort stammenden
Klänge, Laute und Geräusche vergingen im Widerhall des
Wellenschlags, der an den unzähligen Ständerbalken ent-
sprang und sich im Geviert des Innenbereichs verfing. Die
Schritte klangen auf den Holzbalken hohl und unter einem
flüsterte und zischte der See. Es roch nach Holz und Kaffee,
Ruhe überkam einen. Schielin erfuhr nichts Neues, genoss

aber den weiten Blick über die blaue Fläche des Sees, hinüber in die Berge, aus deren Linie der Säntis emporwuchs und mit schneeglänzender Nordseite dem See zuwies. Die Droste musste das genauso gesehen haben, als sie ihre Säntis-Gedichte geschrieben hatte.

O Säntis, Säntis! Läg' ich doch
Dort, – grad' an deinem Felsenjoch,
Wo sich die klaren, weißen Decken
So frisch und saftig drüben strecken,
Viel tausend blanker Tropfen Spiel;
Glücksel'ger Säntis, dir ist kühl!

Der Chef des Bades hörte sich Schielins Fragen mit unveränderter Miene an und sah dann hinaus aufs Wasser, während er in seiner Erinnerung nach dem vergangenen Samstag suchte.

Nein, ihm war nichts aufgefallen, an jenem Samstagmorgen.

Schielin traf den Hundeführer schon weit vorne, an der Villa Giebelbach. Mit leisen, fordernden Tönen trieb er das Tier an, das mit wedelndem Schwanz, die Nase aufgeregt über dem Boden schnüffelnd, in Richtung Giebelbachstraße eilte.

»Hat er was gefunden?«, fragte Schielin, und ließ es sein nachzufragen, als er keine Antwort erhielt. Er störte.

Der Hund zog zwischen Villa Giebelbach und der Kastanienreihe vorbei, als gäbe es nicht dieses friedliche Bild der Bänke und der Menschen, die dort saßen, und schauten, und ruhten, und sannen. Einigen fiel das Spektakel auf und an der Konzentration des Hundeführers konnte es den Aufmerksamen nicht entgehen, mit einem echten Einsatz konfrontiert zu sein. Hier ging es um etwas.

Schielin war immer noch skeptisch. Bis zu dem Augenblick, in welchem er beobachtete, wie der Hund auf halbem Weg zum Knick an der Sliprampe innehielt, sich drehte, ein paar Meter nach vorne, wieder zurück, zur Seite und schließlich nach rechts auf die Rasenfläche wechselte. Von dort schnürte er geradewegs auf die Schrebergärten zu. Schielin blieb wie angewurzelt am Uferweg stehen und sah hinüber, auf die blühenden und duftenden Parzellen des Glücks. Über leuchtenden Rosen und grünen Hecken lugten die Dächer der Gartenlauben. Weit dahinter, schon oben an der Friedrichshafener Straße, war die Villa Rosenhof zu sehen und daneben der eckige Turm von St. Ludwig. Schielin telefonierte nach Verstärkung, bevor er dem Hundeführer folgte. An einem rostigen Eisentürchen endete die Nachsuche.

Ein offensichtlich brachliegender Schrebergarten lag dahinter, denn das Gras stand hoch, die Beete waren nur noch rudimentär als solche zu erkennen, Efeu hatte die Rosensträucher erobert und die Beerensträucher waren voller Wassertriebe. Schielin sah sich um. Kein Mensch war in den Nachbargärten zu sehen, den er hätte fragen können. Er wollte erst die Ankunft von Wenzel abwarten. Vom Weg her kam eine lange Gestalt, groß und kräftig, auf den Schultern ein Plastiksack mit Gartenerde. Noch leuchtender als die Plastikverpackung war die schlohweiße Mähne. Der Mann ging geradewegs zu einem der Gärten. Vielleicht konnte er etwas über die verlassene Parzelle sagen.

Einem Doktor aus München habe sie gehört, der sie von seinen Eltern geerbt und über den Garten den Kontakt nach Lindau gehalten habe. Es sei nun schon der zweite Sommer, in welchem die Parzelle verwahrloste – Erbengemeinschaft.

Wenzel, Lydia und Kimmel waren von der Wackerstraße hergekommen und direkt bis vor die Gartenreihe gefahren. Während Wenzel und Lydia begannen, die Gartenparzelle, vor allem die heruntergekommene Laube, in Augenschein zu nehmen, klemmte Kimmel das Blaulicht auf das Dach. Mit einem Male war nicht der freie Blick über den See zu den Bergen hin und auf die Hintere Insel von Interesse für die Vorbeikommenden. Schnell verband sich, was sonst getrennte Wege ging – Radfahrer, Fußgänger, Skater, Gehbehinderte und Jogger –, zu neugierigen Menschenbündeln. Es wurde getuschelt. Einige Feierabendgärtner blieben im Schatten der Bäume und folgten dem an dieser Stelle ungewöhnlichen Ereignis mit wachem Interesse. Gießkannen, Harken, Gartenscheren und Rasenmäher ruhten.

Kimmel wartete mit Schielin gespannt im Zugang. »Du liegst mit Grohm richtig, nicht wahr?«, suchte Kimmel seine Anspannung zu lösen. Schielin musste doch schon mehr wissen.

»Der Hund hat seine Spur aufgenommen und uns hergeführt, aber das muss noch gar nichts bedeuten. Er kann sich ja auch hierher zurückgezogen haben, um zu entspannen.«

»Dann hätte er das doch gesagt, wieso hat er das Gärtchen denn verschwiegen?«, meinte Kimmel.

»Wenn wir hier nichts finden, was uns weiterbringt, sieht es schlecht aus. Dann kannst du gleich in Kempten anrufen.«

Kimmel wurde flau. Genau das wollte er nicht hören.

Aus Richtung der Insel sah er Jasmin Gangbacher kommen. Immer wieder beschleunigte sie ihren schnellen Schritt um kurze Laufeinheiten. Als sie bei den beiden angekommen war, erhielt sie auf ihre Antwort, ob man etwas gefunden hätte, keine Antwort. Sie sah hinüber zur Laube und meinte, noch etwas außer Atem: »Aber Robert und ich haben etwas gefunden. Er ist übrigens am Bahndamm rüber zum Hotel … will sich dort nach Grohm umsehen. Wir haben über Funk ja mitbekommen, dass sich hier was anbahnt.« Sie zog das alte Foto aus der Tasche, auf dem Sebald, Grohm und die anderen beiden posierten. »Wir waren wie vereinbart vorne im Kanuclub und haben uns umgehört. Dieser Typ mit dem Auto von der Pharmaklitsche, dieser Schmahlbach … das war gar nicht Schmahlbach.«

Zunächst konnten die beiden mit dem, was sie gehört hatten, nicht viel anfangen. Schielin fragte: »Schmahlbach war nicht Schmahlbach?«

»Nein. Definitiv nicht. Wir haben insgesamt drei Leute aufgetrieben, die den Typen gesehen haben … muss nicht sehr umgänglich gewesen sein und das fällt ja gerade da vorne auf, wo alle miteinander reden und so … werde mir mal überlegen, ob das vielleicht nichts für mich wäre.« Wieder hielt sie das Foto hoch. »Es war Gahde, Frederic Gahde, der am letzten Freitag da vorne sein Zelt aufgeschlagen hat … die Narbe … die Narbe und dann dieses Foto hier. Die waren sich alle sicher.«

Kimmel sah zu Schielin. »Das ist doch der Typ, der im Hotel Helvetia war …«

»… das er am Freitagvormittag verlassen hat….« ergänzte Schielin. Er musste seine Gedanken ordnen.

Jasmin Gangbacher war schon weiter. »Das passt doch prima zusammen, Mensch. Der hat das Hotel verlassen und sich mit einem Zelt vorne am Kanuclub, unter falschem Namen, eingenistet. Der hatte ein Kajak … das passt doch zu dem, was Wenzel von dem Lehrer gehört hat – das Kajak unten im Segelhafen, als es noch dunkel war. Das war nicht dieser Zeuge, sondern Gahde. Da wette ich was dafür. Gahde und Grohm – die haben das zusammen gemacht.«

Kimmel ging in den Garten und bis zum Eingang der

Laube. Er rief durch die geöffnete Tür, ob schon irgendetwas Brauchbares vorläge, und dass wenigstens Jasmin schon was rausgefunden hätte. Seine Ungeduld ließ es nicht zu, sich darüber zu freuen, wie Lydia sich da drinnen über ihn ärgerte. Zu seiner Verwunderung bekam er keine Antwort. Wenzel kam als Erster aus der Laube. In der Hand hielt er zwei Dielenbretter. Wortlos ging er an Kimmel vorbei, so als gäbe es diesen überhaupt nicht. Lydia Naber erschien kurz darauf. In der Rechten hielt sie einen der großen durchsichtigen Plastiksäcke, und als sie an Kimmel vorbeiging, äffte sie ihn böse nach: »Wenigstens Jasmin hat schon was rausgefunden.«

»Was ist da drin?«, wollte Kimmel wissen.

Schweigend lief sie mit ausdrucksloser Miene weiter. Sollten sie nur ein wenig leiden, die Kerle. Schließlich hatten sie und Wenzel gute Arbeit geleistet. Die Sache mit dem Dielenboden war wirklich vertrackt gewesen. Kimmel erhielt auch von Wenzel keine Antwort, der lakonisch meinte, er solle die *Chefin* fragen. Diese legte die Plastiktüte vorsichtig im Heck ab. Das Blaulicht blinkte immer noch. Schielin war mit den anderen zum Fahrzeug gekommen. Jetzt, wo alle beieinander waren, konnte sie es ja sagen. »Es ist eine Tasche, eine große lederne Damentasche«, und anerkennend fügte sie hinzu, »*Mandarina Duck.*« Keinem der anderen sagte das etwas. Kimmel wagte sich vor. »Es ist ihre Tasche, nicht wahr, es ist die Tasche von Agnes Mahler?«

Lydia Naber sah zu Wenzel und kniff die Miene zusammen. »Das wissen wir noch nicht. Werden wir zu Hause eingehend untersuchen, aber ....«

Alle waren sich sicher. Bei dieser Mandarina Duck musste es sich um die vermisste Tasche von Agnes Mahler handeln. Schielin berichtete kurz von dem, was Jasmin Gangbacher herausgefunden hatte.

»Grohm und Gahde ... Grohm und Gahde ...«, wiederholte Lydia Naber skeptisch, »aber wie, wie ist das zugegangen.«

»Wir können nur hoffen, verwertbare Spuren an der Tasche zu finden, sonst wird es schwierig«, meinte Wenzel.

»Das werden wir«, kam es fest von Schielin.

Noch vor einem Ergebnis die Tasche betreffend waren die Haftbefehle für Grohm und Gahde beantragt. Die beiden sollten möglichst gleichzeitig, gleich am kommenden Morgen festgenommen werden. Das war mit den hessischen Kollegen, die für Gahde zuständig waren, noch zu besprechen.

In einer der benachbarten Gartenlauben bezog Gommi mit Einbruch der Dunkelheit Position. Er brauchte eine Weile, um mit zitternden Händen das Magazin seiner Waffe zu laden. Leise jammerte er, dass es immer ihn mit den gefährlichsten Aufträgen erwischte. Eine Videokamera hatte den verlassenen Schrebergarten im Infrarotblick – falls jemand käme, in der Nacht. Ein Funkgerät und ein Handy waren seine Kontakte zur Außenwelt. Lydia Naber hätte den Dienst gerne für ihn übernommen, doch sie war mit Wenzel damit beschäftigt, den Inhalt Agnes Mahlers Tasche auszuwerten und Robert Funk hatte den Auftrag, Grohm im Blick zu behalten. Schielin war mit Ermittlungen beschäftigt. Lange telefonierte er mit den Kollegen in Hessen und erläuterte die Umstände und den Inhalt des Haftbefehls für Frederic Gahde. Telefone mussten überwacht werden.

Es war schon Nacht geworden, als Lydia Naber mit Wenzel ins Büro kam. In einer Plastikwanne lagen Gegenstände und Papiere beisammen, die in der Tasche gefunden worden waren – ordentlich verpackt, nummeriert und beschriftet. Schielin entdeckte auch ein Handy. Es war die Tasche von

Agnes Mahler. Und noch etwas hatten die beiden herausgefunden. Auf dem Handy befanden sich Fingerspuren – die von Helmut Grohm.

Viel Papierkram war zudem vorhanden: Kopien, Notizzettel, ausgeschnittene Zeitungsberichte und amtliche Dokumente. Auf einem dieser Dokumente las Schielin den Namen der Stiftung.

Lydia ließ sich müde in ihren Bürostuhl sinken. Wenzel nahm eine der Plastikfolien mit Unterlagen aus der Wanne. »Sie hat Grohms Vergangenheit durchforscht und ist auf diese Stiftung getroffen, die sie wohl näher unter die Lupe genommen hat. Es gibt auch Fotos. Sie muss vor Kurzem erst in einigen der Heime gewesen sein, die Grohm und Gahde … benutzen – so muss man es wohl nennen.«

»Das ist gut möglich. Ihre Freundin, diese Anwältin, hat mir erzählt, dass sie erst neulich im Osten gewesen sei. Ich habe mir aber nichts dabei gedacht.«

»Es scheint sicher zu sein, dass sie die Menschen dort für Medikamententests missbraucht haben.«

»Ich befürchte, sie hat Grohm und Gahde unter Druck gesetzt. Sie wollte den Kerl loswerden, und zwar ohne jegliche finanzielle Abfindung. Die Sache mit dem Doktortitel und dann noch illegale Medikamententests … da geht es nicht mehr nur um den Verlust von Ehre und Ansehen – da ging es um die blanke Existenz, um Freiheit oder Knast. Wenn das kein Motiv ist.«

»Was Gahde angeht, haben wir bis jetzt überhaupt keine Spur«, meinte Wenzel.

»Aber Grohm, den können wir schon mal an die Wand nageln«, kam es von Lydia, die gerade zum Telefonhörer griff. Sie machte sich Sorgen um Gommi, der alleine drunten in der Gartenlaube hockte. Sie hielt das für eine unsinnige Maßnahme, aber Kimmel hatte es sich in den Kopf gesetzt. Sie selbst hatte das Handy, das Gommi dabeihatte, selbst auf stummen Klingelton gestellt und das Funksprechgerät auf leiseste Lautstärke.

✻

Erich Gommert erschrak zu Tode, als das Handy, das neben dem Funkgerät auf einem alten Blechtisch lag, hässliche Geräusche von sich gab. Da er der Konspiration wegen auf Licht verzichtete, griff er im Dunkeln in die Richtung des Geräusches. Das Handy bewegte sich, angetrieben von Vibration und leichtem Schrägstand des Tisches, mit jedem neuen Impuls zur Tischkante hin. Als Gommi seinen Schrecken überwunden hatte und in hektischer Eile nach dem kleinen, leuchtenden Ding griff und gleichzeitig dabei aufstand, kippte der Blechtisch mit lautem Geklapper um. Das wenige, bläuliche Licht vom Handydisplay war nun auch verschwunden und er stand im Dunkel. Langsam tastete er am Boden entlang. Sein Herz raste, Schweiß drang aus allen Poren.

Lydia Naber drückte den Anruf weg, als sich die Mailbox meldete. »Gommi geht nicht ran. Ich versuch es mal über Funk.«

Inzwischen hatte Erich Gommert das Funkgerät finden und die Orientierung an den Tasten auch im Dunkel herstellen können. Bewegen traute er sich nicht. Der Lautstärkeregler klackte so angenehm beim Drehen.

Mit lautem Blechton drang Lydias Stimme durch die nächtliche Stille der Schrebergärten. »Gommi, ist alles in Ordnung bei dir? Gommi?«

Bei Gommi war nicht alles in Ordnung.

Auf der Dienststelle klingelte Kimmels Telefon. Der Dienstgruppenleiter von gegenüber war dran. Der in der Nähe postierte Kollege hatte gemeldet, dass es in der Gartenlaube bei Gommi seltsam laut für eine Observation zugehe.

Kimmel war außer sich. Schreiend trappte er in den Gang. »Lydia! Lydia, was macht der Kerl da unten. Der bringt mich noch ins Grab. Der soll doch einfach nur still in dieser Holzkiste hocken und warten, dass es Morgen wird!«

Lydia Naber streckte Schielin die Zunge raus und meinte Kimmel damit. Als der in die Tür trat, hatte sie schon genug Ärger angesammelt. »Was fragst du eigentlich mich!? Fahr doch selber runter und schau nach!«, blaffte sie ihn an, als er in die Türe trat.

Kimmel wusste selbst nicht, weshalb er ausgerechnet von Lydia Auskunft erwartete.

Sie setzte nach. »Ich war gleich dagegen … ist doch auch unsinnig … da unten rumhocken.«

»Ach, unsinnig! Ich treffe also unsinnige Entscheidungen!«, giftete Kimmel ins Büro, »was ist so schwer daran, sich still in ein Gartenhäuschen zu hocken und nichts zu tun, was!? Niemand hat von ihm verlangt, dass er die Bude dort unten zusammenlegt. Und was denken die da drüben, he!?«

»Ist schon unkommod«, gab Lydia nicht auf, aber schon mit weniger Biss in der Stimme.

»Unkommod, unkommod! Da hätt er halt zur Stadtverwaltung gehen sollen, oder Feuerwehrkommandant, könnt er schöne Autos fahren und Denkmäler bauen …«

Kimmel zog wieder ab.

Zehn Minuten später bekam Lydia Gommi ans Handy. Sie schimpfte tuschelnd mit ihm.

Gartenlaube

Im Laufe der Nacht hatten sich die Wolken über der Bregenzer Bucht verdichtet. Immer grauer und düsterer war es
geworden. Die Berge auf der Schweizer Seite und auch der
Pfänder waren im trüben Einerlei völlig verschwunden. Der
See hatte mit Unruhe reagiert. Aufgeregt schlugen kurzläu-
fige Wellen ineinander. Erst als mit Tagesanbruch ein sanfter
Regen einsetzte, beruhigte sich das Wasser. Grau und träge
lag es nun, eins geworden mit den Wolken.

Zu dieser Zeit und nach einer kurzen Nacht waren alle
auf der Dienststelle und bereiteten den Tag vor. Schielin traf
Absprachen mit den Kollegen in Königsstein. Robert Funk,
Jasmin Gangbacher und Kimmel warteten im Bayerischen
Hof, bis Grohm gefrühstückt hatte. Kurz bevor sie ihn fest-
nahmen, gaben sie Schielin Bescheid, der seinerseits den
Kollegen in Hessen Bescheid gab zugreifen zu können.

⁂

Grohm nahm die Festnahme mit stillem Zorn entgegen. Er
hatte sich in den wenigen Tagen sehr verändert. Seine braune
Gesichtshaut, die mit dem weißen Bart so eloquent dahergekommen war, war jetzt ausgeblichen und fahl, wie Wolken und Wasser draußen vor der Insel. Sein Körper hatte an
Stolz verloren. Doch er war keineswegs gebrochen. Nach
wie vor war ihm die Energie anzumerken, die in seinem Innern wirkte. Seine Augen glühten und jeden, den er eindringlich ansah, bekam seinen Zorn zu spüren. Schielin ließ
ihn nach der Belehrung im Vernehmungszimmer warten.
Grohm verzichtete auf einen Anwalt und gab an, sich nicht

äußern zu wollen. Er hätte dies bereits über die Maßen aus-führlich getan. Wenzel saß stumm und müde bei ihm. Kim-mel bemühte sich darum, Gahde so schnell wie möglich in die Nähe zu bekommen.

Mit einem Plastikkasten unter dem Arm betrat Schielin den Vernehmungsraum, gefolgt von Lydia. Grohm wurde noch-mals belehrt und sprach lauter als erforderlich und mit brennenden Augen in das Mikrofon: dass er keinen Anwalt brauche und nicht beabsichtige etwas sagen zu wollen.

Von der neuen Situation wusste er noch nichts.

Als Lydia Naber daraufhin einen Packen Plastiktüten aus dem Kasten holte und stumm auf dem Tisch ausbreitete, als sie dann noch die in einer durchsichtigen Tüte befindliche Tasche selbst hervorzog und wortlos betrachtete, erstarrte Grohm. Schielin beobachtete es genau und riet ihm noch-mals, einen Anwalt hinzuzuziehen.

Er bekam keine Antwort.

Lydia Naber nahm Grohm gegenüber Platz und berich-tete davon, wie und wo sie die Tasche gefunden hätten. Dass sich auf dem Handy Fingerspuren von ihm befänden, sicher auch DNA-Spuren, die noch auf Bestätigung der Untersuchung warteten. Er lauschte ihren Worten, hing an ihren Lippen und fast konnte man meinen, er wiederhole leise, was er von ihr zu hören bekam, denn seine Lippen bewegten sich, ohne dass ein Laut zu hören war. Als sie ihn aufforderte zu erklären, wie und aus welchem Grund er Agnes Mahler getötet hatte, verlangte er die *Hinzuziehung* eines Anwalts. So hatte er es formulier. Dann lehnte er sich mit verschränkten Armen zurück und sah stumm zur Wand.

Noch vor Mittag betrat Grohms Anwalt die Dienststelle. Er und Grohm duzten sich. Regungslos nahm der Anwalt von Schielin die Informationen entgegen. Danach wurde ihm Gelegenheit gegeben, mit seinem Mandanten alleine zu sein.

Grohm machte anschließend einen entkrampfteren Eindruck. Fast war es so, dass seine Augen einen freudigen, angriffslustigen Glanz zeigten, als Lydia Naber wieder den Platz ihm direkt gegenüber, an der Längsseite des Tisches einnahm. Schielin saß ein Stück daneben, fast an der Tischkante, und Wenzel blieb an der schmalen Seite.

Lydia Naber stellte zunächst keine Fragen, sondern berichtete sachlich von dem Hergang, wie und wann man Agnes Mahler im Lindauer Segelhafen aufgefunden hatte. Über Frederic Gahde, der sich im Moment bereits auf dem Weg nach Kempten befand, verlor sie kein Wort. Sie legte dar, dass Grohm selbst mehrfach angegeben hatte, zum infrage kommenden Tatzeitraum einen morgendlichen Spaziergang gemacht zu haben, und dass er somit zum Tatzeitpunkt am Tatort hätte gewesen sein können. Sie benannte als mögliches und nachvollziehbares Motiv zunächst die Angelegenheit den Doktortitel betreffend, kam dann zügig zur Tasche und deren Inhalt, wobei sie eingehend die Spurenlage erläuterte. Grohm nestelte, während sie sprach, gelangweilt entweder am Jackett, an Hemdknöpfen oder an seiner Krawatte herum. Sein Anwalt hörte konzentriert zu.

»Wie kommen Sie zu der Tasche von Frau Mahler?«, fragte sie schließlich.

Der Anwalt fragte mit irritiertem Ton: »Entschuldigen Sie, aber ist das alles? Haben Sie keinerlei Spuren, die zweifelsfrei nachweisen, dass sich mein Mandant auf dieser Mole, also am Tatort befunden hat?«

»Nein, eine solche Spur haben wir nicht.«

»Ja, vermutlich deshalb, weil mein Mandant sich dort nicht aufgehalten hat, nicht wahr! Deshalb haben Sie keine Spuren von ihm dort finden können.«

»Er wird beantworten müssen, wie er an die Tasche der Toten gekommen ist.«

»Er hat sie gefunden«, lautete die Antwort des Anwalts. Er sagte es in einem Ton, der jeglichen Zweifel über seine Aussage als lächerlich darstellen sollte, »er hat sie gefunden, auf seinem morgendlichen Spaziergang.«

Schielin und Lydia Naber hatten mit dergleichen gerechnet. Sie nahmen es gelassen zur Kenntnis. »Und wo will er die Tasche gefunden haben?«

»Am Bahndamm. Er hat sie am Bahndamm gefunden und natürlich befinden sich seine Fingerabdrücke und DNA-Spuren an der Tasche. Diese Spuren besagen aber nicht, dass mein Mandant am Tatort gewesen ist und auch nicht, dass er Frau Mahler getötet hat. Seit vielen Jahren kommt Herr Grohm schon nach Lindau und hat Zugang zum Garten seines inzwischen verstorbenen Freundes. Er hat die Tasche letzten Samstagmorgen dort liegen lassen. Als er dann am Vormittag von dem schrecklichen Geschehen erfahren hat und von Anbeginn an Ihren heftigen Verdächtigungen und Nachstellungen ausgesetzt war, hat er, zudem noch unter dem Eindruck dieses schweren, ja für ihn traumatischen Erlebnisses, keinen Mut mehr gefunden, Sie auf diese Tasche anzusprechen. Hätten Sie Ihre Ermittlungen ausgewogener und unvoreingenommen geführt, wären Sie vermutlich schon ein Stück weiter. Mein Mandant war nicht am Tatort und es gibt keine Spuren, die dies beweisen. Haben Sie einen anderen Verdächtigen?«

Lydia Naber ging nicht auf die letzte Frage ein.

Schielin sagte sarkastisch: »Es tut uns wirklich leid, dass Ihr Mandant sich von uns ungerecht behandelt, ja sogar verfolgt fühlte. Uns gegenüber hat er diesen Eindruck nicht gemacht.«

Lydia Naber machte weiter. »Herr Grohm hat bei unserer Befragung hinsichtlich seiner morgendlichen Spazierrunde die Unwahrheit gesagt. Er hat Frau Schirr an einer Stelle gesehen, die von seiner Spazierroute aus niemals eingesehen werden kann.«

Der Anwalt zuckte mit den Schultern.

Lydia Naber startete die Aufnahme der ersten Befragung von Grohm und spielte eine Sequenz ab, in welcher Grohm eine Beschreibung von Agnes Mahler abgegeben hatte: *Dieser leuchtend rote Schal auf dem dunklen Kostüm zum Beispiel. Ein warmes Rot und leuchtend, aber nicht zu rot und nicht zu leuchtend, schon gar nicht ins Schreiende oder Ordinäre abdriftend – das wäre ihr nicht passiert. Ihr nicht. Es ist schade, zukünftig auf diesen Anblick verzichten zu müssen.*

Grohm lauschte seinen eigenen Worten.

Lydia Naber schob eine Plastikhülle über den Tisch. Eine Rechnung befand sich darin. »Das haben wir unter anderem in der Tasche der Toten gefunden. Es ist die Rechnung eines Bekleidungsgeschäftes hier in Lindau – Biedermann. Frau Mahler hat am Freitagabend einen roten Schal dort erworben. Ein sehr edles Stück. Es war der Schal, den sie auch am Hafen unten getragen hat. Das steht zweifelsfrei fest. Herr Grohm hat Frau Agnes Mahler zuletzt am Freitagnachmittag gesehen. Da war er zusammen mit seiner Kollegin Wilms in der Kunstauktion im Haus Zeller. Diesen Schal hat Frau Mahler aber erst danach gekauft. In ihrem Hotelzimmer wie auch in ihrer Münchner Wohnung gibt es keinen weiteren roten Schal. Das haben uns auch Frau Schirr und Frau Wilms inzwischen bestätigt. Wie also, Herr Grohm, konnten Sie von diesem roten Schal wissen, den Sie so empathisch beschrieben haben? Doch nur, wenn Sie Frau Mahler am Samstagmorgen begegnet sind, doch nur, weil sie ihr so nahe gekommen sind, dass Sie diesen Schal haben rot leuchten sehen.«

Der Anwalt ging auf das Gesagte überhaupt nicht ein. »Inwieweit Ihre Bandmitschnitte überhaupt vor Gericht verwertbar sein werden, angesichts Ihres repressiven und vorverurteilenden Verhaltens meinem Mandanten gegenüber, wird an anderer Stelle zu prüfen sein. Ich wiederhole: Mein Mandant war nicht auf der Mole und er hat Frau Mahler nicht getötet.«

Lydia Naber lächelte einnehmend. »Na, immerhin gehen Sie zu Recht davon aus, dass es die Sache des Gerichts sein wird, die Fakten gegeneinander abzuwägen. Herr Grohm wird bis dahin in Haft bleiben, denn seine Einlassungen sind von geringer Überzeugungskraft, um es wohlwollend auszudrücken.«

Was die Aufzeichnungen von Agnes Mahler hinsichtlich Medikamentennamen und Dosierungen anging, hielt sie sich bedeckt. Ebenso wie über die laufenden Ermittlungen in den durch Grohms Stiftung betreuten Heimen. Noch durfte er glauben, sie wüssten davon nichts. Nachdem er nochmals mit dem Betrug bezüglich seines Doktortitels konfrontiert worden war und sein Anwalt kategorisch blockte, beendeten sie die Vernehmung. In der Türe dann drehte sich Lydia Naber noch einmal um. »Sie fragten mich, ob wir einen anderen Verdächtigen hätten. Wir fahren jetzt zu Herrn Frederic Gahde, den wir festgenommen haben. Es wird spannend werden, was er zu berichten hat.«

Es war wie ein Leberhaken für Grohm.

*

Kimmel stand immer noch unter Strom. Die ganze Zeit hatte er am Telefon gehangen, um die Sache im Taunus über die Bühne zu bringen. Es hatte einige Überzeugungskraft gebraucht den Kollegen dort zu erklären, dass es nicht nur darum ging Frederic Gahde festzunehmen, sondern auch darum, mögliche Spurenträger zu finden und sicherzustellen. Die Kollegin japste laut, als er von dem Kajak und der Kleidung berichtete. Letztendlich gelang es ihm Verständnis zu erzeugen. Der Transport lief in Stafette über Aschaffenburg, Würzburg und Ulm ab. Während Kimmel also noch nachdachte, ob er etwas vergessen haben könnte, diskutierten die anderen die Sachlage.

Robert Funk war aufgebracht. »So blöde ist die Geschichte mit der gefundenen Tasche auch wieder nicht. Da muss er nur an den entsprechenden Richter geraten und schon hüpft er aus der Schlinge. Wenn man nur nachweisen könnte, wo er sie wirklich herhat. Aber wie?«

Lydia Naber war zu ihrer eigenen Überraschung ganz ruhig. »Er ist sich so sicher und immer wieder diese Betonung, dass er nicht an der Mole gewesen sei …«

»… die Handyauswertung hat auch nichts ergeben«, fügte Wenzel an, »wär ja auch zu schön gewesen, wenn die beiden Samstagmorgen miteinander telefoniert hätten.«

»Seid ihr mit dem Inhalt der Tasche schon durch, war doch ein Haufen an Papierkram, oder?«, fragte Kimmel.

»Es steht nur noch ein Telefonat aus. Ein Notar in München, den wir noch nicht erreicht haben. Die Nummer war in ihren Kontakten als *wichtig* gespeichert. Grohm ist da nicht rangekommen wegen der PIN.«

Funk dachte laut: »Wieso hat der die Tasche denn nicht einfach verschwinden oder bei dem Gahde gelassen? Denn eine mögliche Variante wäre ja, dass dieser Gahde mit dem

Kajak in den Segelhafen ist, der Mahler an bekannter Stelle aufgelauert hat ... und ...«

Wenzel fiel skeptisch ein »... und ist dann mit dem Kajak und der Tasche davon? Das kann ich mir nicht vorstellen. Zu kompliziert.«

Schielin mischte sich ein. »So Unrecht hatte der Anwalt nicht. Aus Grohms Perspektive betrachtet musste der sich ja wirklich verfolgt vorkommen und er hat unsere Befragungen subjektiv als Nachstellung empfunden. Ich denke, er hat sich nicht mehr getraut diese Tasche zu beseitigen. Wir waren doch ständig in der Nähe im Hotel, am Kanuclub. Das war ihm zu heiß. Deswegen hat er sie unter dem alten Dielenboden versteckt gehalten«, er wendete sich an Lydia, »wie lange glaubst du, werden die in der Gerichtsmedizin brauchen, um zu den Zahlenkolonnen und diesen verrückten Wirkstoffen etwas sagen zu können?«

»Ich gehe mal davon aus, die hocken in ihrem Labor und die Köpfe glühen, aber was fragst du mich ...«, sie wies zu Wenzel.

Erich Gommert saß still dabei und vermied es, durch eine Äußerung oder ein Geräusch wahrgenommen zu werden.

Lydia Naber stand auf und ging. »So ein Scheißtag, echt.«

»Was macht der Transport?«, wollte Schielin wissen.

Kimmel hob müde die Hand. »Die Bereitschaftspolizei in Würzburg war die Rettung. Weißt du, wie lang so ein Kajak ist? Über fünf Meter! Die sind mit dem Sprinter rüber und haben das abgeholt. Sollten heute noch ankommen. Ich warte so lange.«

»Und Gahde?«

»Der genießt gerade die A7 bei Nacht und steht uns morgen in Kempten zur Verfügung. Ich fahre mit hoch. Ist schon eine schöne Stadt so rund um Sankt Lorenz, standesgemäße Unterbringung, was das Gericht angeht, und – einmal im Jahr geht das schon.«

※

Der folgende Tagesanbruch brachte für eine Stunde feinen Nieselregen. Trotzdem hatte Erich Gommert die Kollegen der Würzburger Bereitschaftspolizei zur Wasserschutzpolizei gebracht, wo sie ein Runde auf dem Bodensee fuhren. Kimmel hatte das organisiert.

Wenzel und Robert Funk hatten den Sprinter gleich nach der Ankunft ausgeladen. Neben dem Kajak und zwei Paddeln gab es einen Neoprenanzug, dazupassende Handschuhe und Stiefeletten. Alles vorbildlich verpackt. Sogar eine Videodokumentation lag bei. In Umzugskartons befanden sich Schuhe und andere Kleidungsstücke.

Schielin hatte endlich Kontakt zum Münchner Notar bekommen, der sich unter keinen Umständen am Telefon äußern wollte, dies aber umso bereitwilliger tat, als zwei Münchner Kollegen ihn aufsuchten und ihn über den Sachverhalt unterrichteten. Agnes Mahler hatte bei ihm ein Kuvert mit Unterlagen deponiert. Außerdem war er von ihr damit beauftragt worden, die Trennung Grohms von der Kanzlei juristisch umzusetzen. Seine Bedenken, dass das mit Grohm nicht so einfach zu machen sei, hatte sie beiseite gewischt und ein Kuvert mit den Worten übergeben: »Es wird keine Schwierigkeiten geben.«

Als Lydia Naber auf der Dienststelle ankam, leitete Kimmel sie fürsorglich in den Besprechungsraum, schenkte Kaffee ein und erzählte von dem, was sich während der letzten Nacht noch ergeben hatte: Aus einem Telefonat mit den hessischen Kollegen hatte er mitgenommen, dass Gahdes Haus den äußeren Anschein nicht bestätigen konnte, nachdem man die Haustüre durchschritten hatte. Es muss ziemlich verkommen ausgesehen haben. Gahde selbst saß in Kempten, die bei ihm sichergestellten Sachen waren alle hier – auch das Kajak.

Der Tag fing also schon besser an, als der gestrige geendet hatte. Nach dem Kaffee ging sie ins Büro, sprach kurz mit Schielin, der gerade den Notar erreicht hatte. Dann leistete sie Wenzel im Keller Gesellschaft. Spurensuche. Sie betrachteten den Berg an Tüten und Folien und fingen mit dem an, was Agnes Mahler am nahesten gekommen sein konnte: Gahdes Neoprenanzug.

Zwei Stunden später stand sie triumphierend in der Tür zu Kimmels Büro, hielt die Tüte hoch, in welcher sich der sichergestellte Schabab-Strauß befand. »Ich hab es gewusst, ich habe es immer gewusst – die Blümchen. Und ihr habt gelangweilt geschaut und mich für durchgeknallt gehalten. So!« Sie ging und ließ ihm keine Zeit etwas zu heucheln.

Erich Gommert befand sich mit einem alten VW-Bus auf dem Weg nach München ins Landeskriminalamt, um Spuren zu übergeben. Das war ihm gar nicht so ungelegen gekommen, denn er hatte dort noch etwas anderes zu erledigen. Im Landeskriminalamt wartete man nicht nur auf Spuren – vielmehr noch auf die anderen Kisten und Kästen, die sich im Laderaum stauten. Käse aus Andelsbuch, Äpfel, erste Kirschen und Flaschen.

Schielin blieb mit den anderen in Lindau und wartete auf den Anruf aus Kempten. Kimmel, Lydia und Wenzel hatten dort am Nachmittag eine Vernehmung mit Gahde, im ehemaligen Residenzgebäude, wo das Gericht waltete.

Lydia Naber erschrak, als Frederic Gahde in den großen Raum gebracht wurde. Sie hatte aufgrund des Fotos eine gänzlich andere Vorstellung davon entwickelt, wie der dort abgebildete junge, sportliche Mann gealtert sein konnte. Ihr stand ein ausgemergelter Mittfünfziger gegenüber, mit grauen Haarsträhnen, eingefallener, gelblicher Gesichtshaut und tief liegenden Augen unter der kantig vorstrebenden Stirn. Muskulös war er immer noch und sein Blick verriet, dass ihm noch eine bösartige Kraft innewohnte. Die Narbe unter dem Auge unterstrich diesen Eindruck.

Den Vorwurf, Frau Dr. Agnes Mahler am vergangenen Samstagmorgen im Lindauer Segelhafen durch einen Messerstich in den Rücken ermordet zu haben, nahm er ohne jegliche äußere Regung entgegen. Kein Auge zuckte, keine Hand rührte sich, nicht die geringste Übersprunghandlung war an ihm festzustellen. Nach der Belehrung erklärte Gahde mit fester Stimme, sich nicht äußern zu wollen.

Lydia Naber war sich nun, da sie ihm gegenübersaß, wirklich unsicher geworden, wie sie beginnen und was sie ihm sagen sollte. Wenzel und Kimmel saßen zu ihrer Seite. Beide schauten ernst, Kimmel eine Spur grimmiger, über den Tisch auf Gahde, der ihnen mit offenem Blick begegnete.

Lydias erstes Wort lautete: »Achillea millefolium.« Sie wartete einen Moment. Gahde sah sie ohne Regung an.

Sie fuhr fort: »Das sollte Ihnen als Pharmakologen schon etwas sagen – die gemeine Schafgarbe! Können bis zu siebzig Zentimeter hoch werden. In unserem Fall sind es gute dreißig. Es sind ausdauernde, krautige oder halbstrauchige Pflanzen. Die Blüten sind hell, je nach Standort mit einem Schlag ins Violette.« Sie wartete wieder. »Euphrasia officinalis hätten wir auch noch – Augentrost! Wächst auf Wiesen, an trockenen Ufern und in lichten Wäldern, ist einjährig und wird etwa fünfzehn Zentimeter hoch. Seine Blüten erinnern ein wenig an Augen, was im Rahmen der alten Signaturenlehre ursprünglich den Bezug zu Augenproblemen aufgezeigt hat und auch bei der Namensgebung beteiligt war. Die Blüten sind weiß, violett und manchmal gelb gemustert. Wild wachsende, unscheinbare Pflänzchen können es mit einer Rose oder Orchidee nicht aufnehmen, nein. Sie sollten aber etwas interessierter an diesem kleinen botanischen Ausflug sein, Herr Gahde. Wegwarte, Jungfer im Grünen und Kornrade haben wir auch noch im Angebot. Aber gut damit. Die Frage, die uns interessiert, lautet: Aus welchem Grund haben Sie Frau Dr. Agnes Mahler so brutal getötet, denn dass Sie es waren, das steht außer Frage. Ich habe es Ihnen ja gerade berichtet.«

Sie wartete auf eine Reaktion, doch Gahde sah ihr offen ins Gesicht und nicht ein Gesichtsmuskel bewegte sich.

Nahm der Medikamente?, dachte Lydia Naber. Gerade als sie weitersprechen wollte, sagte ein tiefer Bass, den sie der zähen Gestalt nicht zugerechnet hätte: »Sie müssen beweisen können, was Sie sagen.«

»Kann ich, Herr Gahde. Für Sie wird es darauf ankommen, mit einem Geständnis Ihre Lage ein wenig zu verbessern. Aber zu den Fakten. Sie sind am letzten Samstagmorgen mit Ihrem Kajak vom Lindauer Kanuclub aus zum Segelhafen gepaddelt und haben dort auf der Mole Frau Mahler aufgelauert. Die Information dazu hatten Sie von Grohm. Der hockt in Lindau in Haft. Ihr dunkler Neoprenanzug war eine ideale Tarnung im Dunkeln. Das schon. Neopren besitzt eine sehr feine, elastische Porenstruktur, die sich unter Druck verändert – weicher Kunststoff eben. Wir können beweisen, dass Sie auf der Südmole waren, denn in der Sohlenstruktur Ihres linken Neoprenstiefels haben wir – aus kriminaltechnischer Sicht – große Mengen Augentrost und gemeine Schafgarbe feststellen und sichern können. Auf der Mole, hinten in der Nische, in der Sie gewartet haben, da lag ein Strauß mit Wildblumen, in den sind sie getreten. Vermutlich haben Sie sich auf den Pflanzen gedreht, denn in vielen der Poren waren die Blütenteile regelrecht eingeschlossen. Um etwaige Zweifel ausschließen zu können – die gentechnische Analyse ist heute schon so weit nachweisen zu können, dass die Spuren, die wir an Ihren Stiefeln haben sichern können, exakt zu den Pflanzen auf der Mole gehören. Wir wissen auch schon, dass niemand anderer als Sie die Stiefel getragen hat. Es steht also fest: Sie waren auf der Mole. Aber es kommt noch genauer. Wir können auch beweisen, dass Sie das Tatmesser in der Hand gehalten und zugestochen haben. Als wir die feinen lilafarbenen Abriebe am Stiefel entdeckt und uns mit dem Material Neopren genauer befasst haben, hatte mein Kollege eine sehr praktische Idee ...«

Wenzel musste sich räuspern, bevor er reden konnte. »Sie haben Ihre Handschuhe sehr intensiv beim Paddeln verwendet. Dadurch ist ein individuelles Strukturmuster entstanden. Sie haben das Messer zwar mit Handschuhen benutzt. Durch den hohen Druck hat sich jedoch dieses individuelle Muster auf dem Messergriff abgebildet. Schmutz und Feuchtigkeit sind perfekte Träger für solche Übertragungen.«

Gahde sah gelangweilt zur Wand. Ein richtiges Pokerface.

Lydia Naber fixierte ihn. Medikamente waren es nicht, Drogen und Alkohol auch nicht, die ihn so abgebrüht erscheinen ließen. Sie grinste böse. Pokerface – natürlich. »Sie sind ein Spieler, nicht wahr, ein Zocker. Ich will Ihnen eines sagen: Diesmal haben Sie sich richtig verzockt, aber richtig!«

*

293

Grohm saß mit seinem Anwalt im Vernehmungszimmer in Lindau. Jasmin Gangbacher und Robert Funk waren anwesend. Alle schwiegen. Schielin kam mit Schwung in den Raum und entschuldigte sich lebhaft dafür, dass es etwas gedauert habe. Er verbreitete sichtlich gute Laune. Er wendete sich an Grohms Anwalt. »Also, wir haben gute Nachrichten unseren Fall betreffend. Der Täter ist festgenommen und sitzt bereits in der Justizvollzugsanstalt in Kempten.«

Grohm sah auf. Sein Anwalt hob die beiden gepflegten Hände mit gelassener Bewegung vom Tisch. *Na also*, sollte das wohl heißen.

Schielin lächelte wohlwollend. »Ja. So schnell geht das manchmal. Ihr Mandant kennt den Mann. Er hat sich zwei Tage vor der Tat mit ihm getroffen – auf ein Glas Wein. Er heißt Frederic Gahde.«

Grohms Unterkiefer verschob sich zur Seite, was durch den Bart zu einer unvorteilhaften Miene geriet.

Der Anwalt fragte: »Hat er denn gestanden?«

»Nein. Er redet nicht. Aber das ist angesichts der erdrückenden Beweise auch nicht erforderlich. Da ist ihm ein böser Fehler passiert.«

»Wollen Sie mit Ihrem Hinweis auf das Treffen meines Mandanten mit diesem Gahde einen Bezug …«

Schielin winkte generös ab. »Nein, nein, das will ich ganz und gar nicht.«

»Ja, schön. Dann bedeutet dies auch, dass mein Mandant mit mir die Dienststelle verlassen kann.«

Schielin nickte. Grohm sah ihn prüfend an. Die Zähne seines Oberkiefers fuhren sanft massierend über die Unterlippe.

Dann lieber ein schräger Unterkiefer, dachte Schielin und sagte anschließend: »Sofern Sie ihn in die Justizvollzugsanstalt Kempten begleiten, in welche wir Herrn Grohm nun bringen werden.«

»Ja, was reden Sie denn?«, begehrte der Anwalt auf.

»Herr Grohm wird von uns nach Kempten verbracht. Davon rede ich.«

»Und aus welchem Grund. Gibt es Beschuldigungen durch diesen Herrn ... Gahde.«

»Nein, die gibt es nicht.« Schielin schüttelte zur Unterstützung den Kopf. »Die gibt es nicht, er redet ja nicht mit uns. Noch nicht. Aber das wird noch sehr spannend werden, wenn er reden wird.« Er drehte sich nun ganz Grohm zu. »Ich soll Sie ganz herzlich von meiner Kollegin Lydia Naber grüßen. Sie wird Sie noch vernehmen.« Schielin kramte umständlich in seinem Jackett nach einem Zettel, von dem er ablas, als er ihn endlich in Händen hielt. »Jungfer im Grünen ... nigella damascena ... und Wegwarte ... cichorium intybus, das ist es, was wir an Ihren Schuhen sichern konnten, Herr Grohm. Wir können damit beweisen: Sie waren an jenem Samstagmorgen auf der Südmole. Das ist die neue Situation. Frau Naber wird es Ihnen ausführlich erläutern.«

✳

Ein behutsamer, wohltuender Sommerregen hatte zu Beginn des Wochenendes eingesetzt. Auch jetzt, zu Wochenbeginn, zogen noch immer schwere, dunkelgraue Wolken von Westen heran. Der Wind hatte aufgefrischt. Schielin und Lydia Naber saßen im Büro und stellten die Akte zusammen. Wenzel hatte sich nach der Besprechung verabschiedet, um auf der Insel *Dinge zu erledigen*, wie er sich ausgedrückt hatte. Keiner ahnte, dass er Zychner aufsuchte. Er saß wieder auf dem harten Stuhl, Zychner ihm gegenüber im Sessel. Beide schwiegen lange, bevor es Zychner war, der zunächst ungewohnt zögerlich begann zu erzählen, aber zügig seine peitschende Sicherheit gewann. Es ging um Beethoven, was Wenzel in keiner Weise überraschte. Er selbst wollte dem Alten heute ein wenig von *Unheilig* erzählen. Das würde ihm gut tun.

Kimmel hatte die Dienststelle ebenfalls verlassen. Mit dem BMW war er ohne Ziel durch die Stadt gefahren. Manchmal machte er das so, um wieder einen Überblick zu bekommen. Seine Überblicksrunde fand ein vorläufiges Ende am Zecher Kieshafen. Trotz des wechselhaften Wetters war viel los dort. Er ging ein paar Meter und landete zufällig am Tierheim.

Lydia Naber sortierte die Kopien der verschiedenen Berichte und war in Gedanken bei ihrem letzten Gespräch mit Grohm, der sehr schweigsam blieb, was den Fall anging. Gahde hatte begonnen zu reden. Grohm war über das Wochenende zu einem erschreckend alten Mann geworden. *Sie wollen doch auch wirksame Medikamente*, hatte er vorwurfsvoll zu Lydia gesagt und es noch zweimal wiederholt. Sein Satz hatte ihr deutlich gemacht, dass er bereits eine Rechtfertigung für alles gefunden hatte, was geschehen war. Sie hatte geantwortet, dass sie genau das wolle – wirksame Medikamente, und hinzugefügt, dass das Zeug teuer genug sei, um darauf verzichten zu können Menschen für Tests zu missbrauchen. Er hatte ihr gar nicht zugehört.

Sie legte die Spurenberichte über die Wildblumen auf den Papierstapel für die Staatsanwaltschaft und fragte unvermittelt: »Wo nur dieser Wildblumenstrauß hergekommen ist? Das würde mich schon brennend interessieren. Ohne diese einfachen Blümchen wären wir in diesem Fall nicht weit gekommen.«

Schielin sah auf und überlegte. Er konnte ihre Gedanken nachvollziehen, denn auch er hatte sich schon gefragt, für wen dieser Strauß bestimmt gewesen sein könnte, wer ihn gebunden hatte und ob er seinen Zweck erfüllt hatte.

Schließlich sagte er, dass es eben manchmal so gar nicht von Belang war, woher etwas kam, aus welchem Grund es in der Welt war und welchen Wert es hatte. Vielmehr konnte es von großer Bedeutung sein, dass sich etwas – so unschein-bar es vielleicht sein mochte – zur rechten Zeit am rechten Ort befände.

Kriminalromane

Rotkreuzplatz da Vinci

Die Begegnung mit einer mysteriösen Frau verändert das bisher unspektakuläre Leben des Kunsthistorikers Samuel Binder, Kurator an der Staatlichen Graphischen Sammlung in München. Bei seiner Suche nach der Geheimnisvollen stößt er auf eine düstere, lange verlassene Wohnung. Er bekommt eine alte Kriminalakte in die Hände und erfährt dadurch von einem beinahe vergessenen Verbrechen. Zunehmend gewinnt er den Eindruck, dass alles Rätselhafte sich nur um ihn zu drehen scheint. Aus welchen Gründen auch immer – Schicksal oder Fügung –, er ist dazu bestimmt, eine neue Wahrheit zu finden.

J. M. Soedher, Rotkreuzplatz da Vinci, TB, 352 Seiten, 9,95 €

Im Schatten des Mandarin

Beijing im Jahre 1693. Kaiser Kangxi hat Jesuiten an den Kaiserhof geholt. Darunter ist auch der Münchner Pater Bai. Dessen Freund, Giuseppe Reni, Missionar und Kartograph, wird in seiner Kammer erschlagen aufgefunden. Kaiser Kangxi persönlich beauftragt seinen treuesten Richter, Wang Wenming, um den Tod des jungen Mannes aufzuklären.

Clementine Skorpil, Im Schatten des Mandarin, TB, 388 Seiten, 9,95 €

Bucher ermittelt

Krimireihe um den Münchner LKA-Ermittler Johannes Bucher, der mit seinem Team besonders komplizierte oder delikate Mordfälle zu lösen hat.

Der letzte Prediger

Eine junge Frau ist von einem psychopathischen Täter in ihrer Augsburger Wohnung ermordet worden. Die Ermittlungen führen in einen Sumpf aus Lebenslügen, familiären Entfremdungen und in den Dunstkreis der Kirchen. Doch wo verläuft die Grenze zwischen doppelbödigen bürgerlichen Existenzen und einem kontrollsüchtigen Mörder, der nicht anders kann, als zu töten – und in welchem Milieu wird sich der Täter finden?

Jakob Maria Soedher, Taschenbuch, 432 Seiten, 9,95 €

Requiem für eine Liebe

Eine tote Frau in der Stille eines verwunschenen Auengrundes bei Würzburg. In ihrem Haus findet sich ein Stapel geheimnisvoller Bücher. Ein Gartenbild Liebermanns von ungeklärter Herkunft gerät in den Mittelpunkt der Ermittlungen, und ein zurückgezogen im Wald lebender Kerl gibt Rätsel auf.

Als TB erschienen im Aufbau-Verlag (Berlin), 336 Seiten, 8,95 €
gebunden in der edition hochfeld, Auenklang, 336 Seiten, 16,90 €

Im Schatten des Mönchs

Ein Suizid im Allgäu. Schon die ersten Ermittlungsschritte bestätigen die Ahnung zweier skeptischer Kollegen – die junge
Frau hat niemals Suizid begangen. Wer konnte ein so kalt ge-
plantes Verbrechen begehen? Und woher stammt das fünfjäh-
rige Mädchen, das sich in der Wohnung der Toten versteckt
hatte und keinen Namen und keine Sprache hat?

Jakob Maria Soedher, Taschenbuch, 400 Seiten, 9,95 €

Spichtingers Morde

Kommissar Spichtinger ist mit ganzem Herzen Münchner und kann sich immer noch nicht erklären, wie ausgerechnet er auf die Idee kam, sich in die Oberpfalz versetzen zu lassen. Fesselnde Mordermittlungen im Oberpfälzer Wald, mit französischer Note – geschrieben von Max Stadler und Lucille Clauss.

Monatsend
Taschenbuch, 204 Seiten, Max Stadler u. Lucille Clauss, 9,95 €

Waldverein
Taschenbuch, 256 Seiten, Max Stadler u. Lucille Clauss, 9,95 €

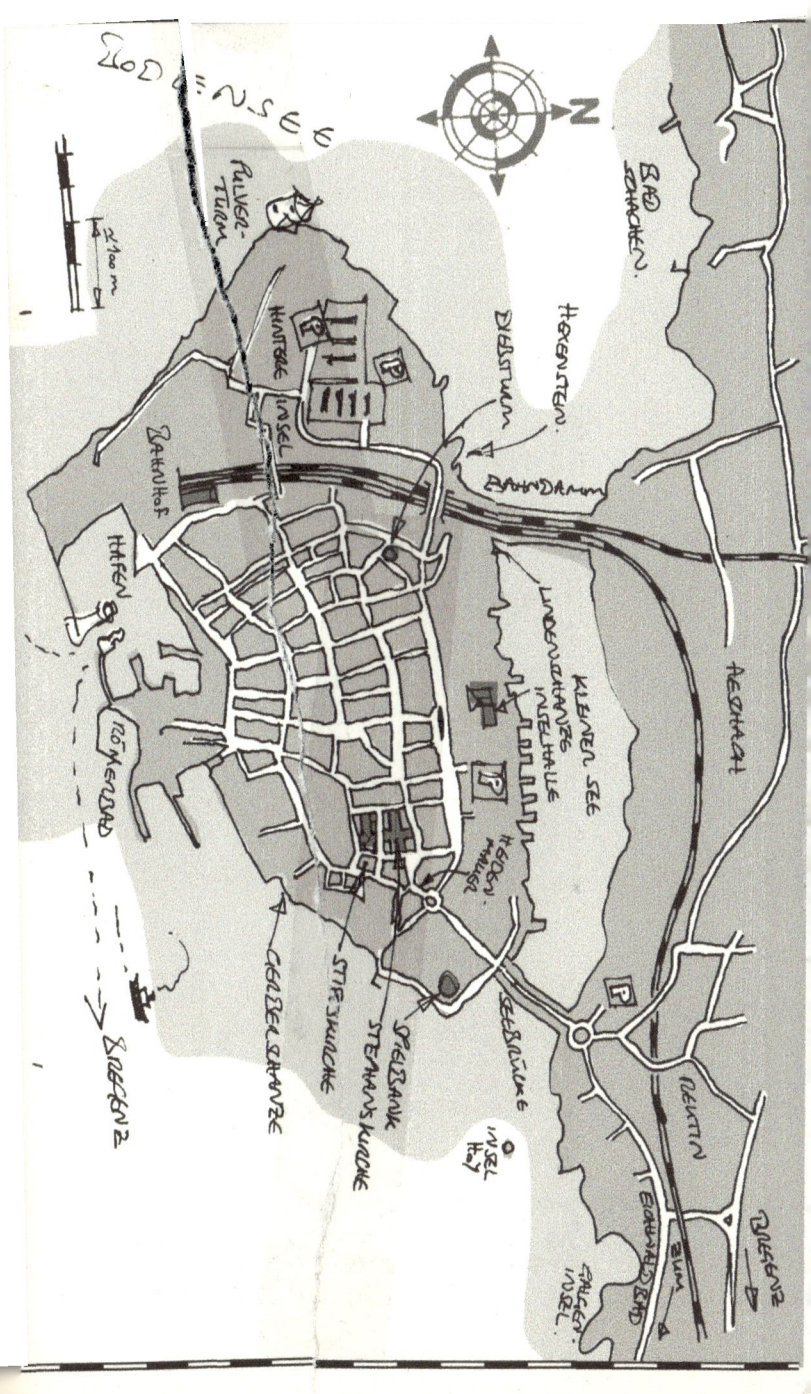

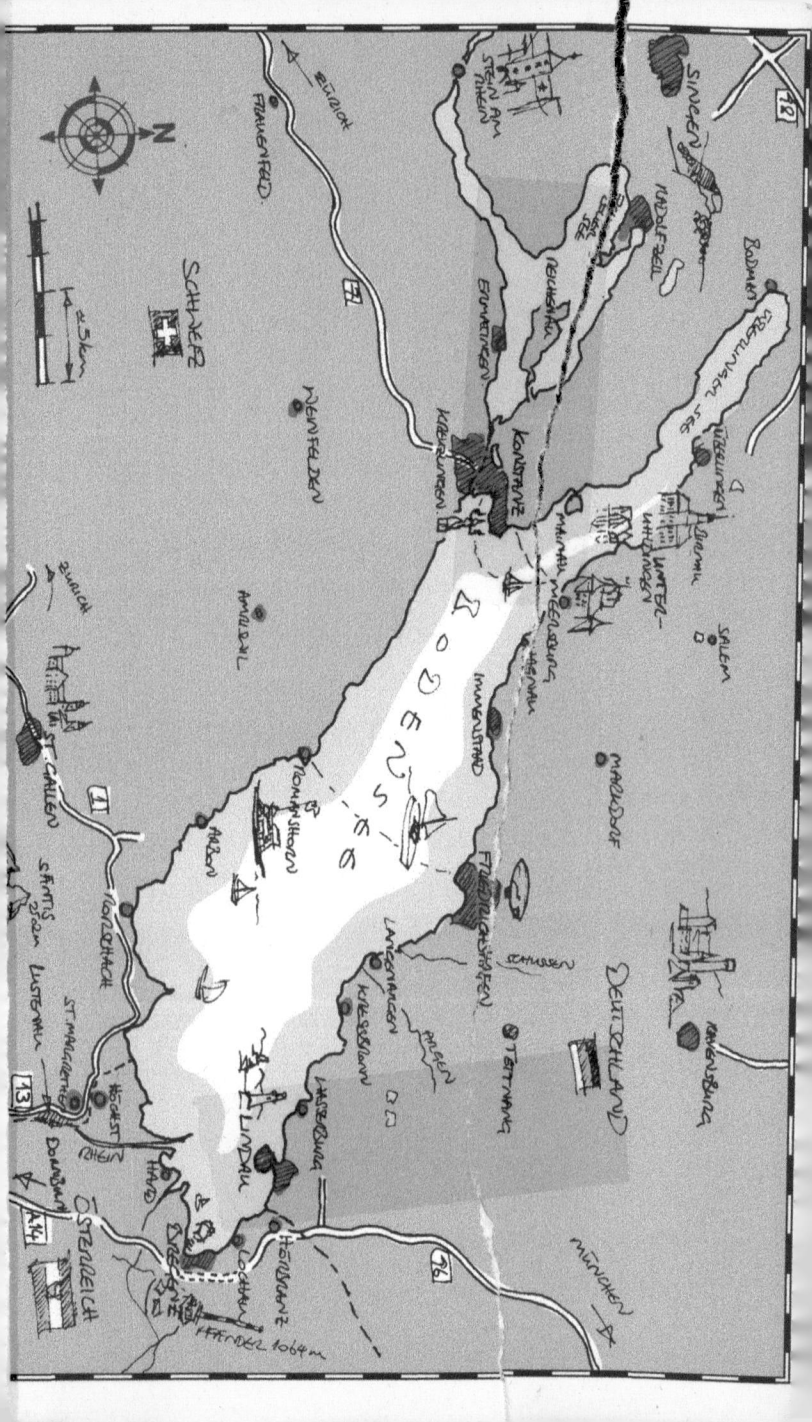